BOM DIA,
VOCÊ ESTÁ MORTO!

CHELL SANT'ANA

BOM DIA,
VOCÊ ESTÁ MORTO!

TALENTOS
DA LITERATURA
BRASILEIRA

São Paulo, 2022

Bom dia, você está morto!
Copyright © 2022 by Chell Sant'Ana
Copyright © 2022 by Novo Século Ltda.

EDITOR: Luiz Vasconcelos
COORDENAÇÃO EDITORIAL: Stéfano Stella
PREPARAÇÃO: Flávia Cristina de Araújo
REVISÃO: Manoela Alves
DIAGRAMAÇÃO: Vitor Donofrio
CAPA: Andresa Rios

Texto de acordo com as normas do Novo Acordo Ortográfico da Língua Portuguesa (1990), em vigor desde 1º de janeiro de 2009.

Dados Internacionais de Catalogação na Publicação (CIP)
Angélica Ilacqua CRB-8/7057

Sant'Ana, Chell.
Bom dia, você está morto!
Chell Sant'Ana
Barueri, SP: Novo Século Editora, 2022.

1. Ficção brasileira I. Título

21-5197   CDD B869

Índice para catálogo sistemático:
1. Ficção brasileira

Alameda Araguaia, 2190 – Bloco A – 11º andar – Conjunto 1111
CEP 06455-000 – Alphaville Industrial, Barueri – SP – Brasil
Tel.: (11) 3699-7107 | E-mail: atendimento@gruponovoseculo.com.br
www.gruponovoseculo.com.br

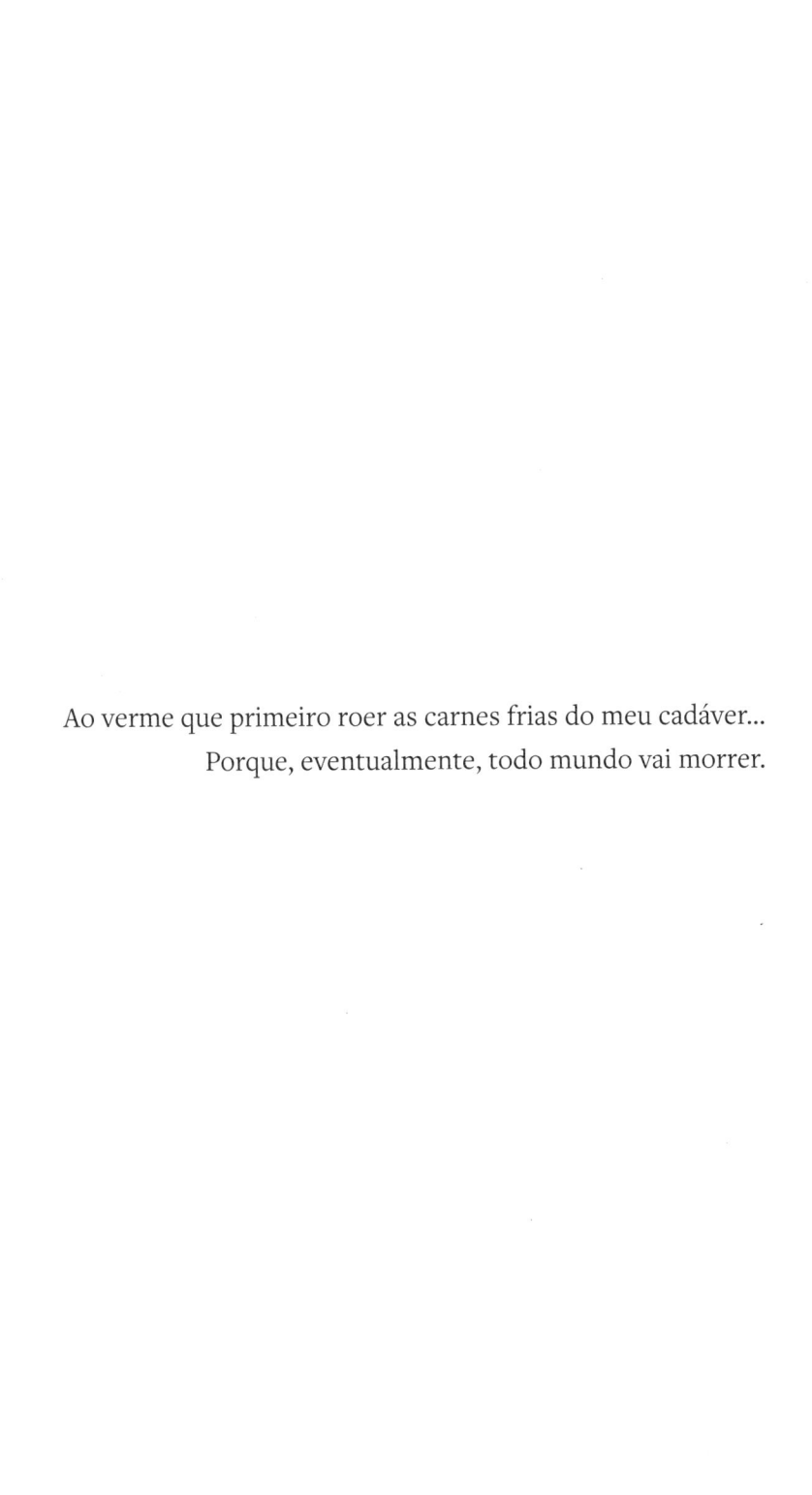

Ao verme que primeiro roer as carnes frias do meu cadáver...
Porque, eventualmente, todo mundo vai morrer.

PRÓLOGO

A arte foi proibida!

Afinal, como não seria? A arte e esse Deus que está aqui dificilmente conviveriam em harmonia. A arte é plural. Enquanto esse Deus é um só, ela é todo mundo. A arte sempre questionará, e qual Deus gosta de ser questionado? Certamente, não esse. Em qual livro sagrado há um Deus que gosta de ser desmistificado, exposto e até mesmo desafiado? Seja qual for esse livro, nós nunca o leremos. Literatura também é arte, e a arte foi proibida.

Se existem deuses que não precisam da idolatria cega da humanidade, que não se alimentam do temor e que não castigam quem os questiona, eles não estão aqui. Eles não chegaram ao poder, porque também devem ter sido proibidos. Para nós, só há um Deus, e eu suspeito que ele tenha sido inventado.

Real ou não, foi ele quem proibiu a arte. Ou pelo menos foi isso o que nos contaram.

Os dedos que digitavam nervosamente passavam pelos cabelos. Do rosto, escorria um suor nervoso. De dentro dos ouvidos, ela podia escutar um incessante barulho: "lulululu".

"Concentre-se, Brait!", ela reclamou consigo mesma. "Você precisa terminar!" Os dedos voltaram ao teclado empoeirado.

A arte foi proibida!

Foi proibida porque ela não quis se adaptar às normas. Quando disseram "cale-se", ela continuou falando. Quando disseram "contenha-se", ela continuou se excedendo. Quiseram-na limitada, infundada e mesmo elitizada. Ela foi imensa, embasada e até nos cantos mais miseráveis, gritava com uma força bélica. Força essa impossível de ser contida em regras sociais. Ela foi mais poderosa do que o maior dos governantes e mais reivindicadora do que o mais inflamado dos sindicatos.

Quando nos disseram que todos deveriam ser belos, ela foi feia. Quando nos disseram tudo o que deveríamos comer, ela se recusou a engolir veneno. Quando nos disseram que deveríamos ser castos, sóbrios e crentes no Deus que inventaram, ela fez orgias de vinho para Baco. Ela foi gorda, magra, velha, homem, mulher, até bicho. E no dia que nos mandaram o *dress code* da festa de apresentação da nossa sociedade, ela apareceu completamente nua.

"Lulululu". O som ecoando dentro de seus ouvidos ficava cada vez mais alto, e escrever ficava cada vez mais difícil. Grilos saltavam pela mesa, pulavam na tela do computador, levantavam a poeira da superfície. Ela esfregou os olhos, precisava continuar.

A arte foi proibida.

Mas eu sentia um movimento querendo revogar essa proibição, e não seria através das palavras. Ninguém conseguia mais dialogar! Se qualquer proibição fosse retirada, não seria com a voz... seria com os dentes.

O som era alto demais, como se estivesse ressoando em seu crânio. Ela já parava entre cada frase, arranhando os ouvidos, esfregando violentamente o rosto.

E se por vezes acreditamos que a arte morreria no esquecimento, tivemos a certeza de que isso não mais aconteceria.

O som passava dos ouvidos para o crânio, do crânio para todos os ossos, e cada nota era a dor de uma pregada "lulululululu". Havia grilos pulando em seu colo, emaranhando-se em seus cabelos e roupas. "Eu não posso enlouquecer agora!" Ela grudou as mãos aflitas no teclado.

Houve um dia em que eu soube disso. Havia música e poesia nascendo em cada muro, em cada esquina. No nosso espírito, havia um cão que ladrava e, com certeza, morderia. Nesse dia, eu quis, com cada fibra do meu ser, fazer parte do que acontecia. Eu quis ser desse tempo, revogar a proibição, entrar na corrente. Eu quis salvar a arte.

O som e a dor percorriam seu sistema sanguíneo, tomavam o corpo inteiro. Havia grilos em seus olhos.

Mas não é engraçado?

De repente, o som e a dor sumiram. Sumiram os grilos, não havia grilo algum. O suor nervoso pingou, já frio e sem sentido, da ponta da franja molhada. Olhou para a última frase que havia escrito.

Mas não é engraçado?

Suspirou aliviada.

Mas não é sarcasticamente engraçado?

Porque foi nesse dia... em que eu morri.

PRIMEIRO CAPÍTULO
VÍTIMA DE NINGUÉM

Ela abriu os olhos que ardiam na frustração de serem usados novamente para ver a realidade. O corpo elétrico e esgotado ao mesmo tempo. O quarto escuro era convidativo para voltar a dormir, mas a ideia de retornar aos pesadelos, não. Ela olhou para o despertador e se convenceu de que cinco horas da manhã não era tão cedo assim.

Levantou-se. Sentia o corpo embebido em uma fina camada de pânico úmido. A ansiedade da desvinculação incompleta do mundo onírico permaneceu até ela se levantar completamente e caminhar até o banheiro. Ligou o chuveiro. Sua relação com a água era tão forte que mesmo o vapor na pele lhe trazia uma inesperada força. Entrou embaixo do chuveiro, deliciando-se sob a água morna e a espuma da esponja com a qual se afagava e se esfregava. O mundo onírico finalmente havia se desprendido dela. Seu corpo era palpável, seu corpo era seu.

Ela saiu do chuveiro, enxugou-se precariamente e parou em frente ao espelho. Escovou os dentes e os cabelos. Perfumou a pele úmida com hidratante à base de mel.

Sentindo o corpo fresco e limpo, ela caminhou pela casa, enrolada na toalha, enquanto o primeiro sol da manhã se encarregava de secar a umidade que ainda restava em sua pele. O balcão da cozinha ainda estava uma bagunça de taças de vinho e embalagens de bombom. "Eu deveria ter limpado isso ontem", ela pensou, "Mas não ia acontecer... estava bêbada demais!".

A jovem deixou a cafeteira trabalhando em meio à bagunça e, enquanto o café não ficava pronto, ela admirava suas fotos na parede do corredor. Em todas as imagens, ela só olhava o próprio rosto. Na primeira moldura, ao lado de Luciano Huck, o sorriso dela estava forçado demais. Em outra moldura ela estava usando sapatos altíssimos, posando entre Zezé di Camargo e Preta Gil, parecendo muito alta, apesar de na realidade não ser. *Pareço um boneco de Olinda!*, ela riu em pensamento.

A foto com Paulo Coelho teria ficado legal se ele não tivesse teimado em autografar: "Para a minha amiga, Lu Bê"... Que diabos é Lu Bê? Qual é o problema em escrever "Lulu Brait", que já é curto, sem abreviar mais ainda? Aquele Lu Bê fazia com que ela odiasse a foto. Ela ainda possuía fotos com celebridades internacionais. Oprah Winfrey e Ellen Degeneres sorriam cada qual em uma moldura, ao lado de Lulu, que fora despreparada e ligeiramente bêbada para ambas as entrevistas... e ninguém percebeu.

Havia, então, as fotos com alguns dos seus antigos amigos. Tomando um vinho com Hugo Carvalho e Fernanda Raupp, jogando boliche bêbada com os meninos do teatro, bebendo cerveja com Chell Sant'Ana no aniversário de alguém e sentada na mureta de um bar espelhado, tomando um drink engraçado com Janete Gomes. Ela ainda conversava muito com Janete, que era, além de sua amiga, sua empresária. Além disso, era a única pessoa de todas as suas fotos com a qual ainda mantinha contato. De uma forma ou de outra, ela já havia conseguido irritar e afastar praticamente todo mundo.

Hugo Carvalho não falava com ela havia dois anos, desde a briga que tiveram, na qual Lulu o ofendera de diversas formas desnecessárias. Ela também havia movido um processo de plágio contra Chell Sant'Ana, apenas por não tolerar que as duas tivessem tido a mesma ideia. A relação com Fernanda Raupp era um outro problema, pois estava sendo empresariada por Janete Gomes, e Lulu tinha problemas com a concorrência.

A cafeteira apitou. A jovem encheu duas canecas com o fumegante conteúdo e voltou para o quarto.

Em sua cama com lençóis de seda, um corpo moreno se contorcia, começando a acordar. Espreguiçava, coçava os olhos e sorria como uma criança que é flagrada comendo a sobremesa antes do jantar.

– Lulu, você já acordou! – disse a moça com a voz rouca, terminando de se espreguiçar e sentando-se na cama.

– Sabe que eu não consigo dormir até tarde, Safira...

Entregou uma das xícaras para a jovem, que, a esse ponto, já estava completamente sentada.

– Eu dormiria até o meio-dia, porque durante a noite toda você não me deixou dormir. Ficou se revirando na cama o tempo todo!

– Desculpe-me. Eu tive um pesadelo estranho...

– O que você sonhou?

– Que estava escrevendo. Era o roteiro do filme, mas o texto estava diferente...

– Não mude mais esse texto, porque eu já decorei como está!

– Vou mudar tudo! – ela brincou.

– Para de palhaçada! – Safira atirou uma meia e quase acertou Lulu, logo mudando de assunto, como se lembrasse de algo importante. – A dona Marta já chegou? Não quero que ela veja a gente...

– Rosa. A senhora que trabalha aqui agora é a dona Rosa. Já faz um tempinho... foi na metade do mês passado, eu acho. A dona Marta veio aqui, fez um escândalo, disse que meus livros estavam transformando os filhos dela em delinquentes.

– Ela é crente?

– Crente e assassina, só se for. Saiu daqui aos gritos dizendo que, se eu continuasse doando meus livros impróprios e satânicos para adolescentes e crianças inocentes, ela me mataria com as próprias mãos.

– O que você tem que todo mundo quer matá-la com as próprias mãos?

– Deve ser a vontade de dar uma pegadinha... – Lulu riu.

– Que horas são?

– Seis e quinze...

– Droga, preciso me levantar – disse Safira, entre uma golada e outra do café. – Tenho sessão de fotos às oito! Se eu me atrasar, vai ser um prato cheio para aquela fotógrafa sapatão.

Ela se levantou atrapalhada, deixando a xícara sobre a mesa de cabeceira e vestindo apressadamente as roupas que apanhava do chão.

– "Fotógrafa sapatão"? – Lulu riu. – E temos aqui um perfeito exemplo do oprimido repetindo o discurso do opressor.

– Você por acaso viu o que ela falou sobre mim na última entrevista? – perguntou ela e continuou, ironizando a voz da fotógrafa: – "Safira Maia e seu complexo de suflê. Todos sempre precisam esperar por ela...", e aquele veadinho do entrevistador ainda concordou!

– Você precisa urgentemente trabalhar essa sua homofobia, Safira...

– Não trabalhei na noite passada? – Ela piscou, sedutora. Lulu se derreteu. – Abotoa para mim! – Safira parou de costas para Lulu, com a blusa aberta.

– Você vai naquele negócio beneficente hoje? – Lulu perguntou, enquanto abotoava.

– "Aquele negócio beneficente"... Ai, Lulu, como você leva a sério o Projeto Mestre.

– Quem em sã consciência iria me querer como mestre?

– Dãr... seus fãs! – Assim que sentiu a blusa abotoada, Safira correu até a bolsa. – Falando nisso, por favor, não esquece de assinar esses livros impróprios e satânicos. Eu fiquei de levar alguns para o pessoal do condomínio.

– Eu assinei ontem e coloquei de volta na sua bolsa. – Lulu suspirou, sarcasticamente. – Afinal, está tentando comprar a amizade das pessoas com os meus livros, senhorita?

– Definitivamente, estou. Sejamos realistas, as pessoas me consideram muito mais cultural quando eu digo que somos amigas.

– Imagine se soubessem que estamos tendo um caso...

– Não estamos tendo um caso, Lulu.

– Você diz isso todo dia. Já faz parte do seu charme...

Safira entrou no banheiro, escovou os dentes rapidamente e saiu com as mãos na cintura.

– Você está ficando confiante demais!

– Você gosta de mim assim... – Lulu a enlaçou pela cintura e aproximou seus lábios dos dela.

– Você tem cheiro de mel... – Safira murmurou.

– E nós estamos tendo um caso! – Lulu beijou-a ardentemente, transcorrendo os dedos por seus braços macios e arrepiados.

– Eu sou casada, Lulu – Safira disse, afastando-se com um olhar de desejo e remorso.

Lulu não conseguiu responder. Não havia acontecido um momento de silêncio para uma resposta... Os olhos de Safira continuaram falando insistentemente.

– Eu preciso ir. – Ela se afastou às pressas e pegou a bolsa que havia largado no chão. – Desculpe! Sério... desculpe!

Safira saiu do quarto correndo. Lulu ficou parada na mesma posição em que estava quando a amante se afastou. De longe, ela ouviu a porta da frente bater, anunciando a chegada de sua solidão. A toalha na qual ela estava enrolada desde que saíra do banho caiu, e seu corpo nu ficou exposto ao calor da manhã que avançava.

Ela pensou em chorar, mas isso não era do seu feitio. Lulu dificilmente se lamentava. Ela vestiu uma regata e uma calça larga. Encarou sua imagem no espelho e repetiu para si mesma: "Eu não sou vítima de ninguém".

Era hora de soltar os cachorros. Ela foi até o canil, trocou a água e alimentou quatro vira-latas corpulentos, que celebraram entusiasmadamente a sua chegada. Após comer, eles a seguiam por onde quer que fosse, como se fossem balões puxados por um fio. Quase não emitiam nenhum som.

Dona Rosa chegou nesse momento, colocando várias sacolas sobre a mesa. Ela tirou um jornal de dentro de uma delas.

– Olha só, que absurdo! Duas grandes artistas desse país foram alvejadas a tiros ontem!

– Sim, eu ouvi falar sobre o caso... – Lulu comentou. – Um absurdo!

– Pois é! Mas a primeira página do jornal fala desse espanhol que está quase morrendo por conta de uma overdose!

– Eles usarão a desculpa de que é porque ele é um grande dançarino, um grande artista...

– As duas também! A diferença é que são negras e vieram da periferia!

– País racista de merda...

– Estou de saco cheio disso!

As duas conversaram durante um tempo a respeito do assunto. Lulu tentou usar sua influência e ligou para a edição do jornal, pedindo uma satisfação sobre o motivo pelo qual a matéria que de fato era importante não estava em lugar algum. A ligação de Lulu foi passada de um assistente para outro, durante quase uma hora. Ninguém deu resposta alguma a ela. Depois de um tempo, as duas acabaram desistindo.

– Arre! Não quero mais pensar nisso! – Dona Rosa atirou o jornal nas sacolas de compras e uma delas acabou virando, derrubando no chão um pacote do açougue com um suculento pedaço de carne. Todos os cães arregalaram os olhos.

– Não, Cérberus! – Lulu bradou. O enorme cão preto levantou as orelhas ao ouvir seu nome. – Dê-me!

E o enorme cachorro, que poderia facilmente destroçar o frágil corpo de Lulu, caminhou obediente até o pacote. Com a boca salivante, que queria engolir aquela carne, pegou-a cuidadosamente e entregou na mão da escritora.

– Co... – Rosa gaguejou – como você treinou esses cães?

– Não treinei. Eles fazem o que eu digo... talvez por pensarem que eu os estou protegendo.

– E do que você poderia proteger este cachorro enorme que ele já não possa se proteger sozinho?

Lulu lembrou-se imediatamente da própria voz, soando-lhe infantil e aos sussurros: "Eu protejo você", enquanto suas mãos de oito anos de idade fechavam o armário da despensa para esconder o irmão. A tia gritava, e Lulu sabia que ela já tinha um grilo na pinça, porque ele emitia um som alto e cheio de agonia. Era o grito de uma criatura que não queria participar da tortura, mas já sabia que participaria. "Ele não está em casa, tia", a criança balbuciou, afastando-se do armário que escondia o irmão. "Estava ouvindo nossa conversa de novo, Drussila? Seu irmão vai aparecer uma hora ou outra! Responda! Drussila Almeida Brait, responda". E a criança suplicava: "Por favor, tia, não faz isso...".

A tia segurou a cabeça da menina fortemente com o ouvido para cima. O grilo na pinça. – Você vai aprender a não ouvir as conversas dos outros!

"Luululululululu".

Lulu levou a mão ao ouvido, em sinal de dor. O cachorro latiu, como se dissesse "Saia daí! Saia dos seus pensamentos!". Ela encarou os cachorros, a dona Rosa e a sua casa. No meio da sala, um quadro enorme com a foto ampliada de um gigantesco grilo.

– Talvez, dona Rosa, eu não seja forte fisicamente para proteger ninguém, mas não tenho medo de nada. Eu não sou vítima de ninguém. – Ela encarou o grilo do quadro, como se o desafiasse. – E talvez os meus cães saibam disso.

SEGUNDO CAPÍTULO
FESTA NA FLORESTA

– Quem já chegou? – Lulu olhava para o centro de atividades da comunidade, procurando rostos conhecidos em meio àquela aglomeração de pessoas.

– Eu acho que todo mundo. Olha, lá estão os jornalistas, entrevistando alguns moradores. – Janete também tentava ver alguma coisa através do vidro.

– Então... é isso! – Lulu bufou. – Vamos descer e procurar alguns talentos na favela.

– Comunidade, Lulu! Comunidade! Não pense em sair por aí falando "favela"! As lacradoras acabarão com você na internet! – Janete direcionou sua atenção para o motorista. – Estacione ali, naquela entrada! – Ela novamente olhou para Lulu. – Por que você está com a cara assim?

– Assim como?

– Inchada! Você andou chorando! Por causa da Safira, não é? Eu vi vocês saindo juntas daquela festa! Sabia que ia dar merda!

– Ela não está mais atendendo minhas ligações, estou com medo de que esteja brava ou algo assim. Isso me deixa angustiada! Eu bebi demais. Será que disse alguma coisa errada?

– Lulu, esquece! Isso não importa agora! Qual é mesmo seu lema? "Eu não tenho medo de nada e eu não sou vítima de ninguém". Lembra-se? – A voz de Janete ganhou um ar frio de sabedoria. – Todo mundo sofre por amor... Agora, você não pode ficar absorta nos próprios problemas! Esses moradores têm problemas muito mais graves do que qualquer um que você já tenha tido. Eles precisam da sua completa atenção hoje.

– Para você é fácil falar. Você é uma empresária, lida com números! Eu lido com fantasmas que me assombram por aquelas histórias que não posso escrever... – Lulu baixou os olhos – e por aquelas que nunca vou viver...

– Engano seu, eu lido com público. O mesmo público que você vai encarar agora! – O motorista abriu a porta do carro. – Sorriso, Lulu! Sorriso!

– Olha! Lá na frente! – Lulu apontava para a bela jovem autografando fotos para algumas crianças. – A Safira chegou!

– Nem pense nisso, Lulu! Nem pense nisso!

As duas desceram do carro. Lulu aproveitou o momento em que um batalhão de jornalistas formou um semicírculo ao redor de Janete e saiu despercebida. Ela só queria falar com Safira por um minuto. Um minuto apenas. Só para saber se as coisas não estavam mal entre as duas. Ela precisava daquilo, só para aliviar a consciência.

Ela se aproximou o bastante para ser ouvida pela amante, porém, no instante em que ia abrir a boca para dizer alguma coisa, o marido de Safira a abraçou pela cintura, em uma postura ridícula de quem se acha o próprio James Bond, tudo no exato instante em que uma jornalista apareceu com uma câmera que podia focalizar os três. Safira e o marido abraçados, Lulu alguns passos atrás, com a boca aberta, frustrada por não ter conseguido dizer nada.

– Gente, e os famosos estão por toda a parte! – anunciou a repórter. – Aqui mesmo, na minha frente, estamos com Fernando Vasconcelos e Safira Maia... – Ela percebeu a terceira pessoa um pouco atrás. – Ah... e Lulu Brait!

O casal torceu o pescoço, percebendo a presença de Lulu, que se adiantou para posar ao lado deles, com os olhos esbugalhados e o lábio superior erguido, pega de surpresa. Sua expressão catatônica destoava dos enormes sorrisos estáveis de Fernando e Safira.

– Fernando, como é para você, filho de um dos empresários mais ricos do país, estar aqui, ao lado de sua esposa, ajudando essas crianças carentes?

– Olha, eu acho que essa iniciativa traz realmente uma nova perspectiva para essas crianças humildes que não tiveram oportunidade. Esperamos realmente encontrar vários talentos por aqui.

– E você? – Quando a repórter se dirigiu a Safira, as pupilas de Lulu tremeram nas órbitas. – Safira Maia, como atriz, o que você acha que pode fazer no aconselhamento dessas crianças?

– Ah, eu acredito que o Projeto Mestre possibilita não só às crianças aprenderem com a gente, como também que a gente aprenda com elas! Afinal, essas crianças da comunidade, pelo que já pude notar, dão um show de garra e determinação. Estou bem ansiosa para iniciar as atividades e espero que tudo corra bem.

– E você, Lulu Brait? – Quando a repórter finalmente chegou até Lulu, ela já não tinha mais a expressão catatônica.

Após ouvir o discurso presidenciável do casal vinte, Lulu já era "ela mesma" novamente. Tinha no rosto dois olhos faiscantes de revolta. – Você, como escritora, aproximando a literatura dessas crianças que não têm nenhum contato com a cultura, o que voc...

– Óbvio que elas têm contato com cultura! Cultura não é só o que você gosta!

Todos os sorrisos se transformaram em espasmos labiais com dentes à mostra, num misto de surpresa e um pouco de indignação. Safira arregalou tanto os olhos que suas verdadeiras íris podiam ser vistas por baixo das lentes de contato coloridas. A jornalista preparou-se para uma esgrima de alfinetes com Lulu.

– Bom, este é um projeto voltado para a caridade e ninguém é obrigado a estar aqui, né? – A jornalista brandiu mentalmente "Em guarda!".

– E não tendo uma obrigação, a gente precisa se perguntar: o que leva uma multidão de celebridades a terem um acesso de bondade justamente quando um projeto encabeçado pelas organizações mais ricas do país vira as câmeras para elas? Isso inclui a mim, porque é como dizem né: quem come com os porcos...

– O que é isso, Lulu? Você acha que as pessoas estão aqui pela fama? Pelo dinheiro?

– Não. Eu acho que vai chover. Que as pessoas estão aqui pela publicidade, eu tenho certeza!

– Talvez não devesse julgar os outros por você mesma!

– A realidade é clara e independe dos meus julgamentos!

– Você não acredita nos talentos dos moradores dessa comunidade humilde?

– Eu não acredito que o talento faça a menor diferença nesse país!

– Você é um nojo...

Nesse momento, Janete Gomes puxou Lulu pelo braço, colocando-se entre ela e a jornalista.

– Como escritora, o que a Lulu está aqui para fazer é isso mesmo: criar polêmica e contestar os pilares culturais da nossa sociedade moderna. O questionamento é importante para todas as ocasiões da vida! Mas é claro que Lulu dá valor a este trabalho, ela inclusive tem seu próprio projeto cultural sem fins lucrativos...

– Sim, o "Espaço". Um galpão de teatro que foi interditado três vezes por festas que envolviam abuso de drogas e bebidas – adicionou a jornalista.

– Não é bem assim. De qualquer forma, não estamos aqui para falar sobre isso. Com licença... – Janete se afastou, puxando Lulu pelo braço para dentro do centro de atividades da comunidade. A repórter perdeu as duas de vista, ficando novamente com o casal sorridente. Os seguranças permitiram a entrada de Janete e Lulu no centro, que seria palco dos acontecimentos daquele dia.

Lá dentro, alguns dos organizadores conversavam em voz baixa, espalhados pelo local. Janete arrastou Lulu para um canto:

– Eu juro que se não fôssemos amigas nem em mil anos eu seria sua empresária! Onde você estava com a cabeça? Que comportamento antiprofissional!

– Eu tenho sérios problemas com fingimentos!

– Você tem sérios problemas com a Safira! Precisa abster a sua cabeça da sua vida pessoal!

Nisso, Fernando Vasconcelos, que além de tudo era um dos organizadores do evento, adentrou o ambiente com passos firmes, brutos, selvagens. Enquanto numa performance de Aquiles com o orgulho ferido ele praticamente corria até Lulu, Safira corria ao seu lado, tentando acalmá-lo. Diversos organizadores e assessores seguiam o casal.

– Não sei quem teve a ideia de chamar você, sua piranha escrota! – Incontrolável, Fernando gritou apontando o dedo para Lulu. – Você é uma peste! Sempre causando problemas!

– Calma, gente! – Janete se colocou na frente de Lulu, barrando o caminho de Fernando. – Vamos todos nos acalmar! Brigar agora não vai levar ninguém a nada!

Fernando ignorou a presença de Janete e continuou gritando, brandindo o dedo para Lulu.

– Depois você finge que não sabe por que todo mundo odeia você! Você não come entre os porcos, Brait! Você está sozinha na pocilga!

– Calma, querido... – Safira tentou apaziguar.

– Não encosta em mim! – Fernando puxou o braço violentamente. – O que é isso? – As atenções dele se voltaram para Safira. – O que aconteceu com seus olhos?

– Perdi uma das lentes, mas fique calmo. Colocarei óculos escuros até alguém trazer um novo par...

– Você é idiota ou o quê? As pessoas a querem porque amam a índia de olhos cor de safira! Ninguém quer ver uma bugre normal!

– Não fale assim com ela! – Lulu empurrou Janete para o lado e, antes que percebesse, havia desferido um tapa contra o rosto de Fernando. Todos tentavam separá-los, e Fernando gritava a plenos pulmões.

– Eu juro, Brait! Eu vou matar você! Eu vou matar você! Nem que seja a última coisa que eu faça, eu vou matar você!

– Chega! – gritou, de repente, um senhor de idade. Ele se aproximou, cercado de seguranças e assessores. A boca de todo mundo se fechou e os olhos se abriram. – Fernando, vá cuidar dos seus afazeres! Eu não criei você para ser um valentão que ameaça mulheres com a metade do seu tamanho!

– Mas, pai, olha o que...

– Agora, Fernando!

O pai de Fernando, dr. Célio Vasconcelos, era não apenas um dos homens mais ricos do país, mas também um dos mais influentes e, talvez, o mais poderoso. Em uma escala de poder, se todos os ali presentes fossem padres, Célio seria Deus.

Na impossibilidade de desafiá-lo, Fernando saiu bufando, seguido diretamente por Safira. Os demais organizadores do evento, bem como os famosos e seus assessores, se dispersaram rumo às obrigações assumidas para aquele evento.

Uma vez sozinho com Janete e Lulu, ele se dirigiu às duas.

– Onde estão os seguranças de vocês?

– Verdade, onde estão nossos seguranças? – Lulu perguntou para Janete.

– Você não precisa de seguranças, precisa da Supernanny! – A empresária continuava irritada com aquela situação. – Célio, nossa estratégia de hoje era vir sem seguranças, demonstrando simplicidade... Não imaginei que tudo isso fosse acontecer.

– Eu recebi uma mensagem, há pouquíssimos minutos... de uma jornalista querendo vender uma reportagem "polêmica" da senhorita Brait. A chantagem foi a sua sorte, mocinha! – Ele apontou para Lulu. – Ou eu não estaria aqui. Se estivéssemos nos tempos da ditadura, você também não estaria mais aqui... entre nós.

– Eu sinto muito por todos os problemas. – Janete elucidou. – E tenho certeza de que o Fernando também não quis dizer as coisas que disse, ele só estava nervoso. Lulu também sabe disso. – Ela deu uma cotovelada em Lulu, para que ela demonstrasse concordar.

– Eu resolverei os problemas. Espero, agora, que vocês cumpram o que foi combinado e posto em contrato – ele afirmou, friamente.

– Certamente!

Janete agradeceu imensamente a ajuda de Célio, mas era perceptível que não havia alívio em seu tom de voz. Lulu começava a se sentir culpada. A amiga não deveria pagar profissionalmente o preço pela rebeldia da escritora.

As duas caminharam, cruzando o centro de atividades, que nada mais era do que um enorme ginásio, dividido para a ocasião em setores nos quais as atividades culturais seriam desenvolvidas com as crianças.

Do lado esquerdo, as arquibancadas haviam sido transformadas em um ateliê, onde artistas plásticos reconhecidos e professores da própria comunidade ensinariam às crianças a arte do desenho e da pintura. Quadros, tintas, cavaletes e aventais doados pela organização esperavam pelos alunos e futuros artistas.

A quadra central havia sido dividida em três partes. Em uma delas, fotógrafos e modelos dariam dicas às crianças de como se portar em uma sessão fotográfica. Também haveria aulas de passarela, maquiagem e etiqueta.

Em outra parte do ginásio, bailarinos, coreógrafos e cantores ministrariam aulas de dança e canto. A intenção inicial era que houvesse aulas de música envolvendo instrumentos também, mas essa ideia foi descartada devido à poluição sonora.

Em um terceiro espaço, haveria uma oficina de atuação e improviso, ministrada por Safira, outros atores famosos e professores de teatro da própria comunidade. Essa atração foi, sem dúvida, a mais procurada pelas crianças que se inscreveram para participar do projeto.

A lateral direita do ginásio acomodava os banheiros, os vestiários e três salas médias, que seriam usadas também para as atividades. Em uma delas, *socialites* dariam às crianças dicas de moda e comportamento; em outra, empresários, como Fernando e Janete, instruiriam as crianças sobre o trabalho de imagem de um artista.

Na última sala haveria uma oficina de escrita. Com exceção dos professores da própria comunidade, presentes no evento para auxiliar os famosos, apenas Lulu estaria nessa sala com as crianças. Os outros escritores e diretores forjaram obrigações, tentando disfarçar a realidade: ninguém queria passar uma tarde de atividades ao lado de Lulu Brait. Primeiramente, porque a moça era mais reconhecida que qualquer escritor de seu tempo e sempre acabava estragando a publicidade de todo mundo, sendo a única a ser citada. Outro problema era a fama de intratável que a escritora carregava, devido aos seus incidentes sociais.

Enfim, o evento começou a tomar forma quando os famosos passaram a assumir seus lugares nas áreas em que deveriam estar. Os professores, funcionários do centro e assessores das celebridades corriam de um lado para o outro, para garantir o conforto de todos. Os assistentes sociais chegavam com as listas das crianças inscritas, enquanto Janete dava os últimos conselhos para Lulu.

– Esquece o que aconteceu. Vamos pensar exclusivamente nas crianças. Por favor, Lulu, pega leve.

– Pode ficar tranquila, Janete, e olha... me desculpe! Eu não devia ter perdido a cabeça daquele jeito...

– Depois a gente fala disso.

As crianças finalmente chegaram. Alguns jornalistas autorizados também. As crianças, previamente instruídas até a exaustão para não cometerem nenhuma deselegância, apareceram impressionantemente comportadas para a idade, que ia de oito até quinze anos.

As oficinas começaram. Cada grupo teria mais ou menos uma hora para desenvolver a oficina com um determinado número de crianças, de modo que cada uma pudesse participar de todas as oficinas oferecidas. Dessa forma, no intervalo entre uma oficina e outra, os repórteres passavam recolhendo depoimentos dos famosos, enquanto o trabalho era desenvolvido.

"Olha, eu volto a dizer que essa iniciativa está trazendo muita oportunidade para essas crianças. Eu mesmo, durante uma das oficinas que dei, vi muitas crianças interessadas. É uma pena que não haja um trabalho mais constante e que elas não tenham conhecimento suficiente sobre arte." (Fernando Vasconcelos, empresário e produtor de eventos.)

"Estou impressionada com vários talentos que apareceram nas oficinas. Espero que essas crianças continuem buscando seus sonhos." (Safira Maia, atriz.)

"É normal na idade delas, e pela realidade em que vivem, que essas crianças não tenham conhecimento sobre artes plásticas. Mas acho que com apoio elas vão longe." (João Mendes Prado, artista plástico.)

"Bem, eu acho que para chegar no nível profissional que tem um cantor ou um bailarino, essas crianças ainda têm um longo caminho pela frente. Independentemente disso, acho que o esforço e a garra que elas têm impressiona muito." (Aline Varjão, cantora e dançarina.)

"Tem muitas crianças com potencial aqui. Acho que agora o que elas precisam é procurar uma boa agência de modelos, providenciar um *book*, trabalhar um pouco a produção e ir atrás. É assim, tem que correr atrás!" (Mario Sarallo, modelo.)

"Existe um motivo pelo qual a gente escreve: porque temos alguma coisa para dizer. Essas crianças têm mais coisas a dizer do que qualquer um de nós. Estou me sentindo o próprio Salieri. Tem muita gente melhor do que nós, palhaços globais, saindo da própria periferia, e é atrás dessas pessoas que essas crianças deveriam estar. Não sei se estamos dando voz a alguém ou estragando uma obra que já é linda como é. Por que o Ferrez não está aqui? A única burrice que vi esses jovens cometendo até agora foi aparecer neste evento." (Lulu Brait, escritora.)

Ao final do evento, as crianças tiveram um momento para tirar fotos com as celebridades e receber pequenos mimos, como fotos autografadas dos atores, aquarelas dos artistas plásticos e livros da Lulu. Houve também um sorteio de itens doados por artistas, como sapatilhas da sorte, pincéis usados e maquiagens que algum dia já retocaram algum rosto famoso. Como o elefante Dumbo com sua pena mágica, as crianças saíram felizes com os presentes e o dia de diversão. Algumas delas choraram no encontro com os ídolos, sem saber da mediocridade artística de muitos deles.

Lulu repensou todos os volumes que havia deixado para doação, fazendo uma retrospectiva mental de quais títulos havia posto ali, relembrando as palavras de Janete: "Apenas os seus livros de contos mais leves, Lulu! Não queremos outro episódio como o da dona Marta, que ameaçou você!". Na verdade, Lulu não tinha livros leves, então optou pelos mais psicológicos e depressivos. Pelo menos não possuíam partes de sexo e violência, ou como diria dona Marta, conteúdo "impróprio e satânico".

Tudo parecia ter terminado relativamente bem. Antes de entrar no carro de vidros escurecidos para ir embora, Lulu olhou uma última vez para a comunidade. As celebridades voltariam para suas mansões, e as crianças voltariam para a selva onde viviam. As mansões eram frias e secas de sentido. A comunidade era uma floresta de valores, vozes, gritos e possuía uma arte viva e selvagem. Em uma metáfora da arte como bicho, a daquelas crianças era como uma onça... uma onça rara e bela, escapando da extinção dos caçadores que invejavam sua beleza. A arte dos famosos que foram até lá servir de "mestres" àquela comunidade era como um cachorrinho... um pug, talvez. Bonitinho, moldado, humanizado, fácil de adestrar... e inútil.

Pugs convidados para uma festa na floresta foram até lá para ensinar as onças como é que se deita, rola e dá a pata. As onças entraram em jaulas bonitas para ouvirem a ladainha dos cachorrinhos de bolso. Ninguém sabe, mas por todos os cantos a arte busca a libertação. A onça nativa ainda vai devorar o cãozinho importado.

– Coleiras cravejadas de diamantes, esquecidas em poças de sangue, na frente dos portões do paraíso.

– O que foi que disse, Lulu?

– Nada... eu não disse nada.

– Bom, pode escapar de seus pensamentos por um momento? Eu quero dizer uma coisa. – Janete suspirou. – Eu não quero mais ser sua empresária. Estou com muito trabalho agora, empresariando a carreira da Fernanda Raupp... e ela não me dá tanto trabalho quanto você!

– Mas, Janete, nós somos...

– Também não acho que devamos mais ser amigas. Você era um tipo de pessoa admirável, Lulu! Sua vida triste na fazenda com sua tia, a sobrevivência, os grilos... – Janete exclamou. – Mas você é um risco! Fala merda o tempo todo, não sabe se colocar, é politicamente incorreta... Desculpe, mas aquela jornalista tem um ponto: você é um nojo, Lulu! Você não se toca quando fala algumas coisas. Lembra-se daquela entrevista na qual perguntaram sobre a sua sexualidade? Você lembra o que respondeu?

– Na verdade, eu...

– "Eu sou muito promíscua para responder a sua pergunta." E não para por aí! Você faz um projeto sem fins lucrativos, ele vira um ponto de drogas. Você tenta ser legal e acaba sempre sendo a babaca. Lulu, você não enxerga seus privilégios!

Janete não obteve resposta. – Lulu!

A mente de Lulu viajava, Janete podia perceber. – Lulu! Está me ouvindo?

– Eu sei o que isso significa agora. – Lulu esfregou os olhos. – É que essa palavra...

"Você está vendo seu privilégio?". A tia segurava o prato de Lulu diante da pocilga dos porcos. O prato que ela havia retirado da frente da criança no meio da sua festa de aniversário. O bolo cor de rosa brilhava com o sol quando a tia levantava o prato. "Mas você não dá valor a nada! Cuidar de você é como dar pérolas aos porcos!". Ela esvaziou o prato na pocilga. Os porcos comiam enquanto uma lágrima corpulenta escorria pelo rosto da menina. O estômago roncava, os ouvidos machucados doíam. "Quer ficar sem comer até acabar morrendo, como seu irmão?"

– Lulu, você está me ouvindo?

– Estou ouvindo, Janete.

– Aquela mãe que reclamou do mau exemplo que seus livros deram para o filho dela... você levou na brincadeira.

– Como eu não levaria na brincadeira alguém que diz que meus livros são impróprios e satânicos?

– O filho dela morreu de overdose, Lulu. E ela diz que foi por sua causa, como se você tivesse tirado a vida dele, pois seus livros o influenciaram. – Janete bufou. – Quando alguém culpa você pela morte de um ente querido, é claro que essa pessoa vai sentir ódio, vai querer retaliação!

– Eu não matei ente querido de ninguém! Eu nunca escrevi nada que incentivasse alguém a morrer de overdose! São coisas distintas: ele era viciado em drogas e lia meus livros, mas ele assistia séries também, não? Distraía-se com jogos... essas coisas não o influenciaram? – Ela queria fazer as pazes com Janete, mas não podia deixar de se defender. – A vida ruim que ele provavelmente levava ao lado da dona Marta, a criação que ela deu a ele, tudo o que aconteceu com ele a vida toda não teve nenhuma influência? Ele era a pessoa mais feliz do mundo até que simplesmente leu um livro no qual não há nenhuma apologia à utilização de drogas sintéticas e morreu de overdose? Isso não tem a menor lógica!

– Você é uma pessoa difícil, Lulu. Já imaginou como seria melhor a sua vida se nem todo mundo a odiasse? Se nem todo mundo quisesse matar você?

– Você quer me matar?

Janete não respondeu. Elas ficaram em silêncio até que o carro parou na frente da casa de Lulu. Os cachorros esperavam no portão. Lulu desceu.

– Eu queria muito que você fosse diferente, Lulu, mas veja toda a raiva que você nos faz passar!

Lulu abriu o portão. Os cachorros rosnaram para Janete, que tentou sair do carro para dar uma última palavra. Ela voltou e bateu a porta ruidosamente. O carro foi embora. Lulu caiu sobre os joelhos, fechou o rosto tentando não chorar. Mas era noite e estava tão frio... e ela se lembrava.

"Gordo não sente frio, Drussila! Olha o seu tamanho!" Lulu alisava os ossos visíveis de suas costelas, imaginando serem calombos de gordura. "Vai tratar os cachorros! Eles guardam a fazenda! Têm mais serventia que você!" Os pés tão pequenos afundavam na lama fria, o balde pesava nos nós dos dedinhos. A criança entrou no canil com cinco pit bulls famintos, se sentou no meio do lugar, atordoada de frio e fome, e abandonou o balde. Fez força para respirar o ar frio. Os cachorros começaram, de repente, a abocanhar as melhores partes da comida que estava no balde e levaram até ela. Ela não conseguia comer nem agradecer, apenas abraçava os cães, que lambiam suas lágrimas.

Um enorme vira-lata preto latiu. Era Cérberus, trazendo Lulu para a atualidade. Ela fechou o portão de sua casa, e os cães a acompanharam enquanto entrava. Quando ela se deitou na cama, os cachorros ficaram todos ao seu redor, montando guarda, como se alguém pudesse matá-la a qualquer momento. Como se soubessem que esse era o desejo de muitas pessoas.

TERCEIRO CAPÍTULO
NÓS ESTAMOS TENDO UM CASO

– Safira, você está indo embora correndo, de novo.
– Lulu, ontem foi um erro...
– E qual é o acerto, Safira? Você ainda sabe?
– Eu já falei que sou casada.
– Com um monstro que a desrespeita e que você não ama! Aliás, amar? Você sequer gosta dele!
– Amor não tem nada a ver com isso, Lulu! Você não saberia!
– Eu sei de várias coisas, inclusive que estamos tendo um caso!
– Nós não estamos tendo um caso! – ela gritou.

Safira corria apressada pelo quarto, vestindo as roupas que haviam sido deixadas no chão na noite anterior. Ao chegar na sala, deu de cara com um rapaz muito jovem, vestindo um terno, sentado no sofá. Assim que elas entraram, ele se levantou.

– Quem é ele? – Safira perguntou.
– Oh, senhora Maia! Digo, senhora Vasconcelos... eu sou o novo empresário da senhorita Brait. Meu nome é Guilherme e...
– Quantos anos ele tem, 12? – Safira olhou para Lulu e soltou um grito. – Misericórdia! Você está pelada!
– Ah, é... – Lulu parecia realmente não ter reparado.
– Boa sorte, garoto! – Safira alcançou a bolsa no sofá e saiu batendo a porta da frente.

Dona Rosa apareceu, jogando um lençol por cima dos ombros de Lulu.

– Ele é mesmo muito novo... – ela sussurrou em ar de confidência.

Lulu suspirou, em voz baixa, para Rosa:

– Foi o único que topou...

– Devo dizer, senhorita Brait, que estou ansioso em trabalhar com você! Eu li todos os seus livros, comecei a ler quando tinha 15 anos...

– Isso foi semana passada?

– Foi há quatro anos, eu já tenho 19 anos. Bom, quase 19. Mas eu aprendi muito com meu pai; eu o acompanho na empresa desde os 18 anos.

– Literalmente, há alguns meses – ela bufou e riu. – Bom, o que vamos fazer hoje?

– Estou com a sua agenda aqui... você tem que comparecer às gravações do filme *Bom dia, coelho torto* para conversar com o diretor sobre as mudanças no texto e dar entrevistas para o *making off*.

– É *Bom dia, você está morto!* – ela riu. – Isso é só à tarde, mas você está aqui agora.

– Eu pensei que tinha que chegar de manhã de qualquer jeito.

Ela riu novamente.

– Desculpe, senhorita Brait. Olha, eu não sou muito experiente nesse ramo, mas minha madrasta era artista, ela se foi há alguns anos. Ela era dessas que dizem que "vão comprar cigarro" e fogem com outro cara – disse ele, soltando um riso melancólico e triste. – Mas... mas ela me ensinou muita coisa! Meu pai também me ensinou bastante.

Lulu engoliu em seco.

– Sinto muito por sua madrasta, Guilherme. Estou feliz que esteja aqui. Eu vou me trocar. Vá até a cozinha, coma alguma coisa, pode ligar a televisão... fique à vontade! Hoje você vai conhecer o "Espaço".

Guilherme ficou sem entender nada. O que era aquilo de "Espaço"? Lulu entrou, tomou banho e se trocou. Colocou uma regata azul e uma saia preta. Enquanto secava o cabelo, parou por um momento, admirando-se no espelho. A saia curta caía bem sobre a pele alva de suas pernas. Ela admirou seus cabelos longos e dourados, a franja que quase tocava seus olhos escuros e, naquele momento, se sentiu bonita.

"Lulululululululu" ecoou em seus ouvidos.

"Lulululululu", ela se sentia bonita, isso não podia estar acontecendo.

Quando você trata seu filho como um lixo, ele não vai conseguir odiar você. Ele vai odiar a si mesmo. Ela lembrava...

"Vaidade! Vaidade! Que coisa ridícula numa menina feia como você!". A esponja de aço trazia um gosto metálico de sangue e detergente para a boca da menina, enquanto era esfregada para tirar o batom. "Você está me fazendo brigar com o meu homem! Sempre ouvindo nossas conversas! Você quer roubar o Geraldo de mim?" No pote, o grilo aguardava a pinça, com as patas apoiadas no vidro e os olhos vidrados na criança, como se dissesse "Eu não queria estar aqui!". A cabeça no colo, o ouvido para cima. Os longos cabelos atrapalhavam, e a tia puxava as mechas com raiva. "Depois vamos raspar esse cabelo! Está sempre me atrapalhando!" O grilo na pinça, a caminho do ouvido. Ele entra, e o som que faz parece ecoar no cérebro da menina: "Lulululululu".

Lulu Brait encarou o espelho, as mãos agarradas na pia. "Chega! Você cresceu e não é vítima de ninguém!" Ela passou nas mãos o hidratante à base de mel. Aquele cheiro a acalmava. Ela aproximou as mãos do rosto e inspirou lentamente. Na fazenda malcuidada de sua tia, tudo cheirava mal, inclusive ela e seu irmão, constantemente proibidos de tomar banho. Sentir um aroma bom a trazia de volta para a realidade.

Finalmente sentiu-se pronta e encontrou seu empresário na sala, assistindo à televisão; fez um sinal para que ele a seguisse e os dois foram para o "Espaço". Tudo o que ela queria era um drink.

– Eu criei o "Espaço" para que artistas tivessem um local para apresentar suas performances, ensaiar, escrever... tudo o que sentissem que deveriam fazer.

– A senhorita... senhora... como eu devo chamá-la? Você é muito nova para ser chamada de senhora e não é casada, mas é estranho chamar você de senhorita, e a Safira Maia de senhora, já que vocês têm praticamente a mesma idade, e percebi que são muito amigas, daí eu pensei...

– Agora nós trabalhamos juntos, independentemente de como me chamar, eu vou ter que ir, então chame como você quiser.

– Bom... você começou sua carreira no teatro, né?

– Eu comecei minha carreira na fazenda, quando era criança e tive uma infância de merda. O que me formou foi a minha dor, senão eu não teria nada para dizer, e se não tivesse nada para dizer, não escreveria – ela suspirou. – Mas, sim, eu comecei na dramaturgia. Foi como eu consegui sair da cidade onde nasci, com um grupo de teatro itinerante para o qual eu escrevia.

– Por que não escreve mais tanto para o teatro?

– Porque paga mal e ninguém reconhece seu valor. – Ela olhou através da janela do carro. – Chegamos.

Ele desceu e ficou abismado, pois não havia imaginado o "Espaço" daquele jeito. "Espaço"? Era um casebre velho, um galpão grande e bagunçado. Não tinha cara de projeto beneficente, tinha cara de ponto de drogas mesmo... e aparentemente era! Algumas pessoas fumavam maconha em uma sala que ficava logo na entrada. Assim que eles chegaram, as pessoas cumprimentaram Lulu. Ela apresentou Guilherme rapidamente, tinha pressa em chegar ao seu escritório.

– Aqui não é uma escola, Guilherme – comentou Lulu. – Aqui é um centro de ideias e liberdade.

Lulu caminhava pelo local. Guilherme a seguia, confuso e amedrontado.

– O que aquelas pessoas estão fazendo? Tentando se matar?

– É um exercício de exaustão. – Ele não entendeu nada, mas resolveu não perguntar. Ela abriu uma porta. – Entre.

Guilherme adentrou uma espécie de escritório, cheio de bebidas e papéis. O jovem tinha tantas perguntas em mente que não sabia por onde começar. Lulu abriu uma garrafa e serviu duas doses de uísque. Uma garota entrou na sala com um telefone sem fio na mão e passou para Lulu. Ela tomou o telefone e pareceu muito alterada com a ligação. Sentou-se pesadamente no sofá enquanto escutava o que a pessoa do outro lado da linha dizia.

Guilherme observava tudo. A única coisa inteira naquela sala eram as garrafas. Em todo o resto, havia um buraco. Um buraco meticulosamente feito por alguém que certamente o queria ali. Os dois quadros na parede tinham buracos. A mesa tinha um enorme buraco no centro. Os copos tinham furos perto da borda. Até a parede era perfurada. Quando Lulu desligou o telefone, ele não conseguiu conter a curiosidade e indagou:

– Por que os buracos?

Lulu riu e tomou a dose de um dos copos, servindo outra logo em seguida. Ele comentou:

– Seria sábio isso, senhora Brait? Temos o *making off* do filme à tarde...

– O porquê dos buracos... Você foi a primeira pessoa que me perguntou isso. Esses buracos vivem em mim, Guilherme. – Ela deu mais golada no uísque. Respirou fundo. – Minha mãe morreu no parto e eu não tinha pai. Minha tia herdou a fazenda da minha mãe e se tornou minha tutora. Tecnicamente, ela foi a única mãe que conheci, mas era uma pessoa muito "peculiar". – Lulu bebeu mais e disse em um rompante, quase um soluço, quase uma confissão. – Ela costumava enfiar grilos no ouvido da gente, como castigo...

– "Da gente"? O quê... peraí... grilos?

– Grilos, às vezes pequenas cigarras... qualquer inseto que fizesse barulho. Era um dos seus castigos preferidos. Eu tinha um irmão. Ele morreu. Bom, na verdade, minha tia praticamente o matou. – Lulu tomou aquela dose. Serviu outra. – Quando ele morreu, eu fiquei sozinha com ela... fiquei sozinha com o monstro, os grilos e toda aquela maldade. A parte de mim que acreditava na bondade e no amor morreu com ele. Era como se eu tivesse ficado com um buraco na alma.

– Os buracos...

Lulu mostrou como até mesmo a blusa e a saia que usava possuíam pequenos buraquinhos. Nada muito perceptível, era necessário um olhar atento para perceber. Mas a visão de todos era vazia de atenção. Ela riu.

– Um dia, eu fiquei doidona e furei todas as minhas coisas.

– Ele era mais novo que você? – O jovem parecia impressionado com a história.

– Éramos gêmeos. Mas ele era mais frágil. Passar pelo que nós passamos... Você já viu um porco morrer, Guilherme?

Ele meneou a cabeça, em negação, cada vez mais impressionado.

– Você deve achar que eu sou uma bêbada desequilibrada, né? Falando compulsivamente sobre essas coisas...

– Não, senhora Brait... acho que é fascinante. – Inesperadamente, ele pegou um dos copos e bebeu o uísque. – Você teve um irmão gêmeo morto pela sua própria tia, fala com cachorros e tem toda essa história dos buracos...

Ela ficou em silêncio, olhando para o buraco na parede, como se estivesse contemplando o vazio deixado em sua própria alma.

– ... e você tem medo de grilos – ele completou.

– Eu não tenho medo de nada! – ela irrompeu. – Eu não sou vítima de ninguém!

– Quem estava ao telefone?

– Não quero falar sobre isso. – Lulu respirou profundamente, notando que a garrafa de uísque já estava pela metade. Encheu um novo copo. Bebeu. – Eu vou chamar alguém para lhe mostrar o "Espaço", Guilherme. Acho que eu preciso escrever agora, senão vou esquecer...
– Esquecer o quê?
– Como estou me sentindo. Eu conto a história dos buracos porque eu me lembro dela, mas eu não lembro mais como eu me sentia quando os buracos ainda não estavam aí. A gente esquece como a gente se sente, esquece de tudo, na verdade. Sabia que quando você lembra de uma coisa que aconteceu, sua mente não está no que aconteceu, mas na última vez que você lembrou daquilo? O fato nunca é revisitado, você não está se lembrando do ocorrido, e sim da última vez que pensou sobre aquilo. Não que eu me importe... Se eu pudesse, eu me esqueceria de tudo! – ela suspirou. – Mas eu não posso, ou não vou ter nada para dizer... e se eu não tiver nada para dizer, não vou ter motivos para escrever.
– Eu ainda queria perguntar... Por que você ainda tem a dissertação do Hugo Carvalho na sua mesa, se vocês se odeiam?
– Porque eu odeio pessoas, e não dissertações. Agora, por favor, saia.
Lulu abriu a porta e pediu que as pessoas que antes fumavam maconha na sala mostrassem o "Espaço" para Guilherme. Ela abriu o notebook. Acendeu um cigarro. Os dedos alvos deslizavam aflitos pelo teclado. Acontecia tanto em sua mente. As lembranças da infância, a relação perturbada com Safira, as constantes ameaças, os grilos, os cães e os buracos. Lulu tinha

total consciência de que não era uma pessoa fácil, mas também sentia que o mundo lhe pedia muito mais do que lhe dava.

Ela sabia que para ser um bom escritor era necessário muito mais do que "ter algo a dizer", porém, sem algo para dizer não havia o propósito da escrita. Por que alguém passaria anos desenvolvendo técnicas e estudando teorias para poder transcrever de forma poética uma mensagem com a qual não se importa?

Da mesma forma, como um ser humano poderia acordar todos os dias e cumprir uma infinidade de obrigações que fazem a existência insuportável, sem um propósito em estar vivo? Há anos que a única atividade de Lulu era retratar a mágoa que sentia do mundo através da literatura. Mas isso era algo que ela precisava fazer, e não o seu propósito. Um propósito não é uma obrigação a ser cumprida, ou uma meta a ser conquistada. Não é algo que você deve realizar porque vai fazer bem para a sua saúde ou vai engrandecer sua carreira. O propósito de cada um é a razão da sua existência. Não é simplesmente algo que difere o homem do animal, mas que difere aquele homem de todos os outros de sua própria espécie.

Quando conhecemos nosso propósito, entendemos porque estamos vivos e sentimos vontade de viver. No entanto, um propósito é algo que ninguém pode dar a uma pessoa, ela precisa encontrar sozinha. Mas como uma criança que desde o nascimento foi empurrada para um lado e para o outro, forçada a acreditar que os outros determinariam seu valor e seu destino, conseguiria encontrar seu propósito?

Ao pensar sobre isso, Lulu não considerava apenas a si mesma e sua infância, que fora um caso extremo. Pensava em todas as crianças que são tratadas pela sociedade como um instrumento do qual se deve tirar uma utilidade, e não como seres humanos que devem compreender seu propósito. Profissões são escolhidas para fetos que não estão nem perto de nascer, o líquido amniótico envenenado por cobranças absurdas.

"O ser humano apodrece por envenenamento."

Ela bateu a cabeça no teclado. Sentia-se zonza e bêbada. Tinha vontade de chorar, mas ela não era dada a esse tipo de coisa. Ela não podia, pois eram gatilhos que lhe traziam mais lembranças.

"Lululululu" a criança no hospital, a febre alta. "Meu irmão vai morrer", ela pensava, enquanto alisava com as pontas dos dedos os cabelos dourados do menino deitado na maca, embebido em suor. O médico havia dito que a situação era delicada. "E talvez seja mesmo", a menina pensava. Aquela situação era tão delicada quanto a criança que foi deixada amarrada a uma árvore do quintal, no dia mais frio do inverno. A tia mentia na frente dos médicos, dizendo que o menino havia saído sem permissão. "Nós somos pessoas muito simples, muito humildes, não temos luxo, mas eu sempre cuidei muito bem dessas crianças. Não acredito que ele saiu à noite sem que eu visse! Ele não bate muito bem da cabeça! Por favor, doutor, salve meu menino!". A irmãzinha virou os olhos para a tia. "Ela é louca", a menina pensava. "Não é possível que faça tudo isso por maldade, ela é louca."

Lulu levantou a cabeça do teclado. As letras inteligíveis apareceram dançando diante do seu olhar inebriado. Ela já não estava conseguindo conter as lembranças, mal podia escrever. E à tarde ainda teria que ir às gravações do filme. Sentia falta de Janete. Pensou em ligar para ela, mas não estava bêbada o suficiente para se humilhar diante de alguém que havia deixado claro não querer mais sua amizade.

Ela se deitou no sofá e encarou o buraco no teto. Talvez dormir um pouco fosse a melhor saída. Dormiu até o momento de ir para as gravações do filme. Acordou com Guilherme chamando-a apressado. Antes de ir, ela tomou uma cerveja gelada para cortar os efeitos da ressaca.

O *set* de filmagem era enorme, e o jovem empresário ficou maravilhado. Ele e Lulu pareciam anões naquele lugar onde o teto era tão alto e os equipamentos eram tantos. Fernando Vasconcelos estava lá, junto a três amigos. Estavam sentados, assistindo, enquanto Safira interpretava diante das câmeras. O diretor cumprimentou Lulu e seu novo empresário. Os dois se sentaram próximos à câmera.

– Qual a história? – Guilherme sussurrou para Lulu.

– É baseada em um livro que eu escrevi. Achei que você tivesse lido todos. – Ela sorriu.

– Esse eu ainda não tive a oportunidade e...

– Tudo bem. – Lulu cochichou a trama para ele. – Uma artista está viajando com uma companhia de teatro itinerante. É uma dramaturga. Todos os membros da companhia foram rechaçados em algum momento por suas famílias e expulsos de onde viviam anteriormente. Ninguém era bem-vindo no local onde estava. Eles viajam pelo país apresentando suas performances e espetáculos, levando uma mensagem de valorização da arte, libertação, paz e respeito às diferenças. A protagonista – ela apontou para Safira – tem uma ideia incrível de um texto que ela tem certeza que vai abalar as normas da sociedade e que fará com que todos acordem para os problemas que estão acontecendo em seu país intolerante. A arte seria salva. Os atores ficam extasiados com o texto e mal podem esperar para dar vida a ele, porém, quando estavam a caminho da próxima cidade onde fariam a primeira apresentação desse espetáculo, eles sofrem um acidente e...

– Ação! – gritou o diretor.

Safira caminhava de um lado para o outro da cena, com vários papéis na mão. Ela os rasgava e mordia, enquanto declamava aos prantos:

– Houve um dia em que eu soube disso. Havia música e poesia nascendo em cada muro, em cada esquina. No nosso espírito, havia um cão que ladrava e com certeza morderia. E, nesse dia, eu quis com cada fibra do meu ser fazer parte desse momento. Eu quis ser desse tempo, eu quis revogar a proibição, entrar na corrente, eu quis salvar a arte.

Safira se ajoelhou, como quem está prestes a fazer uma oração. As luzes ficaram mais fracas e vultos caminharam ao redor dela, semiocultos pela escuridão.

– *Mas não é engraçado?* – Ela olhou para o nada. – Mas não é sarcasticamente engraçado? – Ela olhou para Lulu. – Porque foi nesse dia que eu morri.

– Corta – anunciou o diretor.

Lulu completa, cochichando para Guilherme:

– Todos eles morrem no acidente.

– Ela é boa! – Guilherme estava impressionado com a atuação de Safira.

– Ela é perfeita... – Lulu suspirou.

– O que acontece com eles depois que morrem?
– Não leu o livro e agora também não quer assistir ao filme?
– Lulu riu. – Chega de amostra grátis! Compre meus livros e assista aos meus filmes! – Os dois riram.
– Eu só ouvi a polêmica sobre o diretor que sumiu... não era esse aí a princípio, né?
– Não. Antes era um outro cara que iria dirigir. Ele parecia bem empolgado. Um dia disse que estava a caminho do aeroporto para buscar o cenógrafo que viria da Coreia do Sul para trabalhar com ele. Os dois desapareceram, ninguém sabe onde foram parar.
– Será que eles morreram?
Fernando levantou-se de repente:
– Eu não sei, nunca gostei dessa historinha. – Lulu entendeu o ataque pessoal, mas resolveu ignorar. – Os fãs da Safira são pessoas simples, do povo, eles não vão querer ver esse filme sobre um bando de artistas pagando de culturais e vivendo de mamar nas tetas do governo. Como empresário dela, eu acho que o roteiro do filme deveria ser mudado. Sabe que a única coisa que vai atrair o público para os cinemas é a fama da Safira, ninguém conhece esse bando de zé ruelas do elenco.

Lulu pensou em responder, mas achou que Fernando era idiota demais para merecer uma resposta. O diretor e o resto do elenco também o ignoraram. Safira se adiantou para explicar para ele o conteúdo da obra. A equipe responsável pelo *making off* do filme finalmente chegou e começou as entrevistas. Fernando estava entediado, então convidou seus amigos para irem com ele tomar uma cerveja em uma barbearia próxima de lá. Enquanto o diretor dava seu depoimento, Lulu viu a perfeita oportunidade para falar com Safira. Guilherme não tinha o pulso firme de Janete para tentar impedi-la.

– Precisamos conversar.

– Eu já falei tudo o que tinha para falar hoje quando liguei para você lá no "Espaço". – Safira retrucou. – Não posso mais ser vista tendo essas conversas com você. Esses nossos momentos precisam terminar! Nós somos colegas de trabalho e é só isso. Eu sou casada com o Fernando. Eu amo o Fernando. Você precisa nos deixar em paz.

Lulu engoliu em seco. "Você precisa nos deixar em paz". Como ela podia terminar tudo o que as duas haviam construído dessa maneira abrupta e sem sentido? O diretor chamou Lulu, que deveria ser a próxima entrevistada. Uma meia-lua de lágrimas havia se formado nos olhos da escritora, o momento não podia ser pior. Ela se aproximou para dar seu depoimento. Era, provavelmente, o momento no qual ela mais tinha coisas a dizer... Só que não podia dizer nada.

– Lulu, você escreveu o livro e a adaptação para o cinema. Você domina tantas diferentes linguagens. Existe alguma coisa que você não saiba escrever?

– Não.

O entrevistador ficou em silêncio. Não estava esperando essa resposta seca. Ele continuou incentivando, precisava fazer Lulu falar.

– E... bom, de onde veio a ideia inicial do *Bom dia, você está morto*?

– Algumas pessoas falam de amor pela arte, mas não entendem nada de arte e são incapazes de amar! – Lulu olhou para Safira. – Tudo o que nós criamos sem nenhum propósito não faz o menor sentido. Toda vez que perdemos nossa criticidade para dar lugar ao entretenimento do rebanho estamos secando nossa veia artística, adestrando nossos desejos selvagens, calando a nossa verdadeira voz. Um dia, perguntarão ao artista o que é arte, e ele não saberá responder. E se nem ele souber responder a essa pergunta, quem vai saber? – Uma lágrima escorreu por seu rosto, vazando finalmente de seus olhos cheios. – Se chegar um momento no qual ninguém mais queira ou possa ouvir, por que a gente vai falar? Talvez, um dia, a arte deixe de existir. Assim, simplesmente morra e, com o tempo, todo mundo esqueça! Não é assim que vocês fazem com as suas coisas? Livram-se delas e, em seguida, esquecem? Fazem isso com as pessoas, os lugares, os sentimentos, os animais, tudo! Basta se livrar e esquecer que um dia aquilo existiu. A arte para as pessoas é substituível, ignóbil e de maneira alguma inesquecível. – Ela finalmente olhou para o entrevistador. – É sobre isso que se trata *Bom dia, você está morto*. Sobre como coisa alguma existe, senão para rapidamente deixar de existir.

Lulu saiu do *set* de filmagem. Guilherme fez menção de segui-la.

– Não venha atrás de mim! – ela gritou. Ele ficou.

Ela saiu de lá em um estado emocional horrendo, um sofrimento intenso, uma amargura que chegava a lhe travar os lábios. Entrou em casa, as mãos trêmulas e, nos ouvidos, aquela mesma melodia que não parava jamais, "lululululu". Seus joelhos encontraram o chão e ela escondeu o rosto atrás das mãos espalmadas. Não queria chorar, não queria. Seus cães se aproximaram lentamente, sentando-se ao redor dela, emitindo sons delicados, como se quisessem consolá-la. Nada a consolaria, porque ela não queria um consolo. Amava Safira e acreditava que ela era única e insubstituível. Esquecê-la de uma hora para outra seria uma traição a tudo o que acreditava.

A solidão era muito dolorosa, assim como a sensação de ter sido enganada. Era como se ela tivesse sofrido tanto durante toda a sua vida e ainda assim não tivesse aprendido nada! A famosa escritora ainda era a menina magrela e faminta, com medo da tia, chorando no canil com os cachorros... e nada conseguia mudar isso. "Minha necessidade de afeto é tão grande que eu deixei a Safira me enganar. Eu a deixei me fazer de otária, vir me usar e depois ir embora viver a fantasia da família perfeita com o Fernando. Idiota, Brait! Você é uma idiota!"

Ela olhou para o enorme quadro do grilo em sua sala. Nisso, conseguiu ver sua própria imagem, refletida no vidro que protegia a figura do inseto. Olhou para o fundo de seus próprios olhos. "Você deveria morrer de uma vez por todas... Drussila." Correu até o balcão de bebidas, abriu uma garrafa de vinho e sorveu nervosamente seu conteúdo. As vozes em sua cabeça não queriam se calar por nada. Estava tudo errado! Confuso, absurdo, idiota e errado.

Ela estava cansada, sua cabeça latejava com tantos pensamentos. Tudo o que queria era que sua mente se calasse, ainda que fosse para sempre. Lulu pegou a garrafa e caminhou até a suíte. Os cães uivaram, latiram, puxaram sua perna, tentaram ir atrás dela, mas ela se desvencilhou de todos. Fechou a porta do quarto, foi até o banheiro e abriu sua gaveta de remédios. Ela nem viu qual dos frascos estava em sua mão. Seus olhos, fixos no espelho, irrompiam em lágrimas. "Desculpe, Drussila, eu não consegui salvar você." Ela bebeu todo o conteúdo da garrafa de vinho e se despiu completamente. Entrou no box e abriu o chuveiro. A água fria percorreu seu corpo alvo, suas mãos trêmulas segurando o vidro de remédio. Sentou-se no chão e experienciou a água fria percorrendo sua pele. Os olhos fixos na medicação.

"Desculpe, Drussila..."

Ela apertava o vidro de remédio.

– Lulu? – Vozes na sala. – Lulu? Onde você está?

"Eu queria fazer toda essa coisa acontecer, mas eu não aguento mais. Eu não existo, só você existe, e precisamos fazer com que você também pare de existir."

– Cérberus, cadê sua dona? Lulu, cadê você?

"Eu sinto muito mesmo. Por não ter protegido você dos grilos, da fome e de mim. Não me veja como um carrasco, Drussila. Estou libertando você. Logo você estará livre de Lulu Brait."

– Lulu? Responde!

"Feche os olhos..." Lulu fechou os olhos. "Pense em algo bonito..." Ela ergueu o vidro de remédios. "Pensa em como vai ficar tudo bem..." Ela destampou o vidro. "Você está livre, menina, você está livre. Vá brincar com seu irmão". Ela aproximou o vidro dos lábios, prestes a engolir até a última cápsula.

Um som estalou em seus ouvidos e um tapa feriu sua mão, lançando o vidro de remédios para longe. Cada reação que seu corpo tinha era vagarosa, devido ao estado de embriaguez. A água do chuveiro nublava seus olhos, mas ela conseguia ver a linda jovem à sua frente. Suas mãos morenas segurando Lulu pelos ombros.

– Onde você estava com a cabeça? O que você ia fazer?
– Safira... o que você está fazendo aqui?
– Desculpa. Eu não pretendia ter dito nada daquilo. Eu não queria. Todas as coisas que você diz e escreve fizeram com que eu gostasse... não... com que eu me apaixonasse por você. Eu vim porque precisava lhe dizer isso!

Os olhos de Safira estavam nus daquelas lentes de contato que Fernando a obrigava a usar. A água fria do chuveiro parecia um manto sobre o corpo da atriz. O vestido aderia à sua pele e era possível notar sua respiração ofegante, seu coração pulsante, aflito dentro do peito.

– Lulu, o que você ia fazer? – ela perguntou num lamento.
– E se eu tivesse chegado aqui mais tarde? Você poderia... nós poderíamos... eu não posso acreditar!
– Todo mundo quer me matar com as próprias mãos, por que eu não posso tentar? – Lulu riu.
– Não pode! Eu não deixo!
– Safira, por que você veio até aqui?

Safira desligou o chuveiro.

– Porque nós estamos tendo um caso! – exclamou. E as duas se beijaram.

Seus lábios pareciam a terra prometida de tão sagrados, e apenas o primeiro homem a ter um relance do leite e mel que emana Canaã saberia como Lulu se sentiu naquele momento.

Safira a ajudou a se levantar, enrolou-a em uma toalha, como um bebê. Lulu queria chorar, mas não conseguia. O momento em que ela havia abandonado suas ideias suicidas havia se tornado o momento em que ela mais sentia que poderia morrer. Seu coração acostumado à chibata caía morto na doçura de um abraço por não saber lidar com a delicadeza.

    Safira ajudou Lulu a se deitar na cama. Ela obedecia aos comandos da amante e, assim que repousou a cabeça no travesseiro, se encolheu em posição fetal. Qualquer um que já a tivesse visto, confiante e até mesmo grosseira, diria que um espírito zombeteiro havia se apossado do corpo dela. Mas aquela era ela... só aquela era ela. As pálpebras cansadas despencavam sobre seus olhos infelizes, como uma cortina que cai ao final de uma cena grandiosa.

    Lulu havia bebido tanto que mesmo seu organismo, acostumado às torturas do álcool, reclamava daquele excesso. O sono chegou como uma cova, mas os pesadelos eram a terra que se joga por cima. Lulu sonhou que estava morrendo. Ela segurava a mão de Safira, enquanto seu espírito era puxado por um túnel de luz.

    "Eu acho que sempre vou amar você. Apenas você. Todo mundo briga comigo sobre a resposta que dei quando me perguntaram se eu era bissexual. Eu sou, mas desde que eu a conheci, só existe você. Menti quando disse que era muito promíscua para responder àquela pergunta, mas, como confessar que, na verdade, o fato é que estou apaixonada demais para responder? Como eu posso me definir em uma sexualidade que abrangeria outra gama de pessoas? Eu não quero mais ninguém."

Quando suas mãos espirituais tentaram alcançar as mãos de Safira, percebeu que ela estava viva, e quem estava morrendo e sendo arrastada para o túnel de luz era a amante.

"Nós estamos tendo um caso, Safira? Por favor, diga que sim. Eu quero ter um caso com você. Que túnel é esse? Por que você está indo embora por ele se quem está morrendo sou eu?"

Lulu abriu os olhos, de repente. Sentia-se enjoada, sua cabeça doía, mas ela estava viva. Safira dormia ao seu lado. Ela se lembrou do dia em que as duas se conheceram.

Era o final da festa de lançamento da coleção de um célebre estilista. Depois do desfile, que acontecera na luxuosa mansão da empresária Janete Gomes, vários famosos foram convidados para uma festa exclusiva. A festa provavelmente só terminaria quando a última celebridade fosse embora. Várias pessoas ainda dançavam bêbadas pelo salão, sem nenhuma intenção de encerrar a divertida noite.

Com uma garrafa de vinho na mão, Lulu caminhava pelo jardim de trás da mansão. Sozinha, observava o espantoso brilho da lua refletido na piscina. Ela se aproximou um pouco mais e percebeu que não era a lua. Pequenas velas em formato de flores boiavam na piscina, dando a impressão de que a água estava coberta de pedras preciosas. Ela se ajoelhou para ver melhor. A grama era tão fofa que parecia um tapete. Era um lugar absurdamente lindo. Ela tentava evitar, mas toda vez que estava em um lugar bonito, lembrava de onde tinha saído. A nojeira da fazenda, os porcos, a tia. O canto dos grilos estava prestes a ecoar em seus ouvidos quando seu surto foi interrompido por uma voz leniente:

– Eu sabia que alguém tinha fugido com todo o vinho bom da festa.

Lulu olhou para trás, por cima do ombro. A mulher que se aproximava era como uma visão. A luz das pequenas velas da piscina refletia como joias em seus cabelos pretos. Ela trazia uma taça vazia na mão. Era como uma deusa. Lulu se levantou, porque todas as celebridades pareciam deusas, e ela jamais se curvaria a nenhuma delas.

– Sim, eu peguei a única coisa boa que encontrei nessa festa. – Lulu sorriu, sarcástica. – Processe-me.

– Ah, acho que não... – A jovem colocou a taça vazia no chão e caminhou até Lulu. – Você já está respondendo a processos o bastante! – Ela pegou a garrafa de vinho das mãos da escritora e tomou um gole, no gargalo. – Eu também estou odiando.

– Nem tenho palavras... Eu queria estar em outro lugar.

– Eu queria ter estado em outro lugar a noite inteira. Estou com tanta raiva por ter perdido o lançamento do novo livro da Conceição Evaristo.

– Eu também! – Lulu interrompeu, admirada. – Quero dizer, fiquei pensando nisso a noite toda! "Estou presa aqui com esse cara e essas roupas cafonas."

– Eu tentei encontrar uma saída de incêndio para escapar durante o desfile, sem que ninguém me visse, mas até as portas de emergência estavam trancadas...

– Eu sei. Pensei em fazer a mesma coisa. Desisti quando vi você tentando e não conseguindo.

As duas riram. Lulu olhava admirada para aquele sorriso diante dela. A moça era mais linda que a lua.

– Já parou para pensar: e se realmente acontecesse um incêndio? A gente pegaria fogo junto com aquela coleção brega porque nos trancaram lá! – Lulu comentou, tentando manter o bom humor para ocultar sua admiração.

– Eu não queria vir aqui também. Mas, como já tinha perdido o lançamento da Conceição, eu pensei... se eu não for à festa, já sei exatamente o que vai acontecer...

– ... "mas se eu for, talvez alguma coisa finalmente me surpreenda". – Lulu baixou os olhos. – Eu pensei a mesma coisa. – Ela olhou novamente para moça. – A vida consegue ser tão ensaiada, tão previsível, é como...

– Uma jaula! – A moça olhou para a piscina. – Ou um aquário.

– Para mim, seria impossível! – Lulu riu. – Eu não sei nadar.

– Ah, deveria aprender... A água é capaz de restaurar a paz na nossa mente. Ela acalma, purifica... salva.

– Esse provavelmente é um bom ponto. Todo mundo quer ser salvo.

A moça entregou novamente a garrafa de vinho para Lulu. – Muito prazer. Sou Safira Maia.

– Muito prazer. – Lulu tomou um gole da garrafa. – Lulu Brait.

– Você bebe tanto quanto dizem?

– É claro que não! Precisa ver como eu sou sóbria! – Lulu se abaixou para colocar a garrafa de vinho no chão. Com as mãos livres, ela abriu os braços e fez um quatro com as pernas. – Está vendo? Totalmente sobr...

Nisso, ela se desequilibrou, deu um passo em falso para trás e caiu na piscina.

A água invadia todo o seu corpo, como uma novidade inesperada. Ela mantinha a respiração trancada e os olhos abertos enquanto afundava. De repente, ela viu que o corpo de Safira perfurava a água, esguio e ágil como uma enguia. Lulu sentiu ser erguida para a superfície. Ela abriu os olhos, devolvendo às retinas a luz fria da noite. Sentia seu corpo inteiro arrepiado, não sabia se era de frio, de medo ou de desejo.

– Eu salvei você. – Safira sorriu. Aquele sorriso.

Lulu estava absurdamente encantada. Ela sentia seus pés errantes entregues a uma imensidão ondulante. Aquele foi o primeiro momento em que a água lhe pareceu como um tranquilizante.

– Eu estou flutuando... – ela murmurou.

– Eu também. – Ao dizer isso, Safira aproximou seus lábios dos dela.

Lulu tomou aqueles lábios nos seus, como se houvesse vivido o tempo todo apenas como prelúdio para aquele momento. Tudo se encaixou e se completou, como os quatro elementos da natureza formando um espírito de luz. Ela sentia como se tivesse morrido e renascido naquele momento.

Agora, tanto tempo depois, deitada naquela cama, após tantos desastres, ela ainda olhava para Safira com o mesmo encantamento. Com os olhos fechados, a atriz disse em voz baixa.

– Eu sei que você está me olhando dormir.

– Eu sinto muito, Safira. Desculpe-me.

– Como pôde fazer isso comigo? – Safira abriu os olhos. – Não entende que muito do que eu faço é para proteger você? Eu tenho muito medo que você morra, Lulu. E você ia se matar assim, sem mais nem menos?

– Eu... eu não sei onde estava com a cabeça.

– Eu não vou culpá-la. Incriminar alguém por tentar tirar a própria vida é um ofício de leviandade. Mas você não pode fazer isso de novo...

– Eu não vou fazer. Eu prometo.

– E... – ela continuou, com um sorriso jocoso – você tem que me prometer que não vai morrer.

– Você quer que eu prometa que vou viver para sempre? Impossível, um dia todo mundo morre! – Lulu riu. – Mas eu posso prometer que ainda vou viver mais uns vinte anos.

– Quarenta!

– Trinta e não se fala mais nisso!

Safira a abraçou.

– Você vai ser uma velhinha muito fofa, escrevendo livros impróprios e dando mau exemplo para os outros moradores do asilo!

As duas se abraçaram, em um rir e desmanchar. Adormeceram como se estivessem no pico de uma montanha. Sozinhas.

QUARTO CAPÍTULO
BOM DIA, VOCÊ ESTÁ MORTO

Lulu havia conseguido passar quase um mês sem beber. O lançamento do filme se aproximava e as coisas pareciam estar se ajeitando. Guilherme estava surpreendendo como empresário, e muito disso se devia ao fato de que Lulu estava realmente muito mais tratável. Desde aquela noite em que Safira a impedira de cometer suicídio, algo havia se entranhado na relação das duas: a lembrança de que um dia todo ser humano vai morrer.

E se a pessoa que você ama morrer amanhã? Não existe preço que pague a decisão de se afastar de quem você ama, o tempo de vida e a felicidade não são coisas passíveis de se comprar. Sendo assim, se ninguém tinha dinheiro ou poder suficiente para comprar isso, Safira também não queria vender.

A atriz havia prometido pedir o divórcio a Fernando logo após a *avant-première* de *Bom dia, você está morto!*, que aconteceria naquela mesma noite. De uns tempos para cá, Lulu havia começado a fechar os buracos abertos em todas as suas coisas.

"Você vai ficar bem, Lulu". Ela disse para si mesma, olhando para o espelho. Acontece que toda essa história a deixava repleta de dúvidas. Ela se reconhecia quase que inteiramente em seu passado na fazenda e em seu relacionamento com Safira. A infância ruim fazia com que fosse geniosa, difícil, intolerante... que bebesse demais e vivesse desafiando o mundo todo. Sua relação com Safira restaurava sua fé na humanidade, sua vontade de estar viva e de se tornar alguém melhor. Mas, se não fossem por esses dois eventos, quem seria Lulu? Quem seria Drussila?

Muitas coisas passaram por sua cabeça desde a sua tentativa de suicídio. Ela pensava muito sobre o que acontecia com as pessoas depois da morte e o que teria acontecido com ela mesma.

Se já é difícil saber quem somos, mais difícil ainda é imaginar quem seremos depois que não estivermos mais vivos.

Lulu havia passado muito tempo tentando se entender até chegar à conclusão de que não conseguiria e, sinceramente, não se importava mais. Ao menos não naquele momento. Ela queria ser Lulu Brait. Tudo o que aconteceu em sua vida acabou por formar quem ela se tornou e, pela primeira vez, tinha orgulho de si mesma. Nos últimos tempos, andara lendo seus livros já publicados. Quanta coisa ela já havia dito, em tantas coisas já havia pensado, em quantas coisas ainda pensaria...

A noite se aproximava e com ela a *avant-première* do filme. Lulu tinha tudo preparado. Seu vestido de gala estava sobre a cama. Depois da festa de lançamento, Safira pediria o divórcio e Lulu estaria esperando no carro. As duas fugiriam e comemorariam sua liberdade em outra cidade, bem longe de tudo aquilo. Guilherme sabia de tudo; ele cuidaria dos cachorros de Lulu até que ela pudesse buscá-los. Era nisso que ela pensava enquanto passava seu hidratante à base de mel. Nisso, o telefone tocou.

– Alô?
– Drussila?

Seus lábios se contraíram, suas pupilas se expandiram, as pontas de seus dedos gelaram. Uma fina camada de suor nervoso se formou em sua testa. Não era possível... Em seus ouvidos, o som do grilo ficou altíssimo, "lulululululu".

– Drussila, é você?

Ela não conseguia responder.

– Drussila, eu custei para conseguir esse telefone. Há anos venho tentando. Que saudade de você, como você está? – Continuou sem nenhuma resposta. – Eu sei que você pode estar brava comigo, você nunca me entendeu, mas tudo o que eu fiz sempre foi para o seu bem... Eu amo você! – Lulu engoliu o ar de dentro da boca seca de paranoia. – Desde que você foi embora com aqueles vagabundos e me deixou aqui eu venho pensando... Poxa, fiquei tão chateada! Ficava matutando: por que a Drussila foi embora? Será que ela me culpa pela morte do menino? Drussila, ele fugiu, ele que saiu no frio, eu não tive culpa. Poxa, isso não é justo!

Os joelhos de Lulu se vergaram e ela caiu no chão. Do lado de fora do quarto, Cérberus arranhava a porta, tentando entrar.

– Sabe, minha filha, a tia está numa pior. Perdi a fazenda, que era tudo o que eu tinha... Estava pensando se você não poderia dar uma ajuda para a tia. Pouca coisa, você sabe que eu sou uma pessoa simples, não preciso de muito. Drussila? Drussila? Você está aí, Drussila?

Com muita dificuldade, Lulu conseguiu produzir um pouco de saliva em sua boca para responder.

– Sinto muito, senhora. Aqui não tem ninguém com esse nome. – Lulu desligou o telefone, engatinhou até a porta e abriu para que os cães pudessem entrar.

Eles a rodearam, e Cérberus parou em frente a ela. Todo aquele nervosismo a fazia respirar com dificuldade e ouvir no peito o tamborilar de cada batida frenética de seu coração. Ela abraçou seu enorme vira-lata preto. Ela tinha uma forma de lidar com cachorros que ninguém a havia ensinado, algo que a fazia pensar que talvez aquilo não fosse um talento adquirido, como a escrita, mas um dom mágico que havia sido dado a ela por alguma divindade.

Será que existia alguma divindade?

Lulu lançou o olhar para as roupas sobre a cama. "Quem é Drussila?" Ela pensava consigo mesma. "Aquela mulher queria falar com Drussila, mas essa pessoa não existe. Você é Lulu Brait. Escritora de diversos *best-sellers*, reconhecida internacionalmente, e logo estará em um relacionamento com Safira Maia, para sempre." Ela fechou os olhos apertados. "Eu sei que foi foda, cérebro, mas pare de me lembrar disso, isso está no passado! Eu sou outra pessoa agora!"

Aos poucos, ela foi se acalmando. Aos poucos, o desespero foi passando. Ela trouxe de volta os pensamentos que flutuavam. Tudo ficou novamente em paz. Decidiu que, pelo resto de sua vida, seria como se aquela ligação nunca tivesse acontecido.

– Cérberus – disse ao cachorro, com quem falava como se fosse uma pessoa –, o Guilherme buscará vocês e os levará até a casa dele. Assim que eu me estabilizar, volto para buscá-los. Não vai demorar mais do que algumas semanas. Vocês vão colaborar comigo, né?

Ela abraçou Cérberus e os demais cachorros e voltou a pensar sobre o filme e a fuga. Deixou as malas prontas em um canto do quarto. Recebeu com um sorriso o maquiador e o cabeleireiro quando eles chegaram para arrumá-la para o lançamento do filme. "E pensar que na noite de autógrafos do meu primeiro livro eu fui de rabo de cavalo e chinelo." Ela riu em pensamento. Naquela noite isso não aconteceria. Lulu usaria os cabelos soltos, escovados. Os ombros nus em um vestido tomara-que-caia. Uma gargantilha preta em seu pescoço alvo. A maquiagem toda leve, com exceção dos olhos adornados por uma carregada sombra preta. Pelo menos era isso que eles haviam explicado; Lulu não estava se importando muito. Apenas quando os profissionais terminaram de arrumá-la é que ela pôde experienciar a mudança em sua imagem. Olhou-se no espelho. Apesar do medo de tropeçar no vestido longo, sentia-se mais linda do que jamais imaginara. Não se importaria se aquela fosse sua aparência para todo o sempre.

– Você está perfeita, senhorita Brait! – O estilista comemorou. – Vê que seu estilista criou toda essa sofisticação, mas, ao mesmo tempo, manteve um look meio obscuro, que é para preservar essa coisa da sua personalidade febril.

– Eu adorei... – ela balbuciou. Mas, nisso, a voz da tia invadiu seu cérebro novamente!

"Vaidade! Vaidade! Que coisa ridícula numa menina feia como você!"

E, nos ouvidos, o som do grilo ecoou, "lululululu".

"Você está me fazendo brigar com meu homem!"

E o gosto metálico da esponja de aço, junto ao do sangue da boca, espalharam-se por sua língua. Ela levou as mãos aos ouvidos.

– Srta. Brait, está tudo bem?

Não estava, mas ela tentava controlar aquelas emoções. Apertou a cabeça com força, enquanto repetia para si mesma: "Cérebro, eu sei que foi foda, mas passou. Eu sou uma nova pessoa agora". Infelizmente, ela não obteve nenhum sucesso. Era como se, ao ouvi-la pedir para que parasse com a tortura, o cérebro duplicasse seu sadismo e começasse a lembrá-la também da ligação que recebera naquele dia.

– Está ótimo, pessoal, obrigada. Eu preciso ir – ela disse ao cabeleireiro e ao maquiador, tentando falar enquanto mal podia ouvir o som da própria voz. O grilo cantando em seu cérebro. – Vamos, vamos. Por favor – ela pediu que a acompanhassem para fora de casa.

Lulu abriu o portão para que eles saíssem, agradeceu mais uma vez, tentando fazer sua voz parecer normal. Deu uma última olhada para trás, viu o focinho preto de Cérberus. "Eu volto para buscar vocês!"

Ela entrou no carro e respirou fundo. Precisou de cerca de vinte minutos em total solidão para conseguir se recuperar. Suas mãos tremiam muito, ela não sabia como dirigiria até o local do lançamento, uma vez que havia dispensado o serviço do motorista oferecido pela produção do filme. O espaço era longe, cerca de uma hora e meia de viagem. Ela deu a partida, tentando não pensar muito e controlar as mãos trêmulas, com a ajuda de seu cérebro hostil. Ela tentou ligar para Guilherme, mas ele não atendeu. Nessas horas, Lulu sentia falta de Janete.

Devido ao estado emocional crítico, Lulu dirigira um pouco mais devagar, e a viagem demorara um pouco mais do que ela havia calculado. Assim, ela chegou ao lançamento em um momento em que ninguém mais esperava que ela fosse. Sem medo de serem ouvidas, as pessoas teciam toda sorte de comentários maldosos. Lulu chegou a ouvir alguns. As mesmas coisas de sempre.

"Não acredito que fizeram um filme justamente desse livro. Tantas obras lindas no Brasil... e pegam justamente essa bosta. Imagina que maravilha ver uma adaptação de José de Alencar para o cinema."

"A culpa é dos jovens, eles só leem merda."

"Essa Lulu Brait é uma problemática! Ela se acha uma tremenda escritora, mas esse livro nem é tão bom. Só se popularizou porque o povo brasileiro não tem cultura."

"Esses escritores são todos uns vagabundos, não vejo a hora em que nosso presidente dê um jeito nessa gente! Veja, com tantos livros bons por aí, estamos aqui para ver o lançamento dessa porcaria sobre morte. E que tipo de exemplo para os nossos jovens é essa Lulu Brait? Bêbada, grosseira, pederasta..."

De repente, Lulu sentiu Safira puxá-la pelo braço. As duas foram até um canto, onde ficaram protegidas dos olhares curiosos.

– Lulu, eu preciso falar com você! – ela afirmou, sussurrando. – Você recebeu meu recado? Arrumou as coisas para hoje?

– Eu arrumei tudo... Que recado?

– Merda! Eu pedi para o Guilherme avisar você.

– Eu tentei falar com ele, mas ele não me atendia.

– Ele está sem celular. – Safira bufou. – Sério, Lulu, onde você arrumou esse empresário fedelho?

Lulu abriu a boca para responder, mas logo foi interrompida por Safira, que não estava preocupada com a resposta.

– Escuta, preciso lhe falar uma coisa importante. Precisamos adiar. Não vai dar para ser hoje.

– Mas como assim?

– Escuta! – Safira interrompeu novamente. – Hoje morreu aquele cara, aquele ator famoso! – Ela coçou a cabeça. – Merda, esqueci o nome... Aquele branco, padrãozinho, de cabelo comprido... Sabe?

– Como eu vou saber por essa descrição? Quase toda celebridade é assim, até eu.

– Eu não sou. Bom, enfim, esse cara que morreu era amigo do Fernando! E ele ficou totalmente fora de si com essa morte... Eu não tive como pedir o divórcio.

– Safira... – Lulu mal conseguia conter a decepção.

– Eu não tive como! Foi impossível, ele teria acabado com a gente, ele já está desconfiado! Lulu, a gente ainda vai! Eu vou pedir o divórcio, só não vou conseguir fazer isso hoje.

– Eu não estou entendendo... Safira, eu também estou correndo riscos, mas estou consciente do que estou fazendo. Você está nessa enrolação com o Fernando há séculos. Precisa começar a se perguntar se não está fazendo isso só porque é mais fácil. Estar com ele sempre vai ser mais fácil. Isso, entre a gente, nunca vai ser menos do que difícil. Entende? Você precisa pensar nos seus motivos. Eu não posso ficar aqui esperando.

– Eu... bom, eu... – Safira gaguejou.

– Não estou querendo ser má com você, Safira. Eu amo você. Eu estou falando isso porque quero que você pense. Você não é obrigada a ficar casada com o Fernando, como também não é obrigada a ficar comigo.

– Eu preciso ir! – Ela saiu apressada.

Safira voltou para o centro dos acontecimentos, pegando agilmente uma taça de vinho e fingindo que sempre esteve ali. Em poucos momentos, os convidados foram conduzidos a um salão para a exibição do filme. Lulu caminhou até lá, tentando não parecer atordoada pelo que havia ouvido de Safira. O lugar estava muito cheio e todos caminhavam juntos até o salão. Lulu sentiu alguém esbarrar em seu ombro.

"Nada do que você está pensando vai acontecer." Ela ouviu uma voz masculina desferir a frase, perto o bastante para ter sido dita para ela. Lulu procurou com os olhos, no meio de tantos rostos, quem poderia ter dito aquilo. Não encontrou ninguém conhecido.

"Eu estou numa pior e você vai ter que me ajudar!" A frase ressoou exatamente nas costas de Lulu, e parecia a voz de sua tia. Ela virou para trás. Mais corpos, mais rostos, porém, nenhum conhecido.

"Você é um ser humano horrível, seus livros são satânicos!" Lulu procurou pela voz que proferira essa nova frase, porém, novamente, nenhum rosto conhecido. Ela finalmente chegou ao salão. Com dificuldade, conseguiu alcançar a fileira de cadeiras da frente, onde estava o local destinado a ela. Sentou-se para assistir ao filme, mas ouviu mais vozes sussurrando em seus ouvidos, coisas que não conseguia entender. Falavam baixo, mas falavam. Não estavam em sua cabeça, estavam em seus ouvidos, ela tinha certeza.

Uma salva de palmas irrompeu da plateia quando o diretor do filme subiu no púlpito. Ele agradeceu imensamente a presença de todos e chamou a estrela do filme para que também agradecesse. Safira caminhava com seu vestido vermelho com a leveza de uma nuvem carregada de sangue.

– Eu gostaria de agradecer a todos vocês que estão aqui hoje para prestigiar esse trabalho que foi tão importante pra mim. Ao meu querido diretor, com quem eu aprendi tanto, aos meus colegas de elenco, a Lulu Brait pelo roteiro e, é claro... – Pausou. Lulu sentiu cada músculo do seu corpo estremecer. Por que a pausa? O que viria a seguir? Uma lágrima escorreu de seus olhos cor de safira. – Desculpem, estou emocionada – Ela secou a lágrima. Lulu mal podia respirar. Safira prosseguiu. – E ao meu marido e companheiro, Fernando Vasconcelos. Ele acompanhou todo o processo de filmagem, trabalhando não apenas na produção, mas também nos brindando com ideias incríveis durante todo o processo. Muito obrigada, querido! Não sei se teria existido esse filme se não fosse por você.

"Não sei se teria existido esse filme se não fosse por você?" O cérebro de Lulu gritava a plenos pulmões. "Se não fosse por MIM, não teria existido esse filme! Eu escrevi essa porra toda! Ainda que o Fernando nunca tivesse nascido, esse filme ainda poderia ter existido sem ele!" Lulu se levantou. Ela não aguentava mais. Era muito fingimento. Aquele mundo era podre. Ela se levantou e foi embora antes mesmo de o filme começar. Saiu de lá tão rápido que não percebeu o olhar triste de Safira, vendo-a do palco, segurando firmemente uma lágrima que queria desabar.

Lulu estava aliviada por ter vindo em seu próprio carro. Ela sentia tanta raiva que só queria ir embora de lá. Enquanto andava, com passos firmes, punhos cerrados e olhar furioso, encontrou seu empresário, que acabava de chegar:

– Lulu, desculpe o atraso, tive um monte de problemas!

– Puxa! – ela disse sarcasticamente. – Nem consigo imaginar o que seja isso!

– O filme já terminou?

– Acabou de começar.

– E você está indo embora... Ei, Lulu... sra. Brait, espere! Eu vou passar amanhã de manhã para buscar seus cães, ok? Depois só preciso do endereço de...

– Deixe os meus cães onde estão, Guilherme!

– Mas aquele plano...

– Não tem mais plano nenhum! Não tem mais plano nenhum, nunca mais!

Lulu abriu o porta-malas do carro. Retirou da mala sua saia preta e a regata cinza. Ali mesmo, no estacionamento, ela tirou o vestido de gala e colocou a roupa simples. Algumas pessoas ficaram olhando, mas ela não se importava. Não dava a mínima. O luxo tinha a ver com aquele ambiente cheio de mentiras no qual Safira havia escolhido viver. O luxo daquele vestido não tinha nada a ver com sua arte, portanto, não tinha nada a ver com ela.

Ela largou o vestido no chão, fechou o porta-malas, entrou no carro e acelerou. Estava tudo acabado. Não queria mais ter nenhuma relação com Safira, Fernando ou com o mundo que aquelas pessoas habitavam. Sentia essa decisão latente em seu coração, mas, ao mesmo tempo, um vazio frio lhe tomava conta da alma. Ela não queria ficar pensando no passado, na fazenda, mas não conseguia parar! Não queria amar Safira, mas sentia que a amaria pelo resto de seus dias.

Seu celular tocou. Na tela do aparelho, o nome de Safira brilhava. Pensou em parar o carro para atender. O que ela queria? Teria aquilo tudo com Fernando sido só encenação? Ela voltou atrás? Ainda quer fazer a viagem? O coração de Lulu se encheu de esperança. Ela esticou o dedo para atender a ligação.

De repente, um veículo enorme bateu na lateral do carro da jovem, lançando-o violentamente contra o acostamento. O celular bateu em todas as partes do carro, e Lulu bateu a cabeça com tanta força no vidro da janela que chegou a rachá-lo. Em meio ao zumbido de sua mente, ela teve a impressão de ouvir a voz que vinha do celular, de algum lugar: "Eu vou com você, Lulu!". Ou, talvez, fosse uma alucinação causada pela concussão.

Os olhos de Lulu se fecharam e, em seguida, se abriram. Um desmaio rápido. A porta do seu carro foi aberta, e o cinto de segurança, cortado. Sua visão estava turva, e ela mal via o que acontecia. Caiu totalmente desnorteada, quando misteriosas mãos a agarraram e a lançaram no chão, para fora do carro. Havia cheiro de fumaça. Lulu tossia. Em seus ouvidos ecoava fortemente o som dos grilos, "lulululululu".

– Não consegue respirar, Brait? Deixa que eu ajudo!

Ela sentiu algo apertar firmemente seu pescoço, que havia sido laçado por trás, por uma corrente. Ela não reconhecia a voz da pessoa em meio ao som dos grilos em sua cabeça. Certamente, também não reconheceria nada diante do desespero de não poder respirar.

– Desde que você chegou, só encheu o saco! Acabou a paciência! Se sua mãe não teve coragem de abortar um monstrinho podre como você, deixa que eu termino o serviço.

"Serviço" foi a última palavra que Lulu escutou. Naquele momento, ela teve a certeza de que iria morrer. Uma espécie de certeza diferente de todas que já havia tido. Era simplesmente incontestável: ela iria morrer. Em pouco tempo, não havia mais ar em seus pulmões. Não havia oxigênio em seu cérebro. Logo, não havia visão em seus olhos. Mas a perda da visão pela privação de ar era diferente do que ela pensava, tudo estava escuro ao redor de uma mancha brilhante e redonda, como deveria ser a visão de alguém que está no fundo de um poço ao olhar para cima.

O som dos grilos termina, de repente, no momento em que eles caem para dentro do buraco iluminado. Cérberus e os outros cães estariam uivando inexplicavelmente e quebrando a casa inteira, acordando toda a vizinhança. Eles somem no buraco de luz. Um menino morto de frio em uma fazenda acenava do centro do círculo iluminado. Ele sorria? Lulu não sabia mais quem ele era. Uma empresária, um centro de artes, uma companhia itinerante... os sons, os sabores, os rostos se perdem caindo para dentro do círculo. Uma jovem índia retira de seus olhos duas lentes de contato azuis.

"Eu salvei você. Eu estou flutuando. Eu sei que você está me olhando dormir. Você tem que me prometer que não vai morrer. Não, Safira! Não suma, por favor! Não!".

Era inútil lutar. Aos poucos, a luz se tornou mais intensa, e a imagem da moça se perdeu no círculo luminoso. "Nós estamos tendo um caso, Lulu?". Afinal, quem é Lulu? O que quer dizer isso? Quem é a...? Qual era mesmo o nome? Tudo sumiu. Absolutamente tudo.

A pessoa que segurava a corrente com firmeza finalmente a afrouxa, e atira um corpo sem vida no meio do mato.

PRÓLOGO DA MORTE

Vozes:

– O que é aquilo?

– Parece uma moça... Ela é bem bonita! Bonita e morta!

– Ah, *dios mio*! Ela está *muerta*!

– Idiota! Todos nós estamos!

Ela percebia vários pés sapateando sobre o capim seco. Podia sentir seus passos e o mato que se movia delicada e desconfortavelmente.

– Ela deve estar nesse lugar há uma eternidade. O corpo não está aqui, já devem ter levado.

– Temos que levá-la conosco.

– Eu não sei. Já estamos em muita gente! O beco vai ficar apertado!

– E daí? Olha esse mato seco... Imagina se pega fogo com ela aqui?

– É... eu não iria querer isso na minha consciência!

Mais algumas palavras foram ditas e eles decidiram levar a moça.

Era uma sensação muito estranha. Ela ouvia as pessoas descreverem-na como uma moça, mas não conseguia se entender como tal. Poderia ser uma moça, um homem, uma flor ou um prato. Não sentia sua própria forma. As pessoas começaram a tocá-la, na intenção de levantar seu corpo, mas ela não conseguia distinguir lugares do corpo onde as mãos tocavam a ponto de afirmar, por exemplo, "eles estão tocando o meu pé". Ela sabia que estava sendo tocada, mas sua forma permanecia uma incógnita. Era como se ela tivesse sido reduzida aos sentidos da audição e do tato, sem nenhuma noção de quem ou do que ela era.

Sentiu um solavanco e uma caminhada se iniciou. Eles reclamavam do peso. Ela sentia que se revezavam na hora de carregá-la. Sabia que isso acontecia toda vez que deixava de sentir os braços de um para sentir os braços de outro. A força e a delicadeza de cada um eram diferentes. Conseguia sentir o frio da noite, mas ainda não sabia o que era o dia ou a noite. Era como se seu corpo estivesse despertando para as sensações primeiro, e para as informações depois.

Ela finalmente sentiu ser colocada sobre o chão. Seu corpo se desenrolou em uma superfície fria, e ela sentiu que sabia o que era. Cimento. Alguma coisa macia foi colocada sobre ela, e lentamente conseguiu descobrir do que se tratava. Tecido.

Alguém jogou alguma coisa em sua testa. Água. "Água apaga o fogo, que causa incêndios. Balões de São João causam incêndios nas florestas. As florestas são destruídas constantemente para dar espaço à civilização humana. Humanos comemoram a festa de São João em junho. São João é um santo da Igreja Católica. O Catolicismo é uma religião que segue os ensinamentos de Jesus Cristo, que estão presentes na Bíblia. Jesus Cristo foi uma pessoa. Eu sou uma pessoa. A Bíblia é um livro. Eu sou uma escritora."

Nesse momento, ela passou a reconhecer seu corpo. Seus braços, suas pernas, sua cabeça e seu tronco. Ela sentiu a coluna desconfortável no chão cimentado. Sentiu as luzes artificiais da rua através das pálpebras fechadas. Mais informações entravam na sua cabeça e se alojavam em alguma parte, de onde não poderiam jamais ser extraídas.

"As luzes da rua vêm das lâmpadas. A lâmpada foi inventada por Thomas Edison. Benjamin Franklin fez um experimento com uma pipa para contribuir com seus estudos sobre a eletricidade. Muitos estudos são feitos em escolas e universidades. As maiores universidades do mundo têm também as maiores bibliotecas. As bibliotecas estão cheias de livros. Eu sou uma escritora."

"Mas onde diabos eu estou?". Ela fazia uma grande força para abrir os olhos, mas sentia que mover qualquer parte do seu corpo era mais fácil do que mover as pálpebras. Nesse movimento de forçar os olhos para que se abrissem, ela acabou se sentando. Seus olhos se abriram muito pouco. Viu a silhueta de oito pessoas paradas no escuro. Seus olhos se fecharam novamente.

Seu corpo enfraqueceu de repente e despencou. Ela ouviu o som da sua cabeça batendo no chão. Algo ocorreu, como uma perda de consciência, como um desmaio, e ela foi levada por uma espécie de sono, mas sua mente continuava sendo abarrotada de informações lógicas. Ela não sonhava com aquele conhecimento, simplesmente o recebia. Era algo difícil de descrever para um vivo, uma vez que não se assemelhava a nada do seu repertório de sensações.

As coisas se tornariam mais claras quando ela despertasse.

QUINTO CAPÍTULO
ARREPIO

Ela sentiu que iria despertar, embora ainda tivesse suas mais sinceras dúvidas, depois de sua última tentativa ter parecido ser tão frustrada. Aquele parecia um bom momento para acordar. Sua mente parecia finalmente estar completa com todo aquele conhecimento que havia se deitado sobre ela. Conseguiu mover os dedos das mãos. Em seguida, conseguiu mover os pés, as pernas. Enfim, muito lentamente, porém sem esforço, conseguiu abrir os olhos.

– Bom dia! – disse o idoso ao seu lado, abrindo um sorriso paternal e amigável.

– Bom dia? – A garota abriu os olhos, ainda sonolenta.

Enquanto sua visão desembaralhava, viu dois homens ao seu lado. Um deles era um homem negro, idoso, de olhos bondosos. O outro era um sujeito hispânico, de uns trinta anos de idade, cabelos castanhos na altura dos ombros, pele dourada e um sorriso sarcástico acentuado por seus caninos de ouro. Ele prontamente indagou:

– Bom dia não é bom o bastante, não é? Você esperava trombetas angelicais, um caminho de nuvens e um portão dourado pronto a ser aberto, não é mesmo?

– Ora, Herón! Deixe a moça em paz – retrucou o idoso, e com uma das mãos ajudou a garota a erguer as costas do chão, enquanto com a outra lhe aproximava um copo dos lábios. – Beba isto. Você vai se sentir melhor. As pessoas aqui me chamam de Grande George.

"As pessoas aqui? Aqui onde? Que pessoas?", ela pensou, enquanto tomava água. O copo estava cheio, e a cada gole que tomava sentia uma onda de força e vitalidade encher sua alma. Agarrou o copo com as mãos e, enquanto bebia, observava com os olhos arregalados aqueles que estavam ao seu redor. As outras pessoas.

Havia um jovem oriental, de cabelos muito lisos e um rosto belíssimo, estatura baixa e corpo definido. Ele fazia uma espécie de alongamento junto a um muro.

Uma mulher loira, não muito bonita, relativamente bem arrumada, conversava em um canto com um homem pálido, dono de uma beleza inebriante. Ele tinha os cabelos longos presos em um rabo de cavalo alto e vestia uma camiseta de tecido leve, que deixava visíveis seus músculos definidos.

Havia outra garota no grupo. Possuía cabelos castanhos, muito volumosos, até a cintura, moldados em cachos perfeitos, como se fossem desenhados. Seu sorriso de intenções indecifráveis e seu rosto eram misteriosamente convidativos. Ela desenhava alguma coisa no muro com um pedaço de carvão.

Um garoto loiro e robusto, de cabelos desalinhados propositalmente, andava de um lado para o outro como se estivesse prestes a ter uma grande ideia.

Grande George estava sentado observando a jovem que bebia água. Ao lado dele havia uma criança. Um menino loiro que, como um aprendiz, imitava os gestos do velho.

O local onde eles estavam era um beco sem saída. Podia ver algumas caixas de madeira e papelão amontoadas na parede do fundo, mas o espaço livre era relativamente amplo. Diversos objetos pessoais estavam colocados pelos cantos do beco. Malas, roupas, sapatos, toalhas, garrafas e cobertores.

Ela fechou os olhos e se concentrou em terminar o copo d'água, sentindo que cada golada lhe trazia um benefício imenso. Ao terminar, soltou um suspiro de satisfação. Nesse momento, percebeu que todas as pessoas do beco a encaravam, como se esperassem que ela dissesse alguma coisa.

– Eu morri? – Foi a única pergunta que lhe pareceu pertinente.

– Calma... – Grande George sorriu com paciência – vamos explicar a você tudo o que precisa saber agora, nessa nova etapa de sua existência.

– Sim, você morreu! – o hispânico respondeu prontamente.

– Herón! – repreendeu o idoso. Ele se voltou novamente para a jovem. – Minha querida, infelizmente, eu receio que sim. Mas não se preocupe, as respostas que você busca virão...

– Qual é o seu nome? – interrompeu novamente o hispânico, falando com um sotaque forte de sua terra natal, fosse qual fosse.

– Eu... eu não sei. Eu não faço ideia, eu...

– Calma, querida... – Grande George interveio, e se dirigiu ao outro. – Herón, você e suas brincadeiras! Dá para parar com isso?

– Eu não me conformo! – ralhou Herón. – Todos nós lembramos de tudo o que aprendemos sobre o mundo, mas não nos lembramos de nada a nosso respeito, nem ao menos nosso primeiro nome; só lembramos nossa profissão. Grande bosta lembrar nossa profissão se não lembramos nada do que fizemos com ela.

– Ora, Herón, pare com isso!

– Não consigo me conformar!

– Querida, este é Herón. Não sabemos como ele morreu. Na verdade, não sabemos como ninguém morreu, porque ninguém se lembra.

– Eu me lembro... Eu fui enforcada. – De repente, todos olharam para ela, espantados.

– Lembra mesmo? – indagou o rapaz oriental.

– Para com isso! – Herón se revoltou. – Está na cara que é mentira! *Mujer*... todos nós aqui só nos lembramos de uma coisa sobre quando estávamos vivos: nossa profissão! *Solamente*! Apenas *eso*! Não existem mais lembranças a respeito de nós mesmos, só das outras coisas do mundo! Quer ver? – Ele subiu em um caixote, como se estivesse prestes a fazer um discurso. – Qual é a capital da França?

– Paris – respondeu ela.

– Onde fica a França?

– Na Europa...

– A Europa é longe daqui?

Ela parou um pouco, tentando reaver essa informação, mas não conseguiu.

– Não lembra, não é? Isso é porque a gente sabe tudo sobre o mundo e nada sobre a gente. Você lembra detalhes geográficos ao redor do mundo, mas não lembra onde nasceu, não consegue saber sequer onde está! – Ele saltou do caixote e caminhou até ela. – Deu agonia, né? Agora vamos tentar uma coisa um pouquinho mais ácida. Você sabe o que é um livro, né?

– Sei.

– Quem escreveu *Crime e Castigo*?

– Dostoiévski!

– Quando você leu esse livro?

– Eu... eu conheço a história. Eu sei do que se trata... eu lembro do livro.

– Sim, mas quando você o leu? O que esse livro significa para você?

Ela se esforçou e novamente voltou sem informação alguma.

– Não. Eu... eu não sei!

– Você vai chorar? – perguntou ele, rindo sadicamente.

– Nem se eu estivesse morta! – Ela se levantou. – E muito menos por um idiota que tenta me dar algum tipo de lição de moral fúnebre não solicitada!

– Ora, sua...

– Chega, Herón! Foi você quem começou! – A jovem que desenhava com um carvão na parede, se aproximou. – Ninguém aqui lembra de nada sobre si mesmo. Pelo menos ela lembra como morreu.

Herón resmungou alguma coisa, mas a moça o ignorou.

– Precisamos achar um nome para você, meu bem. Poderíamos chamá-la de Eva. O que você acha? Eva mordeu o fruto da ciência do bem e do mal, e você tem mais conhecimento sobre si mesma do que nós.

– Você leu a Bíblia, Eva? – indagou o hispânico.

– Eu sei que conheço a história.
– Você era religiosa?
– Eu não sei! – Ela respirou fundo. – Você ainda está achando que vai me atormentar com esse *bullying post mortem*?
– Chega, Herón! Que saco! – A jovem desenhista parecia irritada. – Meu bem, ele só deve estar incomodado porque você se lembra de mais coisas do que qualquer um de nós.
– Eu só me lembro de como eu morri...
– É bem mais do que a gente, que não lembra nada.
– Ela tem cara de Eva. – O homem pálido interrompeu. Seus belíssimos olhos faiscavam quando ele sorria.
– Precisamos nos apresentar, pessoal! – interveio o rapaz robusto. – Será que dá para agirmos civilizadamente aqui? Onde estão nossos modos? Muito prazer, Eva. Eu me chamo Dimitri.
– Nós o chamamos de Dimitri. Demos um nome para cada um que está aqui – caçoou o hispânico.
– Eu sou Herón.
– Sou Niki – disse a bela desenhista.
– Meu nome é Kwan. – O rapaz oriental se apresentou.
– E eu sou Mary Ann Muller – disse a mulher loira.
O hispânico logo interveio, sorrindo cinicamente:
– Ela diz que lembra o próprio nome, mas todo mundo aqui sabe que é mentira. Chegou um pouco antes de você e acha que se tiver um nome completo vai ser mais respeitada.
– Como sabem que ela está mentindo? – indagou Eva.
– Ninguém lembra o próprio nome!
– Não tem graça, Herón, eu me lembro! – Mary Ann Muller insistiu.

– Ah, Mary, *por qué no te callas*?

– Eu sou John. – O rapaz pálido interrompeu a discussão antes que ela acontecesse. Ele caminhou na direção de Eva. Seus olhos eram ainda mais deslumbrantes quando vistos de perto.

– Prazer em conhecer a todos. Agora, por favor... Por que me deram água? Por que estou bebendo água neste beco abandonado? Por que ando por aí se estou morta?

– Veja bem, minha querida. Estar morto não quer dizer deixar de existir. O mesmo acontece com os objetos inanimados. É como se cada coisa possuísse um esqueleto invisível que pode ser tocado por nós. Os vivos não podem ver o esqueleto invisível dessas coisas, mas nós não podemos ignorá-los. Eu peguei esse copo e essa água e trouxe até você. E, ainda assim, tanto o copo verdadeiro como a água verdadeira continuam no lugar onde estavam.

– Estou tomando o espírito da água no espírito do copo? – ela indagou confusa.

– Não usamos essa palavra: "espírito". Mas é algo mais ou menos assim mesmo.

– Não podemos tirar nada do lugar de verdade, porque isso influenciaria na vida dos vivos – completou Niki.

– Ok... – Ela respirou fundo, tentando assimilar. – Mas por que tomamos água?

– Ah... – John começou a explicar – veja, estamos mortos e não precisamos de nada para continuarmos existindo. No entanto, temos esse pequeno vício, que é a água. Ela é cheia de energia, que é passada para a gente e nos dá uma sensação de força.

– Espere! – Eva parecia nervosa e desorientada. – Quer dizer então que eu morri e eu virei isso aqui? Um fantasma num beco sem saída?

– Não existem fantasmas, Eva – comentou ele.

– Eu já entendi que vocês têm um nome diferente para tudo, esqueletos invisíveis ou sei lá o quê! O que eu não entendo é qual a razão de tudo isso! Vamos ficar aqui para sempre? O que nós somos? Espíritos perdidos?

– Não somos espíritos. Somos "esperadores" – corrigiu Kwan.

– Essa palavra não existe!

– A gente também não, se for colocar nesse ponto de vista... – retrucou Herón.

– Tá bom... "esperadores" então, né? Quer dizer que estão esperando alguma coisa, certo? O quê?

– As três sirenes – respondeu John, de repente.

– Calma, Eva... – Grande George disse calmamente – eu entendo, você tem dúvidas. Explicarei tudo detalhadamente para você, mas deve prestar atenção.

Eva fez um sinal de positivo com a cabeça. As palavras de Grande George soavam como uma profecia.

– Todo mundo sabe que vai morrer nos segundos que antecedem sua morte. Depois que isso acontece, é normal que o indivíduo se sinta completamente perdido no vazio. A vida foi tirada dele e com ela também as lembranças, os ideais, os planos... Pelo menos é nisso que acreditamos. Os mortos não podem e não conseguem interferir na vida dos vivos. Mesmo se pudessem, não deveriam, pois algum dia serão vivos novamente. Todo ser humano tem um tempo específico de vida que deve cumprir. Como os utensílios, nós também temos uma vida útil. É nisso que consiste o período logo após a morte. É a espera para nascer novamente. Todos nós morremos antes da hora e agora precisamos existir mais um pouco e esperar chegar o momento que estava determinado para a nossa partida.

– Grande George, você fica cada vez melhor em contar essa história! – disse Niki, rindo.

– Como assim? Que história é essa? Quer dizer que a gente nasce de novo? Quando? Onde? Quem determina quanto tempo devemos existir, ou esperar, ou sei lá o quê? Quem julga para saber onde merecemos renascer?

– Oh! Veja só que graça... – Herón disse cinicamente – Eva quer um julgamento! Ela acha que alguém ficou assistindo seus atos por toda a sua vida.

Grande George interrompeu:

– Eva quer a justiça de nascer no lugar onde merece, Herón, e você também queria!

– Querida... – Niki abraçou Eva pelos ombros. – Não existe julgamento. Não existe nenhum tipo de autoridade aqui, só nós. A morte é uma anarquia. O que o Grande George está explicando para você foi passado para ele por outras pessoas que morreram. Ele está aqui há muito tempo esperando para renascer. E, sim, a gente pode renascer em qualquer lugar, em qualquer corpo, com qualquer identidade, independentemente do que fizemos ou deixamos de fazer em nossa vida anterior.

– Quer dizer que é aleatório?

– Completamente, querida.

– Veja, Eva, dizem que, quando você está prestes a renascer, você ouve o som de três sirenes, e aí você simplesmente desaparece daqui – completou Dimitri.

– Os estupradores, os torturadores, as pessoas más têm o mesmo direito de morrer, esperar e nascer do que.... Madre Tereza de Calcutá, por exemplo?

– Sim. E foi bom tocar nesse ponto. Na sua próxima vida, você pode nascer em Calcutá. – sugeriu John.

– Em qualquer lugar! – Grande George continuou. – Mas, é claro, você não se lembrará de nada da vida que passou ou dessa espera.

– Eu posso nascer pobre, posso nascer no meio de uma guerra...

– Está pegando o espírito da coisa! – Herón riu por ter usado a palavra "espírito". – O universo é um sistema, como uma engrenagem. Imagino que alguém bolou isso e largou aqui funcionando, sem nunca mais voltar para ver se estava sendo correto ou justo. – Herón sorriu.

– Posso nascer nas piores condições imagináveis!

– Sim. Qualquer coisa pode acontecer! – Grande George tentou responder da forma mais polida possível.

– Posso nascer de novo como uma árvore, um cão ou um fungo?

– É claro que não, você sempre foi humana e só pode ser humana. Veja, você também tem um tipo de esqueleto invisível e não caberia no corpo de nenhum outro ser vivo.

– Quando eu vou renascer?

– Quando seu tempo de espera terminar. Não sei quanto tempo vai demorar.

– Acho que... – Eva estava desconsertada. – Acho que já tive explicações o bastante por hoje.

– É mesmo uma situação difícil de aceitar – disse Mary Ann Muller.

– A pessoa que me matou... maldita! Eu queria encontrá-la e acabar com ela!

– Aconselho a não tentar isso. Primeiro, porque seria impossível. Você não tem nenhuma pista para encontrar seu algoz. Segundo, porque ele representa mais perigo para você do que você para ele. Não tente ficar no caminho das pessoas vivas. Você não atravessa nada que seja matéria, e de alguma forma que a gente também não entende, o corpo vivo é muito forte. Esbarre com um vivo e ele vai jogá-la longe sem sequer sentir que esbarrou em você. Ah! E não se preocupe com a raiva. Ela vai passar antes que você perceba. Tudo aqui passa depressa... – Grande George salientou.

– Eu... eu quero ficar sozinha!

Ela se deitou novamente. Em silêncio, todos se afastaram, indo fazer outras coisas. Ninguém saiu do beco, e todos seguiram uma espécie de rotina, independentemente da presença de Eva. Eles respeitavam a sua vontade. Naquele momento, ela precisava ficar ali deitada sobre aquele cobertor velho, na mesma posição em que caíra no mato após ser assassinada. Amargurada, ela sentia o esqueleto invisível de pesadas lágrimas rolarem de seus olhos.

Quando anoiteceu e os outros se preparavam para dormir, Eva resolveu se levantar um pouco. Ela subiu em umas caixas de madeira colocadas no fundo do beco e escorregou durante essa manobra, quase caindo duas vezes. Quando finalmente alcançou o muro, ela se sentou sobre ele, de costas para o beco. A jovem observava os poucos vivos que passavam por ali, indo e vindo, e se perdeu na melancolia da vida que não possuía mais, sentindo saudade de todas as coisas das quais não se lembrava.

– Mudar um pouco o que se vê faz bem aos olhos.

A jovem notou que John havia sentado ao seu lado, mas não olhou para ele.

– Eu não sei no que eu acreditava antes de morrer, mas tenho quase certeza de que eu não achava que seria assim.

– Eu sei. – Ele sorri. – Quando eu cheguei, enquanto Grande George me contava essa mesma história, eu tinha certeza de que apareceria um sinal para interrompê-lo, vindo de qualquer um que seja! Deus, Jesus, Buda, Rá, Zeus, qualquer deidade apareceria para me dizer qualquer coisa! Eu não lembro qual era minha religião quando estava vivo, mas, depois que estamos mortos, o que importa, não é? Qualquer uma delas serviria, e por algum motivo nos sentimos gratos por lembrarmos delas. Vê? O mundo e suas crenças são tão importantes que, mesmo depois da morte, sabemos tudo sobre eles e nada sobre nós mesmos.

– Eu me lembro de sentir uma corrente no meu pescoço, apertando. Lembro-me de ter os olhos bem abertos buscando alguma coisa, mas só via o céu. Mas é só isso, minha memória acaba aí...

– Eu entendo.

– Estou com medo agora...

John fez menção de tocá-la, mas ela se afastou, como se ainda não tivesse absorvido a ideia de que também estava morta e ser tocada por um fantasma fosse apavorante.

– Quantos anos você acha que tinha quando morreu?

– Não sei. Que pergunta! – Ele riu. – Pela minha cara, acho que quase quarenta. E você?

– Acho que uns trinta.

Eva olhou atentamente para ele. Seus olhos fundos, negros, sua face pálida e seus cabelos castanhos muito lisos presos em um rabo de cavalo alto. O corpo dele era bem torneado e magro. Aquela era a primeira vez que ela conseguia observá-lo como um todo. Seus olhos eram tão fortes que roubavam a atenção do resto da sua figura.

– Você parece ter uns trinta e cinco, no máximo... – ela comentou.

– Obrigado. Você também é muito bonita.

Eva sentiu um estranho mal-estar ao ouvir isso. Não sabia explicar o porquê, mas sentia em seu corpo inteiro, especialmente em seus ouvidos.

– John, não me diga isso de novo!

– O quê?

– Um elogio. Deu uma sensação terrível! Puta que pariu... o que é isso? Mais uma dessas coisas de esperadores? Não podem receber elogios?

– Não... na verdade, eu nunca vi isso acontecer.

— Ok. Esqueça isso, vamos falar de outra coisa. — Ela fez uma pausa, tentando se abster da sensação estranha. — Herón disse que lembramos de nossas profissões. Qual era a sua?

— Eu era ator. E você?

— Eu era escritora... Você era famoso?

— Não sei. E você?

— Não lembro.

Aquela conversa se estenderia de uma maneira diferente se os dois estivessem vivos. A verdade é que queriam conversar como vivos, mas estavam mortos e não se lembravam de nada que tivesse acontecido com eles.

— Tem mais fantasm... digo, "esperadores" por aí?

— Sim, há centenas deles. Estão em toda parte... são uns safadinhos! — John riu. — A maioria dos esperadores está escondida.

— Nós também estamos escondidos. Por quê?

— Porque é mais seguro. Temos medo de sentir dor, e o contato com criaturas vivas pode ser dolorido. Na verdade, o que chamamos de "criaturas vivas" são os seres humanos e todos os animais que podem ser domesticados por eles. Não sei porque esses animais desenvolveram uma energia tão forte, mas isso aconteceu. — John suspirou. — Esse medo não impede que a gente saia para fazer... bem... outras coisas. A verdade é que o Grande George gostaria que todos os esperadores fossem como uma grande família. É isso o que ele tenta trazer para o nosso grupo, mas esquece que não somos parentes e, se fôssemos, não nos lembraríamos.

— Há quanto tempo ele espera?

– Trinta anos. Não fique assustada, você provavelmente não vai esperar tanto. Até semana passada havia mais quatro pessoas conosco. Todas ouviram as três sirenes e partiram. Ficaram entre nós por menos de um mês.

– E você? Há quanto tempo?

– Três meses... Eu sinto, de alguma forma, que está chegando a minha hora de nascer. A sua também não deve demorar, tenha só um pouco de paciência.

– Eu tenho medo de nascer em algum lugar horrível...

– Quer dar uma volta por aí? – indagou John. – Eu posso mostrar algumas coisas que fazemos para passar o tempo. Uma voltinha me faria bem... E você poderia ver como são os outros esperadores. – Ele saltou do muro, para fora do beco, parando na calçada.

– Não é perigoso?

– É claro que é! – Ele sorriu audacioso e lhe estendeu a mão. – Você vem?

Ela saltou do muro, sem segurar na mão dele. Sorriu ainda mais audaciosa.

– John, não saia do beco! Você não sabe quais perigos têm por aí! Você está maluco, John?. – Eles olharam para cima e viram Mary Ann Muller tentando subir no muro. Só conseguiam ver os cotovelos e a cabeça da mulher.

– Você quer vir junto, Mary? – John indagou.

– Não! É perigoso! Volte para cá! Vamos dormir!

– Agora não estou com vontade, Mary. Não quer mesmo vir com a gente?

Ela revirou os olhos e saiu do muro. Eva e John se entreolharam e silenciosamente foi como se decidissem iniciar o passeio. Eles caminhavam. A rua estava completamente deserta naquele momento. Eva observava cada tijolo dos muros, cada paralelepípedo do calçamento. Tentava a todo custo se lembrar de alguma coisa, mas não conseguia. Não havia sensação de pertencimento àquele lugar, assim como não havia sensação de exclusão. O lugar não lhe aflorava nenhum tipo de memória afetiva.

Ela tocou a parede de um prédio. Percorreu os tijolos com suas mãos mortas, alcançou uma janela, tocou o vidro. Sentiu sua textura. Não parecia real. A sensação térmica era completamente estranha, como se ela soubesse que o vidro estava anormalmente frio em seus dedos, provocando algo como um pequeno choque, mas, ao mesmo tempo, havia uma sensação de que a superfície não poderia interferir sobre ela, como se nem estivesse ali. Era tudo muito estranho. Percebia no toque que o tijolo era muito áspero, mas não arranhava as mãos. É como se tudo fosse real, menos ela. Era como se as pontas de seus dedos fossem extremamente sensíveis e, simultaneamente, não existissem.

Ao chegar à segunda janela, ela viu uma sala. Um casal discutia diante de uma televisão fora do ar. Um cachorrinho pequeno latia, como se quisesse participar da discussão. Eva apoiou as duas mãos no vidro, e aproximou o rosto para ver melhor. John fez a mesma coisa. Não era algo que ele faria normalmente, mas a curiosidade de Eva o deixou curioso também.

Ela sentiu a presença de John ao seu lado, os olhares se procuraram e por um momento os dois se encararam, ainda com as mãos sobre o vidro.

– John, me fale mais sobre os esperadores.

Ele se afastou da janela, remexeu os cabelos, tentando pensar em alguma coisa. Ela prestava ainda mais atenção nele nesse momento. John usava uma blusa listrada, preta e branca, calças jeans largas e uma jaqueta preta amarrada na cintura. Ela sentiu curiosidade de saber como estava vestida também, e se afastou da janela para ver seu reflexo no vidro.

– O que foi, Eva?

– Queria ver como eu era, como estava vestida. – Ela olhou para si mesma e sentiu uma fisgada ainda maior de uma saudade da vida que não sabia qual era.

– Era só ter perguntado – ele brincou. – Você tem um corpo bonito e aparentemente se orgulha disso, porque não está vestindo quase nada!

– Engraçadinho, eu já falei para não me elogiar! – ela riu, prestando atenção em sua saia preta curtíssima e sua regata cinza. Ela realmente não tinha vergonha de mostrar o corpo.

– Estava só brincando...

– Aqui... depois que a gente dorme, acorda descabelado e fedendo? – ela debochou.

– Não. Nosso corpo não funciona como um corpo vivo. Ah! Acabei de lembrar de lhe dizer algo importante... Notou que a gente não sente o cheiro de nada?

Eva respirou profundamente. Ela ainda não havia notado que não podia sentir o cheiro das coisas. Ela se aproximou de John, experimentando se realmente não conseguia sentir o cheiro dele. Quando ela acidentalmente quase encostou no pescoço do rapaz, ele interveio, afastando-a:

– Ei! Eu disse que a gente não sente o cheiro das coisas... Arrepio a gente sente!

– Desculpe...

– O negócio é ficar longe da fumaça e de qualquer coisa que tenha um cheiro muito forte. Vai me agradecer por esse conselho.

– Então quer dizer que a gente está respirando o ar? Como um vivo?

– Não como um vivo. Não dependemos do oxigênio para continuar existindo.

De repente, o pequeno cão que estava dentro da casa lançou seus olhos redondos diretamente para os dois, que estavam próximos da janela. O animal se aproximou, tentando farejar o que via. Eva e John se aproximaram novamente do vidro, tentando ver melhor o que acontecia lá dentro. O cão se aproximou cada vez mais. Quando o ar quente do pequeno focinho embaçou o vidro, o cachorro começou a latir estridentemente. Eva e John saltaram para trás, assustados.

– Ele consegue ver a gente! – ela gritou, quase entusiasmada.

– Pois é, preferia que não conseguisse... – John puxou Eva pela mão e acelerou o passo para longe da janela. Os dois caminharam rapidamente até se afastarem daquele prédio, da janela e do cão.

Eva percebeu que John parecia assustado. Os dois continuavam andando rapidamente, enquanto ele ditava o passo, puxando-a pela mão.

– John, está tudo bem?

Ele não respondeu.

– John?

– Ah... sim. – Ele parou de repente e soltou a mão dela. – Desculpe-me, Eva. É que... quando eu lhe expliquei sobre os estragos de esbarrarmos com criaturas vivas, eu não estava brincando. Demora muito para um esperador se recuperar de um choque desses!

– Viver é a arte de correr riscos! – disse Eva.

– Ainda bem que eu estou morto.

Os dois riram. Quando o assunto pareceu perder a graça, os dois voltaram a caminhar. Eva se lembrou das provocações de Herón assim que ela havia despertado, e algumas dúvidas começaram a acometê-la.

– John... – ela começou –, não lembramos de nada da nossa vida, como também não sabemos onde estamos.

– É isso mesmo.

– Mas isso deveria ser algo fácil de descobrir. Não podemos ler em algum lugar?

Ele parou de caminhar de repente e se aproximou dela. Passou um dos braços pelos ombros da jovem e apontou para a frente, guiando os olhos dela até um ponto específico.

– Consegue ler aquela placa?

Ela não conseguia. Os caracteres estavam ali, porém ela não conseguia decifrá-los. Estavam embaçados e embaralhados.

– Eu... onde diabos nós estamos? O que está acontecendo com as letras?

– As letras estão normais, Eva. Quero dizer, normais para os vivos. Esperadores não conseguem ler.

– Não! – Ela sentiu seus olhos marejarem. – Não! Nós... – ela soluçou, tentando encontrar outra explicação – ... nós não estamos perto o suficiente!

Ela disparou em uma corrida frenética até chegar o mais perto possível da placa. Olhou para cima enquanto sua esperança vulnerável foi invadida pela decepção. De seus olhos arregalados escorreram duas corpulentas lágrimas enquanto ela encarava a placa repleta de letras indecifráveis. John finalmente chegou até onde ela estava. Ele colocou a mão sobre o ombro dela, em uma tentativa inútil de consolo.

– Eu... – ela murmurou, tentando conter o pranto – ... eu sou uma escritora! Eu posso não me lembrar do que os livros significavam para mim, mas eu conheço várias histórias. Por que eu não posso ler?

– Eva... – John suspirou – nós não somos mais humanos. Algumas coisas são diferentes para nós. Veja, você sabe o que é fedor, sabe o que é perfume, mas esperadores não sentem cheiros. Da mesma forma, sabe sobre os livros, mas não consegue lê-los. Não temos olfato e não temos visão para algumas coisas.

– Mas... eu conheço os idiomas, eu sei quais são as letras...

– Só que elas não vão mais aparecer para você, Eva. Eu sinto muito, sinto muito mesmo. Venha... – Ele segurou a mão dela. – Vamos caminhar. Em poucos minutos, essa sensação irá embora.

Eva fez o que ele sugeriu, mas apenas porque não sabia o que mais poderia fazer. Estava ciente de que não daria certo e ela continuaria triste durante toda a espera. No entanto, depois de alguns minutos caminhando, ela não sentia mais nada. Em pouco tempo estava caminhando apática ao lado de John, como se nada tivesse acontecido. Ele percebeu como ela já havia se libertado daquela sensação ruim e sorriu.

– Isso é uma coisa boa em ser um esperador. Nenhum sentimento dura.

Eva refletiu um pouco sobre aquilo e levou seu olhar para as mãos dos dois, entrelaçadas enquanto caminhavam. Já não se importando mais com as letras, ela resolveu tirar uma dúvida pessoal. Embora tivesse receio de ser invasiva, aquelas pessoas agora eram as únicas que ela conhecia no mundo e, de alguma forma, ela não gostaria de perdê-las.

– John... posso perguntar uma coisa? É meio pessoal...
– Fique à vontade.
– Você e a Mary Ann Muller estão tendo um caso?
– Todo mundo aqui está tendo um caso! – ele riu. Por um momento, Eva se sentiu como uma criança perguntando de onde vinham os bebês. – Mary Ann Muller é uma boa pessoa. Só irrita um pouco com as mentiras. Quando chegou aqui, disse que me conhecia, isto é, da época em que estávamos vivos.

– Como sabe que ela não conhece mesmo você?

– Ela disse que fui um músico, e eu sei que fui um ator. Ainda mais, ela já mentiu sobre o próprio nome. Depois, começou a ficar irritante quando a cada dia se lembrava de ter uma profissão diferente. É a única coisa que lembramos sobre nós mesmos, nossa profissão. Não deveríamos mentir sobre isso.

Os dois riram.

– Eu poderia jurar que havia acontecido algo entre vocês.

– Mas aconteceu – confirmou ele. – Eva, estamos mortos! Não é como se a gente pudesse se comprometer, ou pegar doenças, ou reproduzir, ou ter nossa moral questionada... Nesse quesito, a gente faz o que quer! Além disso, nossos sentimentos e nossas sensações são extremamente passageiros.

– Ah, nossa! Eu morri e fui para o céu! – caçoou ela.

– Eu queria saber quais livros você escreveu...

– Eu queria saber em quais peças você atuou, John. Ou seriam filmes? – Eva sentia um alívio enquanto caminhava pela rua, imaginando como haviam sido suas vidas. – Talvez a gente pudesse tentar encontrar alguma pista para saber quem fomos, sei lá, procurar por aí...

– Não, Eva! – Ele levantou o tom de voz. – Você não entende? Nossos sentimentos são passageiros por um motivo, e é um motivo bem óbvio! Não é para ficarmos presos às coisas dessa encarnação, nós já morremos! Céus, acabou!

– Calma, John, calma! Realmente foi uma péssima ideia. Desculpe-me.

– Desculpe-me também – disse ele, sorrindo timidamente. – Eu me exaltei. Mas, sabe... essa é a parte boa de se estar morto. Nós não precisamos buscar um propósito, nem conseguiríamos ter um. Só nos resta esperar.

Os dois caminharam por algum tempo, em silêncio. Eva queria saber mais sobre as coisas, mas por algum motivo estava com receio de perguntar. Como se estivesse lendo seus pensamentos, John comentou:

– Bom, quando o Grande George e o pequeno Billy saem do beco, rolam umas orgias...

Eva riu. Em seguida, percebeu que John continuava sério. Ela preferiu não questionar. Ele prosseguiu:

– É um beco ruim. Antes de irmos para lá, ficávamos no sótão de um cinema antigo. Tivemos que sair porque iam demolir o lugar. Era muito legal, porque podíamos assistir aos filmes. É totalmente diferente da forma como "lembramos" dos filmes que provavelmente vimos quando estávamos vivos.

– Eu sei. Eu pensei nisso quando Herón me perguntou sobre os livros. É uma "lembrança" que não dá para chamar de lembrança. Eu conheço as histórias, eu sei do que se tratam, mas não me lembro de ter lido. A mesma coisa com os filmes. Posso contar a você a história do Ben Hur, mas não poderia dizer se eu realmente assisti, li a respeito ou se me contaram.

– Entendo. Com os filmes que assistimos depois de mortos foi diferente.

– Qual o último filme que vocês assistiram?

– *As Caça-Fantasmas.*

– Esclarecedor! – Eva riu.

Eles voltaram a caminhar pensativos, por um breve período. De repente, John apontou para um canto escuro e comentou sussurrando:

– Olha ali!

– O quê?

– Fale baixo! Na garagem daquele prédio... esperadores! – Eva tentou ver o que eles estavam fazendo, mas estava tudo escuro e eles estavam muito longe. John percebeu que ela não conseguia ver direito, pegou-a pela mão e, em silêncio, eles se aproximaram.

Esconderam-se atrás de uma pilastra, próximos ao grupo. Eva, aos poucos, conseguiu distinguir as imagens dos diferentes corpos e ver o que estavam fazendo. Estavam nus. Uma mulher de pé fazia movimentos ondulares com o corpo, como uma cobra. Três homens ao seu redor tocavam seu corpo com as mãos, os lábios e a língua. Ela se contorcia, abria as pernas e movimentava os braços, oferecendo as partes do corpo nas quais queria ser tocada, sugada, lambida...

O ritmo daquela dança sexual aumentava à medida que as carícias entre os três ficavam cada vez mais intensas. A mulher enroscava suas pernas no pescoço de um dos homens, que agitava a língua sobre sua vagina. Os outros dois homens seguravam seu corpo no ar, lambendo seus ouvidos, seus seios e pescoço. Ela gritava como se fosse tomada por um prazer indescritível. Eles a colocaram no chão. Um dos homens começou a penetrar a mulher, enquanto os outros dois se beijavam e um acariciava o membro do outro. De repente, Eva se afastou da pilastra e caminhou para longe da cena, como se algo a houvesse incomodado.

– Algum problema? – John foi atrás dela.

– Tem alguma coisa estranha acontecendo, eu não sei...

De costas para John, ela levantou a saia preta e passou a mão por baixo de sua calcinha. Ela olhou espantada para sua mão molhada. Seus olhos se voltaram indignados para John, que ria copiosamente.

– O que diabos é isso? – ela perguntou, quase gritando.

– Não sei! – ele riu ainda mais. – As Caça-Fantasmas diriam que é ectoplasma!

– É sério! – Ela não sabia se ria também ou se surtava. – Para de rir, eu não estou surpresa que eu tenha ficado com tesão, mas como...? Como eu tenho fluídos corporais?

– Depois desaparece, fica tranquila.

Eva observou sua mão enquanto o líquido desaparecia. Não evaporava, nem secava. Desaparecia.

– Essa deve ser a coisa mais louca que eu já vi! – ela exclamou, ainda olhando para a própria mão.

De repente, uma voz cortou seus pensamentos, soltando um estridente assobio. Ela olhou para trás e viu a esperadora que antes transava com os três homens. Nua, parada no meio da calçada, olhando para eles. Seu corpo coberto de "ectoplasma".

– Vocês dois aí, querem participar?

– Não, obrigado! Já estamos de saída! – John respondeu amigavelmente, tentando se recuperar da crise de riso que acabara de ter.

Ele abraçou Eva pelos ombros, de forma quase fraternal, e os dois caminharam para longe da cena. A mulher nua ainda respondeu, antes de voltar para a sua orgia:

– Beleza! Até mais, John!

Eva arregalou os olhos, sem parar de caminhar.

– Ela conhece você?

– Mundo pequeno, né? – ele riu.

– Aham! – ela respondeu, sarcástica. – "Arrepio a gente sente", né?

Os dois riram e continuaram caminhando, até que aquilo ficou para trás. Era impressionante como tudo para os dois mortos parecia realmente fugaz. Um vivo talvez passasse a vida toda remoendo aquilo que tinham acabado de presenciar. Talvez tivesse o ímpeto de contar para quem quer que fosse, ou até mesmo registrar ou escrever a respeito. Para eles, não era nada tão grandioso assim. E foi nesse momento que Eva chegou a uma conclusão sem ter que perguntar nada:

"É porque não existem consequências", ela pensou. "E se não existem consequências, essas ações não implicam nada, não significam nada. Sem um propósito, não existem emoções ou sentimentos."

Os dois caminharam até o final da avenida principal. Já estavam chegando perto do beco onde viviam.

– John, eu tenho mais uma pergunta...

– É uma pergunta ectoplasmática? – ele debochou.

– É! – ela riu. – Qual é a orientação sexual das pessoas aqui?

– Você quer dizer tipo gay, hétero, essas coisas assim?

– Sim.

– Isso é coisa de vivo, Eva. Não somos homens ou mulheres, somos esperadores. Além disso, imagine que orientação sexual é uma construção social. Você não tem construção social se não lembra de nada do que aconteceu com você antes de chegar aqui.

– Bom, talvez eu acredite que não seja uma construção social e que as pessoas nascem com a orientação sexual definida...

– Você não nasceu, Eva. Você morreu.

Os dois não disseram mais nada. John se despediu de Eva com um aceno de cabeça e foi se deitar. Aparentemente, cada um ali tinha um lugar específico para dormir. Grande George e o pequeno Billy dormiam em um amontoado de cobertores, no fundo do beco. Kwan dormia sobre um colchonete finíssimo. Perto dele, Niki dormia em um sofá velho, abraçada ternamente a uma almofada furada. John e Mary Ann Muller dividiam o mesmo colchão e o mesmo cobertor. Herón dormia em uma rede improvisada. Dimitri dormia em um saco de dormir, ao lado de um edredom dobrado, espaço que estava vazio. Eva imaginou que fosse esse o seu lugar.

    Ela se deitou. Ainda sem sono, ficou observando as estrelas, imaginando tristemente que não havia mais nada de mágico no céu. Temia as três sirenes, no entanto esperava por elas. Tinha medo de nascer em algum lugar terrível, mas queria renascer. Não queria ficar ali sendo uma esperadora por muito tempo, porém queria aproveitar seu tempo de espera. Pensava em linhas filosóficas e psicológicas de pensamento... tudo se aplicava aos vivos. Ela estava morta.

    Eva fechou os olhos e tentou se acalmar. O silêncio da noite embalava seu sono. Seus questionamentos cessaram no momento em que ela relaxou completamente e adormeceu.

    De repente, ela acordou com um susto, sentindo dois braços prenderem seu corpo fortemente e puxarem-na com violência para um canto do beco. Ela olhou para trás e viu que era Herón quem a segurava.

– O que está fazendo? Solte-me!

– Psh!

Os olhos de Eva percorreram o beco. Era noite, e estava todo mundo acordado. Todos aglomerados pelos cantos, com seus corpos tremendo de medo encostados nas paredes. Mary Ann Muller chorava, e John, abraçado a ela, tentava acalmá-la.

    Eva notou que no meio do beco havia dois sujeitos vivos. Estavam abaixados, tirando seringas, colheres e drogas das bolsas.

– Esse lugar é cabreiro, hein, mano?

– Psh! Cala a boca! Tá de boa!

Eva até podia compreender que todos tivessem medo dos vivos, mas aquilo ali já era um abuso!

– Então a gente tem que ficar colado na parede, se borrando de medo, enquanto os bonitos se divertem?

– Fica quieta, Eva! – ralhou Herón.

– Quieta por quê? Eles não podem nos ouvir!

A jovem afastou os braços de Herón, livrando-se deles, e caminhou na direção dos vivos. Todos os esperadores assistiam apavorados enquanto ela se aproximava cada vez mais dos drogados.

– Eu disse que ela era louca! E você andando com ela por aí, John! – ralhou Mary Ann Muller.

– Alguém, por favor, tire a Eva daí! – pediu John, quase em desespero.

– Eu é que não vou onde ela está! – respondeu Herón, notando a proximidade perigosa da moça com os vivos.

Os drogados encheram uma colher com um conteúdo e acenderam um isqueiro.

Ela se lembrou de tudo o que aprendeu sobre a dor do baque entre esperadores e humanos, mas, ao mesmo tempo, não conseguia conceber que fosse tão indefesa assim. "Viver é a arte de correr riscos", ela pensou. Nisso, aproximou seus lábios do isqueiro e assoprou a chama, que se apagou. Todos os esperadores soltaram um grito abafado.

– Qual é o problema com você, mano? Anda logo!

O rapaz acendeu o isqueiro novamente e o colocou debaixo da colher. Eva assoprou de novo.

– Que merda! Dá isso aqui!

O outro tentou acender o isqueiro, mas, toda vez que o fazia, a chama se apagava.

– Arruma outro fogo!

Ele pegou uma caixinha de fósforos, e o mesmo aconteceu com cada palito. A chama acendia e, ao se aproximar da colher, apagava. Um deles olhou para o líquido sobre a colher.

– Cara, olha! – O homem vê o líquido tremendo, como se alguém o estivesse soprando.

– Qual é o problema com essa merda de lugar, hein?

Eva se aproximou do ouvido de um deles e assoprou. Ele sentiu. Ela pulou para trás a tempo de não ser atingida, enquanto ele agitava as mãos ao lado da cabeça.

– Caralho, mano, vamo cair fora daqui!

Os dois juntaram suas coisas rapidamente e fugiram correndo. O som das passadas em corrida aos poucos sumiu do alcance da audição dos esperadores. Estavam todos aliviados pelos vivos terem ido embora, porém, ainda assim, perplexos.

– Você deve ter sido uma doida varrida antes de morrer! – ralhou Herón, saindo do canto onde se escondia dos vivos. – Provavelmente morreu enforcada pelos médicos que estavam tentando conter você em algum hospício.

– Sabe o que fez? – Mary Ann Muller se aproximou dela com um ar inquisidor carregado de muita raiva. – Podia ter ferido a todos nós! E se aqueles dois ficassem com raiva e começassem a espernear? Podiam atingir alguém!

– E você ficou com medo de quê? – Eva respondeu no mesmo tom. – Que eles matassem você?

– É óbvio que você nunca sentiu a dor de um choque com um corpo vivo... – Mary Ann Muller disse, erguendo os braços para os outros, procurando que a apoiassem.

– Considerando a sua covardia, eu imagino que você também não tenha sentido!

– Desculpe, Mary Ann Muller! – Dimitri comentou. – Mas ninguém se arriscaria assim! Vamos combinar que ela foi bem corajosa?

– Eu estou pensando... – cogitou Niki, impressionada – como ela conseguiu assoprar? Não era o esqueleto invisível, era o ar de verdade, o vivo sentiu e...

– Não importa mais! – Grande George interrompeu. – Eva, sua atitude foi corajosa e nós agradecemos. Também estou me perguntando até agora como você conseguiu soprar aquela chama. Foi uma atitude bastante arriscada, mas não resolveu completamente o problema. Você chegou aqui há pouquíssimo tempo, e acho que ainda não entendeu como as coisas funcionam. Sendo ou não espantados, quando os vivos entram no beco, sempre há a possibilidade de que mais deles apareçam. No que resta dessa noite, um de nós ficará na espreita, vigiando para caso algum deles volte. Eu vou sair e procurar outro lugar para ficarmos. Amanhã, durante o dia, esperaremos. Quando anoitecer, vamos nos mudar.

– Arre... – Kwan suspirou – eu odeio ter que me mudar!

– Tudo isso é culpa dela! – gritou Mary Ann Muller, apontando para Eva.

– Os vivos vieram e não foi culpa de ninguém. Eu já disse, Mary Ann Muller, uma vez que aparecem, espantados ou não, eles podem voltar. – Grande George explicou com paciência.

– Você devia aprender a ouvir! É irritante ver uma pessoa querendo culpar a outra de qualquer jeito, mesmo quando perde os argumentos! – ralhou Niki.

– Eu vigio! – disse Eva, de repente, acrescentando, em seguida, com raiva e sarcasmo: – É o mínimo que eu posso fazer depois de ter convidado formalmente dois drogados para virem aqui atormentar a famosa senhora Muller.

Dizendo isso, Eva saiu do beco e foi até a rua. A jovem encostou-se na parede e ficou observando a avenida vazia, com raiva da atitude dos demais. Grande George saiu na promessa de encontrar um lugar seguro. Assim que os dois se afastaram, começou o burburinho no beco. Eles não conseguiam segurar a vontade de comentar.

– Vocês viram quando ela chegou perto dos dois vivos? – Kwan sussurrou para os outros em tom de segredo, empolgado.

Os esperadores se aglomeravam no fundo do beco para conversar em voz baixa sobre o que havia acontecido.

– Eu nunca vi nenhum esperador agir daquela forma! – disse Herón.

– E como ela conseguiu apagar a chama? – suspirou Dimitri, admirado.

– Eu não sei, mas foi de arrepiar! – disse Niki.

– Gente, foi arriscado e desnecessário! – comentou Mary Ann Muller. – Coitado do Kwan, ele odeia se mudar!

– Ah, tudo bem, já estou tranquilo.

– Cala a boca, Kwan! – ela repreendeu.

– A coragem dela foi admirável... É uma pena que não serviu de muita coisa. Teremos que partir amanhã de qualquer jeito – suspirou Niki.

– Eu vou vigiar a rua com ela – completou John, pensando em sair da conversa.

Porém, assim que ele deu as costas, Mary Ann Muller o abraçou pelos ombros.

– Oh, não, John! Não vá! – Ela falava com um jeito delicado, mostrando-se indefesa. – Estou tremendo de medo... Veja! – Ela mostrou as mãos tremendo com artificialidade e o abraçou novamente. – Estou tão inquieta! Eu preciso muito de uma massagem relaxante...

– Está tudo bem, John. – Herón se aproximou, com um sorriso cínico. – Eu vou lá vigiar com a Eva. Você pode ficar aí e... massagear sua amiga!

John ficou tão irritado que chegou a rosnar, mas Herón não se importou. Deu as costas, saiu do beco e caminhou até onde estava Eva.

– Ei, *niña*... – Ele se aproximou e escorou o ombro no muro – desculpe por ter pegado no seu pé quando você chegou. Não é que eu não goste de você nem nada do tipo, eu só gosto de irritar as pessoas. É uma coisa que eu faço.

– Está tudo bem. – Ela continuou com os braços cruzados, olhando pra baixo.

– Ei! Não foi culpa sua...

– Eu sei!

– No que está pensando então?

– Eu não me importo. Estou pensando no quanto eu não me importo. Nem com o fato de que você pegou no meu pé quando eu cheguei, nem com as coisas que aconteceram hoje à noite, nem ao menos com as provocações da Mary Ann Muller, e elas acabaram de acontecer! Eu não me importo com nada. Sinto as coisas intensamente no momento em que elas estão acontecendo, mas, poucos minutos depois...

– Você não se importa mais. Eu sei.

– Eu não imagino como é possível viver assim!

– Mas nós não vivemos, Eva. Estamos *muertos*.

– Eu sei, mas é estranho estar morta, eu queria sentir alguma coisa por mais tempo...

– Os nossos sentimentos não duram. Nenhum deles. Essa agonia que você está sentindo agora também não vai durar. Fique tranquila, *cariño*...

Ele a abraçou de forma lenta e suave. Eva sentia as mãos fortes e delicadas percorrerem suas costas. Ela pensou em afastá-lo, mas parou sua ação na metade e, sem que percebesse, deixou as mãos apoiadas no peito dele. A jovem olhava para as próprias mãos. A sensação de tocá-lo era tão... diferente. Ela não entendia como era possível ter aquele tipo de percepção. Eva não se lembrava de como era quando estava viva, mas a sensação de ter seu esqueleto invisível envolvido em outro era diferente de um abraço entre dois vivos. Ela não sabia quem havia abraçado em vida, porém tinha o conhecimento de como era, e não podia ser tão bom assim. Ela sentiu cada milímetro de seu ser arrepiar. Herón percebeu e soltou uma sonora gargalhada. Ela se afastou, surpresa e um pouco envergonhada.

– Você sentiu só agora? Estou surpreso! Passou horas passeando com o John e ele não lhe explicou nada sobre nossos sentidos?

– É... bom... – Ela se lembrou do trio que transava no estacionamento e do "ectoplasma". – Explicou um pouco.

– Eu vou contar com detalhes! – Ele ergueu uma sobrancelha, sugestivo. – Quando morremos, nossos sentidos mudam: nossa audição é praticamente igual à dos vivos, mas todas as outras coisas mudam. Com relação à visão, enxergamos coisas diferentes das que eles enxergam. Vemos coisas que eles não veem, mas isso você já deve ter reparado. Sobre o olfato, bom, nós não temos olfato. Não sei por que! Eu também não fico me perguntando o motivo das coisas... elas são assim e pronto. Também não sentimos sabores. – Ele respira fundo, contrai as pálpebras e os lábios, como se estivesse prestes a descrever algo delicioso. – No entanto, existem outras coisas que sentimos, outras aplicações para darmos às nossas bocas vorazes, como quando...

– Não sentimos sabores? – ela interrompeu. – Tá, se a gente decidir comer o esqueleto invisível de alguma coisa assim mesmo, a gente caga?

– Porra! Não acredito que eu estava tentando fazer uma narrativa luxuriosa e você me interrompeu para falar em bosta! – ele bufou, inconformado. – Ok... não, a gente não caga. Também não mija, apesar de estarmos o tempo todo enchendo a cara de água. Não tomamos a água real, é o esqueleto invisível dela, e ele some dentro do nosso.

– Entendi. Que bom que a gente não caga.

– Sim, é uma maravilha. Não temos excrementos. A gente sua às vezes, chora e goza também, mas esses fluídos somem. Eles literalmente somem!

– Eu, é... – Ela se lembrou novamente do "ectoplasma". – Eu imagino.

– Agora deixa eu falar sobre o tato. A gente consegue sentir tudo muito intensamente! Cada textura, cada temperatura... é como se cada milímetro da nossa pele estivesse constantemente atento.

– A gente sente frio?

– Sim, a gente morre de frio!

– Sério?

– Claro que não, tola! Como vamos morrer? Já estamos *muertos*! Mas nosso esqueleto invisível sente as temperaturas externas, por isso o frio nos incomoda e gostamos de usar cobertores, lençóis...

– Ah... – ela concluiu – por isso que os fantasmas são desenhados pelas crianças vivas como seres debaixo de um lençol?

– Ficar com alguém debaixo de um lençol em um dia frio é uma delícia, mas isso não é assunto para crianças vivas!

– Vocês só pensam em sacanagem?

– Estou só dizendo... nossos corpos são muito receptivos.

– Então me mostra?

– O quê? – Ele não havia entendido muito bem a proposta. Estava surpreso e empolgado ao mesmo tempo.

– Eu quero ver como é, me mostra.

Ele sorriu, ufano e cínico.

– *Cierra tus ojos*, Evita!

Ela deu uma olhada discreta para ver se ninguém poderia mesmo vê-los e logo fechou os olhos. A noite era fria, a lâmpada perto do beco estava queimada. Um ambiente agradável para se manter os olhos fechados e, ainda assim, ela sentia muita vontade de abri-los. Mas não iria, pois queria saber sobre essa sensação da qual ele havia falado tão aficionadamente.

Ela sentiu o corpo dele se aproximar. Era como se ele carregasse um campo elétrico que invadia o dela. Ele aproximou seu rosto, e ela teve a nítida impressão de que ele iria beijá-la. Mas não o fez. Ele arrastou lentamente seus lábios nos lábios dela, e ela pôde sentir sua textura deleitável e úmida. O calor da pele dele era descomunalmente excitante. Herón afastou seus lábios da boca da jovem e beijou seu rosto, levemente. Beijou o lóbulo de sua orelha e seu pescoço. Eva sentiu seu corpo inteiro se arrepiar e seus seios entumecerem, encostados no peito dele.

Delicadamente, ele conduziu o corpo de Eva para que ficasse de costas para ele. Herón deslizava as pontas dos dedos pelos braços nus da moça, pelas costas... Por onde passava seus dedos, era como se ele fosse um mágico a eriçar cada milímetro daquela pele alva. Ele levantou os cabelos dela e beijou sua nuca apaixonadamente. Eva não resistiu e soltou um murmúrio ao sentir a língua quente de Herón acariciando sua cútis sensível. Ele afastou delicadamente a alça da regata da jovem e passou seus lábios vagarosamente pelo ombro dela, beijando e mordiscando seu pescoço enquanto a envolvia carinhosamente em seus braços.

Eva sentia. Sentia a respiração de Herón em seu pescoço. As mãos dele percorrendo seu abdome. Sentia um rio de cobiça umedecê-la entre as pernas. Quando ele apertou ainda mais o corpo dela contra o seu, ela pôde sentir que o membro dele estava rijo. Sua materialidade inteira estava excitada, precipitada e urgente. Ela largou seu corpo contra o dele. Quase abria finalmente a boca e soltava o gemido que estava segurando como se fosse a última moeda de um avarento. Então ele sussurrou voluptuosamente:

– Você sentiu, *cariño*? – perguntou, beijando sua orelha. Não esperou por uma resposta, pois sabia que ela não tinha forças para responder. – Veja, eu quase nem encostei em você...

Ele se afastou em um rompante. Eva precisou fazer um esforço para se reequilibrar nas próprias pernas.

– Bom, é isso que acontece com o tato dos esperadores! – ele disse, enquanto se afastava, rumo ao beco, sorrindo sarcasticamente, como se tudo houvesse sido um grande chiste. – Agora eu vou dormir. Foi você quem disse que ficaria de guarda, e não eu! Avise-nos quando o Grande George chegar. – Ele piscou sedutoramente, antes de entrar no beco. – *Hasta luego, cariño!*

– SEU FILHO DA P*!

SEXTO CAPÍTULO
MIGRAÇÃO

Já era quase manhã quando Grande George retornou. Eva já estava cansada de ficar de guarda, mas não queria deixar de fazer o que disse que faria. Quando ele chegou, cumprimentou-a educadamente e a convidou para voltarem ao beco e contar as novidades aos demais.

Os esperadores já estavam todos acordados. Pela primeira vez, Eva se perguntou porque eles dormiam se já estavam mortos, mas essa era uma indagação que ela conseguia responder por si só. Como quase todo o resto, a sensação de cansaço dos esperadores era diferente da sonolência dos vivos. Eles não dormiam para repor as energias; era mais para alcançar uma percepção de aconchego. A mente deles era repleta de informações cruas e sentimentos que passavam rapidamente. O descanso dos mortos era para desligar essa espécie de central de processamento. Não sentiam sono, não sonhavam, não sofriam as agruras que a exaustão impõe à carne viva. Simplesmente aconchegavam-se e desligavam, para depois religar e reiniciar o processo. Como tudo na existência deles, não tinha utilidade, mas era gostoso.

Eva percebeu que eles já estavam se vestindo e arrumando várias mochilas. Guardavam seus cobertores, lençóis, roupas e garrafas de água. Todos usavam roupas pretas. As peças incluíam casacos, calças, botas, óculos e acessórios, que pareciam meio apocalípticos aos olhos da recém-chegada. Niki havia prendido seus volumosos cachos em uma trança embutida e tinha um par de óculos escuros redondos apoiado na cabeça. Eva pensou em perguntar o porquê dos óculos, mas, uma vez que amanhecia, ela imaginou que logo ficaria sabendo o efeito do sol nos olhos dos esperadores.

Eles haviam montado biombos para trocar a roupa, o que fez com que Eva refletisse sobre o motivo daquele súbito recato. Ela imaginou que talvez fosse devido à presença do pequeno Billy, que ainda era uma criança. Ele estava vestido como os outros, de preto. Eva de repente se deu conta de que, até o presente momento, ele não havia dito uma só palavra.

John usava luvas de couro e, naquele momento, estava ajudando Kwan a amarrar o cadarço de uma bota. Ela percebeu a temperatura e realmente fazia frio. Toda aquela preparação fazia sentido, uma vez que Grande George já havia dito que naquele dia eles se mudariam. Dimitri se aproximou dela com um casaco de couro nas mãos.

– Aqui, Eva. Por que não veste este casaco? Eu encontrei por aí há alguns dias e tinha até pensado em mudar minha forma para caber nele, mas acho que prefiro minha aparência como está – ele declarou, orgulhoso. – Eu não estragaria essas curvas só para caber em um casaco pequeno. Além disso, não faz meu estilo.

Ela percebeu que, enquanto todos os outros vestiam roupas de couro, jeans e malha, ele era a única pessoa que vestia um terno preto. Realmente, desde o início, ela havia percebido que Dimitri tinha essa necessidade de parecer uma pessoa polida, arrumada e bem-educada. No entanto, ela estava mais curiosa a respeito de sua primeira afirmação.

– Mudar sua forma? Isso é possível? – ela indagou.

– Sim. Todo mundo chega aqui do mesmo jeito, com a mesma cara que tinha quando morreu, mas conseguimos mudar coisas na nossa aparência, se quisermos. É um simples exercício de concentração. A aparência que você acredita que tem é a que os outros veem. Como tudo aqui, é uma habilidade inútil, porém divertida. – Ele colocou uma touca na cabeça e sorriu. – Como nós estamos?

– Como uma banda de rock que certamente gosta muito de preto e está indo enfrentar um apocalipse zumbi.

– Perfeito! – John se aproximou, tirou o casaco das mãos de Dimitri e passou para ela. – Então, vista isso, que agora você também faz parte da banda!

Eva vestiu o casaco. A sensação do vento gelado não era muito aprazível ao tato sensível dos esperadores, embora estivesse longe de se assemelhar à definição do que é "sentir frio" para os vivos. Eva pensou que fazia sentido se o que eles chamavam de corpo fosse, na verdade, energia. O frio poderia fazer com que uma parte dessa energia se dissipasse, assim como fazia com o calor do corpo dos vivos. Seu interesse sobre a relação entre eles e as temperaturas logo desapareceu.

Batia um frio de mudança de estação. O primeiro vento que anunciava a chegada do inverno e que parecia ser o mais cortante. Quando Eva vestiu o casaco de couro preto, seu corpo se confortou deleitosamente dentro dele. Todos pareciam ansiar por esse abrigo contra o frio, até que de repente Herón saiu de trás de um dos biombos totalmente nu.

– Alguém viu minhas roupas de banda de rock apocalíptico por aí? – ele sorriu cinicamente para Eva. – *Buenos dias, cariño!*

– Vai se vestir, seu neandertal! – Mary Ann Muller puxou Herón para trás de um dos biombos.

– *Ay, mami! Qué estás haciendo?*

– Vestindo você, seu animal!

– Nossa! Eu não sabia que a gente estava tão íntimo! E essa mão aí, hein?

As vozes dos dois eram ouvidas do lado de fora do biombo. Mary Ann Muller cada vez mais brava e Herón cada vez mais debochado. Quando ela o empurrou fortemente para fora do biombo, ele saiu tropeçando. Vestia uma blusa preta e calças largas. Eva sentiu uma súbita simpatia por Mary Ann Muller, coisa que não havia sentido até então.

Grande George chamou todos ao centro do beco e anunciou:

– Como eu disse ontem, hoje, ao anoitecer, vamos deixar o beco. Rondei a cidade toda à procura de algum local seguro. É uma cidade grande, tem muitos lugares abandonados e eu acho que poderíamos ficar em algum deles, mas... – ele respirou fundo, pensativo – bom, o que acham de ficarmos em um lugar recém-construído, e não mais em becos ou escombros?

"Que diferença faz?", Eva pensou. Como se lesse seus pensamentos, Dimitri interrompeu:

– Vocês não têm educação mesmo! Podemos explicar para a recém-chegada as diferenças entre um lugar e outro para que ela possa opinar também? Por obséquio, vocês me matam de vergonha!

— Eva... — Mary Ann Muller cruzou as mãos no peito e elucidou — lembra-se de que havíamos dito que quando nossos corpos se chocam com os dos vivos acabamos sendo arremessados para longe e sentimos muita dor? Pois bem, não é apenas com seres humanos vivos. Animais domésticos também. Não com a mesma intensidade, é claro, mas também é bastante dolorido.

— Sim. O John me explicou ontem que os animais domesticados também podem nos ferir.

— E em um beco sempre podem entrar gatos, cachorros... — Niki completou.

— Ok, entendi... então, se estivermos em um lugar "novo", ele estará limpo e sem a presença de animais, é isso? — Eva pareceu compreender.

— Sim — anunciou Grande George. — Uma dupla de esperadores está se preparando para fazer uma migração. Eles são bem malucos, seguiram um grupo de vivos durante dias, até descobrirem uma informação que acabou resultando nesse plano: eles vão entrar em um caminhão vazio que está indo para outro estado, onde existe um prédio recém-construído, limpo e totalmente inabitado. Parece que houve uma confusão com os donos da construtora e eles não podem entregar os apartamentos. E mais, há um rio lá perto, com toda a água que quisermos pegar. De acordo com essa dupla, já existem diversos esperadores vivendo lá.

— Como eles sabem? — indagou John.

— Alguém que eles conhecem veio de lá, um esperador de confiança. — Grande George respirou. — No entanto, gente, é muito arriscado. Não sabemos nem em que estado estamos, só reconhecemos as coisas pelo que vemos, e ir para um lugar distante assim parece idiota e sem sentido. Eu, em trinta anos de espera, nunca fiz isso. Mas, dessa vez, ao ouvir os relatos deles sobre uma espera confortável e sem preocupações, longe dos vivos e perto de uma fonte inesgotável de água... eu não sei, fiquei tentado, então resolvi trazer essa situação para vocês.

– Eu voto em irmos! – Eva disse, em um rompante.

– Meu bem, ainda nem abrimos a votação – comentou Niki.

– Então vamos abrir agora! O que estamos esperando? Vocês estão sempre morrendo de medo dos vivos... pensem bem: passarão medo por algum tempo, dentro de um caminhão, até chegarmos lá, e depois nunca mais precisarão pensar nisso. Logo ouviremos as tais três sirenes que vocês tanto falam e renasceremos em um local totalmente aleatório. Isso já é preocupação o bastante!

– Eu também acho que devemos ir – disse Dimitri. – Viver com um pouco de classe não vai nos fazer mal!

– Voto em irmos – irrompeu Herón, empolgado. – Aventura!

– Eu acho que devemos ficar – declarou Niki. – Não sabemos como são esses esperadores. E se não nos quiserem por lá?

– Ela tem um ponto! – John confirmou. – Fora que podemos, sei lá... podemos não "combinar" em algumas coisas.

– Eu concordo com o John! – disse Mary Ann Muller, sem tecer qualquer tipo de argumentação a seu favor. A falta de opinião própria fez com que Eva perdesse a admiração que havia recentemente surgido por ela.

– Eu voto sim – disse Kwan. – Não é como se pudéssemos morrer durante o trajeto!

– Eu voto não. – Todos olham assustados para Grande George.

– Mas a ideia foi sua! – Eva retrucou.

– Eu dei uma opção de escolha para vocês. Só porque é a que tem mais vantagens não significa que seja a mais segura.

– Empatou! – Niki deu de ombros.

– O pequeno Billy desempata! – Eva se levantou e apontou para o menino loiro, escondido atrás de Grande George. – Vamos, Billy! Ela procurou o olhar dele, quase se exaltando. – O que você quer fazer?

Todos se levantaram, em um susto, mesmo que não soubessem exatamente o que era para fazer. Grande George pareceu irritado e segurava o pequeno Billy atrás de si, para protegê-lo. Mary Ann Muller gritou:

– Pega leve, bruxa má do oeste! A criança não fala!

– Pois seria um bom momento para começar! – Eva retrucou. – Billy, diga, o que você quer fazer? Você quer ir ou ficar?

Grande George estufou o peito e abriu a boca para dizer alguma coisa que certamente a rebelde não gostaria de ouvir. Porém, nesse momento, o pequeno Billy saiu de trás do Grande George, correu até Eva e a abraçou. Ninguém esperava por isso. Ninguém sabia como reagir. Ela se ajoelhou diante dele, pois por algum motivo queria vê-lo melhor. O vento balançava suas franjas douradas, que dançavam sobre seus narizes arrebitados. Os olhos de ambos eram muito escuros e, pela primeira vez desde que ela havia chegado ali, seus olhares se cruzaram. Ali permaneceram. Ela ajoelhada diante dele, como uma devota a implorar para o santo por sua absolvição. Ele segurou as mãos dela em suas pequenas mãos, como uma criança que segura um pássaro com a asa quebrada. De repente, ela concluiu em sua mente: "Ele não fala... porque não escuta".

– Pequeno Billy... – perguntou Niki, gesticulando e tomando cuidado para articular bem os lábios, de forma que ele pudesse entendê-la – ... você quer ir ou quer ficar?

Pequeno Billy abraçou Eva. Não era possível saber se ele havia entendido a pergunta, mas estava claro que ele queria ir com ela, ninguém conseguiria interpretar a ação de outra maneira. Passado um momento, Billy correu até Grande George e o puxou pela mão na direção das coisas do idoso. Entregou uma mochila em suas mãos. Ficou ainda mais visível a vontade da criança. Houve, então, o desempate. Eles migrariam.

Todos voltaram a arrumar suas coisas. Eva ainda estava atônita: não havia entendido a atitude de Billy. Estava tão confusa quanto os demais. Ela não estava gostando nem um pouco dessa sensação e também não conseguia encontrar nada para se distrair, afinal, não tinha "coisas" para arrumar. Dimitri, em sua necessidade constante de ser educado e elegante, percebeu isso e se aproximou dela.

– Escuta... não sabemos para onde estamos indo e estou vendo que você só tem uma roupa. Quer que eu a leve em algum lugar para pegarmos mais algumas?

– Com "pegar" você quer dizer algo tipo "roubar"?

– Não... é tipo pegar mesmo, afinal, é só o esqueleto invisível, né? Não faz falta para os vivos.

Eva concordou. Naquele momento, não estava pensando em roupas, mas toparia qualquer coisa que a distraísse daquela sensação estranha que sentia. Ela e Dimitri saíram do beco. Depois de alguns passos, ela ainda não havia parado de pensar naquilo. Um pensamento horrível ancorava aquela ideia dentro dela, impedindo que a emoção ruim se esvaísse.

– Dimitri, preciso perguntar uma coisa. Estou com uma sensação muito ruim... – ela falou, hesitante, sem saber por onde começar – ... tem alguma chance... assim... sei lá... de o pequeno Billy... ser meu filho?

Dimitri soltou uma sonora gargalhada.

– Porque vocês se parecem, né? O mesmo cabelo, o mesmo nariz. Cadê o Kwan aqui para dizer que todo branco é igual? – Ele riu ainda mais. – Não, não, Eva. O pequeno Billy está esperando há uns vinte anos. Não tem como você ter um filho dessa idade. Aquilo lá foi só mais uma das dele, o pequeno Billy tem suas esquisitices.

Ela finalmente sorriu. Um peso havia saído de sua cabeça. A âncora se desprendeu de sua mente, que pôde finalmente navegar. Os dois viraram a primeira esquina e subiram a escadaria de um prédio comercial antigo, de tijolos à vista. Havia poucos vivos na rua, e naquele prédio mesmo não havia nenhum. Chegaram a um salão enorme e cheio de coisas. Móveis, quadros, brinquedos, roupas... Parecia um enorme depósito de tudo quanto é tipo de coisa. Eva caminhava por entre os objetos. Percebeu que os brinquedos eram todos velhos e tinha algo de errado com eles: um olho que faltava na boneca, uma roda a menos no carrinho, um tabuleiro com marcas de mordida de cachorro...

Os móveis eram tão maltratados que alguns já estavam inutilizáveis, porém as roupas eram particularmente peculiares. Havia uma quantidade enorme de roupas naquele estilo "apocalíptico". Muitas peças pretas ou escuras, calças rasgadas, regatas, coturnos, botas, óculos de sol redondos esquisitos e praticamente tudo o que os esperadores vestiam no beco.

– É um trabalho voluntário. Todas essas coisas são doações. Os donos da lavanderia aqui da frente doam todas as roupas que foram esquecidas lá.

– E deixam tudo aberto? Quanta confiança!

– A lavanderia é bem na frente, acho que eles veriam caso alguém entrasse. Digo, alguém vivo. Bom, enfim, foi aqui que pegamos quase todas as nossas roupas.

– Percebi!

– Menos as roupas de couro, é claro. Essas eu consegui pegar em uma outra lavanderia. Cheguei em um dia quando um bando de motoqueiros havia deixado suas coisas. Mas a única coisa que eu achei de decente foi este terno. Fiquei para mim, e foi a coisa mais arriscada que já fiz... quer dizer, até então. Agora, a coisa mais arriscada que vamos fazer é a migração... – Ele respirou fundo. – Mas eu estou empolgado, muito empolgado!

– Ok... vamos ver se eu consigo ficar um pouco "apocalíptica".

Eva se despiu. Encontrou um shorts jeans preto, meio rasgado em vários lugares, coberto de tachinhas e com a barra bem desfiada. Ela vestiu. Colocou também uma regata preta que encontrou. Possuía um grande decote que, conforme ela se movimentava, permitia ver seu sutiã vermelho. Conseguiu encontrar um coturno que lhe serviu. Amarrou uma camisa xadrez de flanela na cintura e vestiu novamente o casaco de couro que havia ganhado de Dimitri.

– Também preciso de óculos de sol estranhamente redondos? – perguntou com ironia.

– Sim, os óculos estranhamente redondos são essenciais.

Ela encontrou um par de óculos, colocou no rosto. Os dois riram e ela decidiu que eram os ideais. Eles pegaram uma sacola, na qual ela colocava outras peças de roupa que não julgava serem tão esquisitas. Pouco antes de irem embora, Eva encontrou um par de meias. Decidiu tirar os coturnos e colocar as meias antes, pois a sensação do sapato diretamente em seus pés lhe era estranha. Ela se sentou no chão para tirar os coturnos e colocar as meias. Eram meias finas que iam até seus joelhos. Quando ela calçou a segunda, percebeu que estava furada na região do joelho. Isso lhe trouxe um pensamento intrigante.

– Dimitri, se o esqueleto invisível das roupas pode rasgar, nós, que somos tecnicamente esqueletos invisíveis, podemos nos ferir? Quero dizer, não no sentido de sentir dor, mas como...

– Como ter uma ferida? Sangrar? – ele questionou depois de um momento. – Não. Nosso esqueleto invisível não quebra e não se fere. Podemos mudar nossa forma se nos concentrarmos, como eu lhe disse, mas ninguém no beco nunca viu um esperador machucado. Nem o Grande George.

– Então, por que você hesitou quando perguntei?

– Tem uma coisa que pode, digamos, "estragar" nosso esqueleto invisível... – Ele se sentou ao lado de Eva. – Se formos queimados com o fogo diretamente em nossos corpos. Perdemos o tato, que é o nosso principal sentido, assim como os movimentos. Dizem que a pessoa fica ali, imóvel, murcha para sempre... quero dizer, pelo resto da espera. Dizem que a imagem é como a de um boneco de plástico queimado. Não é nada bonito. Foi por isso que...

– Foi por isso que todo mundo ficou tão assustado quando eu assoprei o isqueiro dos vivos. É por isso que estamos indo embora...

– Não foi culpa sua, você não sabia.

Eva se sentia culpada de qualquer forma. Calçou os coturnos, pegou mais algumas roupas e encheu a sacola. Eles deixaram o lugar. Agora já havia uma quantidade mais razoável de vivos na rua, e Eva os evitava a todo custo. Por que ela insistia em fazer coisas se já tinha sido avisada de que eram perigosas? Ela colocou todos em risco. Por um momento, pensou em abandonar o grupo. Eles estariam mais seguros sem ela. Afinal, que tipo de pessoa era ela para ter chegado em um local e em menos de 48 horas ter conseguido estragar tudo o que era caro aos esperadores? Tirou seu local de repouso, com o qual já estavam acostumados, brincou com fogo sem medir consequências, chegou perto dos vivos e gritou com uma criança. Ela arrumou os óculos estranhamente redondos no rosto. Não queria que Dimitri percebesse, mas ela estava pensando em deixá-los, uma vez que só havia causado problemas desde que fora levada até lá. "Deveriam ter me deixado onde eu estava", pensou.

Eva sabia que em breve lembraria apenas dos fatos acontecidos naquela tarde, pois os sentimentos e as sensações os deixavam rapidamente. O remorso iria deixá-la. Então, ela elaborou um plano em sua cabeça, antes que eles chegassem ao beco. Mesmo que não sentisse mais nada, ainda se lembraria do plano.

"Vou migrar com eles hoje. Quando chegarmos ao tal estado, vou esperar um momento no qual todos estejam distraídos, pegar as minhas coisas e ir embora. Vão sentir minha falta por alguns minutos e depois vai passar. Esperadores não carregam sentimentos por muito tempo."

A sensação de remorso já havia passado quase completamente. Eles chegaram ao beco.

"Eu vou descer do caminhão, esperar que se distraiam e vou embora. É importante e é isso que eu vou fazer. Eu preciso fazer isso."

Eles finalmente entraram no beco. Ela não sentia mais remorso algum.

"Chegar ao destino, descer do caminhão, esperar que se distraiam e ir embora. Esperar que se distraiam e ir embora."

– *Dios mio!* – Herón exclamou, assim que a viu entrar, rapidamente percorrendo o olhar sôfrego por todo o corpo da moça.

"Esperar que se distraiam e ir embora. Mas...", ela lançou um olhar faminto para o colega. "... mas, antes disso, preciso dar uns pegas no Herón!"

O dia passou rápido, com os afazeres ligados ao grande momento de deixar o beco. Logo anoiteceu. Todos já estavam prontos, esperando o sinal do Grande George. Quando ficou claro que eles realmente iriam, Niki desabou a chorar, abraçada à parede na qual havia desenhado. Eva olhava para ela com compaixão. Kwan explicou:

– Toda vez que vamos nos mudar, Niki chora sobre o desenho feito no muro do lugar onde ficamos. Acho que ela não entendeu ainda que o carvão que ela usou, o muro, o desenho e ela mesma não existem. São apenas esqueletos invisíveis do mundo real, que não pertencem mais a nós. Não lembramos de quem somos, porque não somos mais nada. Esperadores, espectros do que fomos, sombras somente. Nosso tempo acabou e não podemos deixar marcas. Mesmo que o tempo de existência dos vivos seja destinado ao término, assim como é o nosso, eles ainda têm o consolo do oculto. Que maravilha deve ser acreditar que existe uma força maior, protegendo, vigiando e mesmo julgando nossas ações! E que maravilha poder deixar marcas no mundo. Agora que estamos mortos, nada do que fazemos vale de coisa alguma... Niki deveria aceitar isso. Seria mais fácil para ela deixar para trás os desenhos que faz se simplesmente aceitasse que um esperador não faz nada que mereça existir. Mas não se preocupe. Logo esse sentimento irá embora de dentro dela e ela ficará bem outra vez. Nada do que sentimos dura muito.

 Eva e Kwan observavam quando Dimitri se levantou de onde estava sentado, envolveu Niki com os braços e a ajudou a se virar. A moça chorava tanto e sofria tanto que quase precisou ser arrastada para longe do desenho. Na parede, o anjo desenhado com carvão ainda sorria para ela com um olhar esclarecedor... e lhe abria as asas. "Tudo bem, Niki... não era só isso", sussurrava a entidade desenhada e inventada pela própria moça. Apesar de tudo, era apenas o esqueleto invisível de Niki que chorava diante de uma parede vazia, com um desenho que jamais foi feito.

Dimitri a abraçava e permitia que ela chorasse em seu ombro. Ombro que não existia, de uma pessoa que também não existia. Nada nessa história existia. Silenciosamente, enquanto consolava sua inexistente amiga, Dimitri sabia porque ela chorava. Niki perderia novamente mais uma das coisas que nunca teve.

– Eu vou ficar feliz quando as sirenes tocarem para ela – completou Kwan. – Vou ficar feliz quando as sirenes tocarem para todos vocês.

Havia um clima de tensão e ansiedade entre os esperadores. Secretamente, todos sentiam um certo medo de que algum deles ouvisse as três sirenes naquela noite. Depois da primeira sirene, era costumeiro que o esperador ficasse letárgico e com os sentidos afetados. O trajeto não poderia ser adiado, e seria bem complicado percorrê-lo com alguém nessas condições.

– A lua está alta – disse Grande George finalmente, olhando para o céu. – E está tudo silencioso... chegou a hora!

No momento em que ele fez esse anúncio, caminhou até a entrada do beco calmamente. Ele também estava um pouco receoso, mas não queria passar esse sentimento aos outros. Eva jamais participara de uma migração antes, então apenas observava surpresa, enquanto todos se davam as mãos, formando uma espécie de desenho triangular atrás de Grande George.

John segurava a mão direita do velho; Herón, a esquerda. Dimitri segurava a mão de John, e Niki segurava a mão de Herón. Logo atrás destes, seguindo a formação triangular, o pequeno Billy segurava a mão de Dimitri, e Kwan segurava a mão de Niki. Mary Ann Muller estava tão perdida quanto Eva no que se dizia respeito ao seu lugar naquela formação, afinal, ela também nunca havia participado de uma mudança. No entanto, tomada por sua conhecida necessidade de fingir ser perita em todos os assuntos, a moça adiantou-se e segurou a mão de Kwan, como se aquele sempre houvesse sido seu lugar.

Eva nem imaginava onde se encaixar naquilo tudo. "Eles migram como pássaros", ela pensou e, novamente, observou a formação triangular. O pequeno Billy, pelo jeito, gostava de ir o mais atrás possível, ou apenas se sentia o mais fraco do grupo para ir à frente de qualquer um. Assim que ele percebeu que Eva ainda não tinha tomado um lugar na formação, deu um passo para trás, deixando o lugar para ela atrás de Dimitri. Eva compreendeu o ato e ocupou o lugar, dando uma das mãos para Dimitri e outra para o pequeno Billy. Porém, assim que se posicionou, Grande George interrompeu:

– John, troque de lugar com Eva!

– O quê? – Ele pareceu preocupado. – Grande George, é a primeira migração dela, pode ser perigoso, inclusive para ela.

– Ela desde o começo quis ir, e você queria ficar. Faça o que eu disse.

Mesmo contrariado, John fez o que Grande George mandou. Ninguém queria começar uma discussão em um momento tenso como aquele. Quando John e Eva se cruzam no caminho enquanto trocavam de lugar, ele lançou a ela um olhar estranho, com um misto de preocupação e medo. Eva não entendeu direito, portanto não retribuiu o olhar. Caminhou até a frente do triângulo e deu a mão para Grande George.

– Agora começaremos o trajeto. O lugar onde está o caminhão fica a cerca de duas horas daqui. Eu formulei o trajeto todo baseado em lugares que não são normalmente frequentados pelos vivos à noite. Mantenham a posição e o ritmo. Independentemente do que aconteça, apenas sigam! Não entrem em pânico e não saiam da formação. Estamos partindo.

Grande George apertou as mãos de Herón e de Eva com mais firmeza e deu o primeiro passo para fora do beco. Todos passaram a caminhar, seguindo as instruções do velho. A caminhada prosseguiu assim: todos de mãos dadas, andando exatamente no mesmo ritmo. De mãos dadas, eles criavam uma conexão e pensavam como um todo. Se um vivo aparecesse, não poderiam correr cada um para um lugar. Precisariam se mover como um grupo. Pouco a pouco, eles se afastavam do beco e ganhavam as ruas da cidade.

Quando chegaram ao fim da avenida, os que estavam no fim do triângulo diminuíram o passo, hesitantes. Os outros não pararam, segurando firmemente os que reduziram a velocidade para que mantivessem o ritmo. Assim, a caminhada prosseguiu.

Eva observava as ruas escuras da cidade. Ela não sabia qual cidade era aquela. De qual estado, ou qual país. Para a jovem que chegara ali sem se lembrar de nada a respeito de sua vida, exceto sua profissão, tudo era novidade. Tratava-se de uma grande cidade, cheia de prédios, e aquele devia ser um bairro predominantemente comercial, pois não havia muitas luzes acesas nas janelas. Havia poucos apartamentos que pareciam habitados. A maioria das construções era de prédios velhos, cujas janelas ostentavam toda sorte de placas e anúncios. A iluminação das ruas era fraca e não parecia ter atrativo algum para os olhos de um vivo à noite. No entanto, os esperadores andavam o tempo todo se perguntando intimamente qual cidade seria aquela.

Em uma hora crítica do trajeto, os esperadores foram obrigados a cruzar uma rua relativamente movimentada. Grande George anunciou que ninguém deveria se preocupar e que deveriam manter a rota. Se algum vivo se aproximasse do grupo, eles se desviariam. Isso atenuou, mas não dissipou o medo dos esperadores. Todos continuaram andando, porém, obviamente, estavam deveras assustados. O triângulo se encolheu, tornando-se estreito, quando todos recuaram para o centro da formação, temendo se chocar com alguma coisa viva.

Eva observava aquele lugar no qual algumas pessoas transitavam, saindo e entrando dos bares que existiam ali. Um deles continha uma enorme área aberta, cheia de mesinhas elegantes, com charmosos arranjos de centro. Era protegido por uma cerquinha de madeira baixa e canteiros repletos de plantas espinhentas. Nas mesas da área externa, as pessoas bebiam alegremente. Eva se perguntava se os esperadores bebiam alguma outra coisa além de água e qual seria a consequência disso.

Quando finalmente deixaram essa parte da rua, adentraram um parque que possuía um extenso gramado, uma pista de caminhada e um grande lago. Os esperadores passaram pelo gramado, temendo que algum vivo pudesse aparecer e ocupar a pista. Quando eles se aproximaram do lago, viram um chafariz que se erguia no centro da água, e quando ele foi acionado, feixes de luz se acenderam, iluminando lindamente os desenhos ondulantes que a água fazia no ar. O brilho da água, como uma fonte de prata cintilante, refletia nos olhos admirados dos esperadores. Seus rostos, iluminados pelo brilho das águas, transpareciam uma felicidade infantil. Todos transbordaram de emoção através de seus olhares tão desacostumados às coisas belas do mundo.

Eles atravessaram o parque e continuaram a caminhada pelas ruas daquela cidade desconhecida. As novas ruas estavam ainda mais vazias do que as primeiras, porém, durante a caminhada, eles cruzaram um bairro residencial de classe alta. Apesar de as ruas estarem desertas, eles podiam ver, dentro das belas casas, as luzes acesas, as pessoas conversando e caminhando por seus lares. De dentro de algumas delas, podiam ouvir música, som de televisão ligada, latidos de cães, risos de crianças. Nos quintais, flores bem cuidadas enchiam os canteiros de entusiasmo, e mesmo à noite, a beleza da vida podia ser admirada.

Enquanto andavam, por um momento, Eva sentiu Grande George vacilar, como se tivesse sido, de repente, tomado por um enorme cansaço, ou como se estivesse simplesmente demonstrando um cansaço que já sentia há um bom tempo. Eva segurou a mão dele com mais força e, por uma fração de segundos, ele trocou um olhar de cumplicidade com ela.

Conforme a caminhada prosseguia, as ruas foram se tornando mais escuras, e as casas cada vez mais escassas, até que eles adentraram uma rua de terra, com pouca iluminação. Eles seguiram durante um bom tempo até chegarem ao fim dela, e lá estava o caminhão. Os dois esperadores que haviam conversado com Grande George também estavam lá. Foi quando finalmente ele parou, soltando as mãos de Eva e Herón. Todos desataram as mãos também, desfazendo a formação triangular.

– Bom... é isso. Chegamos. – Grande George percebeu que dois vivos conversavam perto do caminhão, que ainda tinha parte da caçamba aberta, e talvez isso não durasse muito tempo. Nenhum deles tinha noção de horário, eles se guiavam observando a lua e o sol. – Meus amigos! – Ele se dirigiu aos dois esperadores que aguardavam o caminhão. – Decidi trazer meu grupo para seguir com vocês.

Os dois se aproximaram. Eram um homem e uma mulher. Ela tinha aparentemente uns trinta e cinco anos de idade, estatura baixa, negra, muito bonita e certamente uma das pessoas mais expressivas que Eva havia visto até então. O homem era asiático e aparentava ser jovem, algo entre vinte e vinte e cinco anos. Eles também carregavam basicamente as mesmas coisas que os esperadores de seu grupo e vestiam roupas apocalípticas. John sussurrou discretamente para Eva:

– Olha, eles também fazem parte da banda!

Ela teve vontade de rir, mas conseguiu se segurar. Estavam conhecendo pessoas novas e prestes a embarcar em uma viagem arriscada. Ela não queria causar uma desavença logo no começo do trajeto.

– Estes são os esperadores que nos trouxeram a esta grande aventura. Este é o Lago e esta é sua amiga Praga. Os dois esperam juntos há algum tempo.

– Lago? Praga? – Mary Ann Muller pareceu confusa.

– Sim! – Praga responde prontamente. – Não usamos nomes humanos. Estamos mortos, isso seria idiota.

Eva adorou aquela resposta, e adorou ainda mais a expressão no rosto de Praga. Lago concordou, meneando a cabeça.

– Bom... – disse Grande George sorrindo, com um misto de alívio e melancolia – ... é melhor que as apresentações sejam feitas no caminho. Vocês precisam embarcar logo, ou perderão a chance.

Para a surpresa de Eva, Grande George se afastou do grupo e sentou-se no chão. Lago e Praga entraram no caminhão. Eles não possuíam qualquer vínculo com o senhor e sentiam que o que acontecia ali não lhes dizia respeito. Os outros esperadores não fizeram sequer menção de seguir os novos colegas. Todos caminharam até Grande George.

– "Vocês"? Grande George, você quer dizer "nós", não é mesmo? – Eva indagou.

– Não, vocês. Eu não vou... – ele respondeu e respirou fundo, exausto – ... meus amigos, eu não vou. No caminho para cá, eu ouvi a primeira sirene. Logo virão as próximas duas... Eu vou reencarnar.

– Não! – Eva balançou a cabeça veementemente. – Não! Não podemos ir sem o senhor! Não sabemos tanta coisa assim. Vamos... vamos... ficar perdidos ou sei lá!

– Vocês vão ficar bem. Deem um abraço de adeus no velho Grande George.

Os esperadores estavam atônitos. Não estavam preparados para aquele momento. Mesmo assim, um por um, todos se aproximaram e o abraçaram. E ninguém queria se soltar daquele abraço. Então ficaram ali... daquela forma. Embolados, conectados. Unidos. Todos sentiam uma saudade imensa e secretamente agradeciam por serem esperadores e terem os sentimentos tão fugazes. Aquele era um sentimento que agradeciam por não durar.

– Vão logo! – Grande George gritou, de repente. – Vão! Vocês merecem esse lugar que os aguarda! Vocês merecem uma espera boa e calma. Eva... – Ele lançou seu olhar para a jovem. – Você tinha razão. – Novamente, ele se dirige a todos os esperadores. – Vão! Vão logo! Andem!

Um a um, eles começaram a subir no caminhão. Davam as mãos e se ajudavam, como se pensassem apenas em subir logo e nada mais, mas a verdade é que estavam tremendamente receosos. Já estavam com medo antes e agora ainda mais. Ninguém se arrependia da decisão de partir, pois eles jamais encontrariam aquela oportunidade se não fosse pelo Grande George. Foi ele quem descobriu o caminhão. Estariam fadados a ficar no beco para sempre, e o beco poderia se tornar um lugar perigoso depois da inconveniente visita dos vivos. Grande George reencarnaria. Esse era o destino dos esperadores. Eles estavam fazendo a coisa certa.

Todos já haviam embarcado. Herón gritou do caminhão.

– Ei, Grande George! Reencarne como alguém muito foda, tá bom? Ouvi falar que a dona da maior empresa do país está grávida! Aposto que vai ser você lá reencarnando!

– É verdade? – Mary Ann Muller sussurrou para Herón.

– É claro que não! – ele sussurrou de volta. – Eu não faço ideia de qual é a maior empresa do país, não sei nem que país é este!

– Neandertal... – ela repreendeu, embora entendesse e apreciasse o que ele estava tentando fazer.

De repente, algo totalmente inesperado aconteceu. O pequeno Billy saltou do caminhão e foi para junto de Grande George.

– Billy, não! – Eva gritou desesperada e saltou atrás dele.

Ele abraçou Grande George e não queria soltá-lo por nada. Nem Eva nem o próprio Grande George conseguiam fazer com que ele fosse. John, Herón, Mary Ann Muller e Kwan desceram também. Niki fez menção de segui-los, mas Dimitri a segurou. Ela ficava muito transtornada quando eles precisavam passar por uma mudança. De todos ali, ela era quem mais precisava do lugar seguro para o qual estavam indo.

Todos os esperadores insistiram para que o pequeno Billy entrasse no caminhão, mas ele se recusava a deixar o Grande George. Quando tentaram levá-lo a força, ele gritou. Pela primeira vez em sua espera, ele emitia um som, e foi um grito. Todos recuaram.

– Ah, ótimo! Agora ele decide falar! – ralhou Herón. – *Muy bueno! Lo tomaremos por el culo!*

– Pequeno Billy... – Eva se ajoelhou na frente dele e segurou suas mãos, como havia feito antes. – Você entende que se nós formos e você ficar, estará sozinho? O Grande George vai reencarnar. Ele ouviu a primeira sirene. Você ficará sozinho, entende?

Ele soltou as mãos de Eva e voltou a abraçar o velho.

– Podem ir, eu fico com ele. – Eva se lembrou de seu plano de deixá-los. Já não sentia mais aquela necessidade, pois não sentia remorso, mas havia se convencido de que era uma boa ideia, e aquela era a oportunidade perfeita.

– De jeito nenhum! – John gritou. – Você vai conosco sim, ou então ninguém vai!

– Eu vou ficar. Vão, vão logo! – ela anunciou. – O caminhão está partindo.

– Não, você vai com a gente...

– Não, gente, já falei que eu vou ficar!

– *Dios mio*, e essa agora!

– Eu vou ficar!

– Não, você vai com a gente!

– VOCÊ VAI, EVA! – Grande George gritou, de repente. – Você... vai! Essas pessoas precisam de você... Eu não sei... eu não sei direito como, mas você tem alguma coisa que ninguém mais tem. Ainda não sabemos o que é, mas existe! Está dentro de você. Então, eu sinto muito, mas você precisa ir. Essas pessoas PRECISAM que você vá!

Ao ouvi-lo proferir essas palavras, o pequeno Billy a empurrou na direção do caminhão.

– Billy... – Grande George balbuciou, exausto – Billy sabe o que está fazendo. Ele tem vinte anos de espera. Ele parece uma criança viva, mas não é. Ele é um esperador.

O motorista do caminhão ligou o motor. Um dos vivos terminava de fumar um cigarro perto da caçamba.

– Se não formos agora, não iremos nunca! – anunciou Mary Ann Muller.

– Eu vou ficar com eles! – Kwan anunciou, de repente. – Podem ir tranquilos! Quando o Grande George ouvir as três sirenes, ficarei com o pequeno Billy. Pode ir, Eva!

– Mas, Kwan...

— Eu não me importo. De verdade. Eu só quero esperar as três sirenes, meditando, sentindo e ansiando. Nós vamos ficar bem, é isso que queremos. Agora, vão!
— Vão, vão agora! Deixem-nos aqui – bradou Grande George.
— Vão! AGORA!
Billy começou a gritar novamente empurrando-os. Mesmo contrariados, eles subiram na carroceria do caminhão, pouco antes de um dos vivos apagar seu cigarro e fechar a caçamba. Eles choravam. Todos, com exceção dos novos esperadores, Lago e Praga, que simplesmente não se importavam e já estavam ajeitados, preparados para dormir durante aquela noite.

O caminhão iniciou seu trajeto. A princípio, os esperadores ficaram todos sentados, atônitos, sem saber o que dizer ou fazer. Porém, com o tempo, sem demora, aquela sensação de perda foi embora dos seus seres apáticos. A maioria deles estava mais interessada em dormir. Eles começaram a organizar suas coisas na carroceria do caminhão, sem muita conversa. O espaço era relativamente grande e não havia a necessidade de ficarem muito próximos. Eles espalharam seus cobertores, mochilas e travesseiros pelo espaço, como pequenos pássaros criando ninhos. Em pouco tempo estavam dormindo. O vento era desconfortavelmente frio. Eva permanecia sentada em um canto, sozinha, acordada.

Durante algum tempo, ela observou a paisagem que passava rapidamente diante de seus olhos. No começo, ela se sentiu encantada com a paisagem natural, as matas e as flores. Porém, depois de algumas horas de viagem, já havia perdido a graça. Era como uma obra de arte que é observada por muito tempo, até seu espectador concluir que ela não é tão boa assim. Eva decidiu que estava na hora de tentar dormir também. Ela se deitou na carroceria desconfortável e apoiou a cabeça em sua sacola de roupas, que aparentava ser bem mais cômoda do que de fato era. Ela fechou os olhos, tentando se desligar do mundo e daquele momento, mas o frio e o desconforto não permitiam.

– Não vai funcionar.

– Vai, sim, fique quieto! – ela respondeu prontamente, após ter ouvido a voz de Herón.

– Ninguém consegue dormir nesse chão duro, com esse caminhão balançando e esse frio terrível. Não do jeito que você está tentando aí! – Seu tom de voz misturava bondade e cinismo. – Mas, se quiser, eu divido meu espaço com você.

Eva deu uma olhada para o lado. Assim como os outros, Herón tinha um edredom e cobertores para forrar o chão, uma mochila de acampamento para apoiar as costas e um travesseiro. Ela decidiu aceitar, pois a viagem seria insuportável se permanecesse como estava. Ele levantou a coberta e fez um sinal com a mão, para que ela se aproximasse.

Eva se arrastou para o lado dele, até entrar debaixo daquela espécie de acolchoado que ele segurava. Ela tirou o casaco de couro e depois se deitou. Era realmente muito mais confortável. O corpo de Herón estava quente. Algum tipo de energia que ela experienciava como temperatura.

A grande mochila e o travesseiro estavam empilhados. Seria mais confortável se eles se deitassem de lado. Sem dizer nada, eles se ajeitaram nessa posição, ficando um de frente para o outro.

Descaradamente, Herón levantou a coberta e lançou um olhar minucioso para o corpo de Eva.

– Você é muito cara de pau! – Ela puxou o acolchoado de volta para baixo.

– O que foi? Só estava constatando como era óbvio que você ia sentir frio! Está praticamente pelada, como sempre!

– Nem tanto! – ela discordou veementemente. – É que eu não consigo dormir de casaco!

– Olha... eu não estou reclamando! – Ele riu.

O caminhão deu um solavanco e lançou um contra o outro, de forma que seus corpos ficassem ainda mais próximos. Seus lábios quase se tocaram.

– Você tem algum tipo de combinação com o vivo que está dirigindo? – ela perguntou, irônica.

– *Yo?* – respondeu ele rindo, debochado. – Isso tem muito mais cara de algo que você faria! Você que é a valentona que não tem medo dos vivos! Além do mais... – Um novo solavanco fez com que uma das pernas de Eva caísse sobre as pernas dele, de forma que seus corpos se encaixaram de uma maneira um tanto quanto erótica. Ele olhou para baixo, para o "encaixe" das pernas, sorrindo cínico e provocante. – Você deve ter ficado desesperada quando eu a deixei sozinha ontem.

– Eu fiquei!

– Você está admitindo? – Ele sorriu, um pouco confuso. – Assim, tão fácil?

– Estou. Não faz sentido ficar mentindo para agradar ou desagradar alguém. Eu falo o que eu quero e não o que os outros gostariam de ouvir.

– Você só está falando essas coisas porque está *muerta*.

– Pode ser. Ou talvez eu tenha sido assim quando estava viva também.

– Sim, por isso que a mataram. – Ele ri.

– Nunca vamos saber. De qualquer forma, se me perguntar algo que eu saiba responder, eu vou dizer a verdade. – Ela suspirou. – Eu fiquei meio desesperada, sim.

– Ah, Evita... – Ele acariciou o rosto e os cabelos dela, com aqueles dedos de massagista. – Não queria que ficasse assim... Eu estava só brincando com você.

– Você está sempre brincando, Herón!

– No, *cariño*... – Ele aproximou seus lábios dos dela. – Agora estou sendo completamente atencioso.

Ela fechou os olhos, concentrando-se para sentir cada segundo daquele momento. Ele a beijou sedutoramente. Passou a língua por seus lábios e invadiu sua boca com aquela carícia quente, íntima e terna. Ela retribuiu o beijo, lasciva e sedenta. Ela não se importava com o fato de que eles não podiam sentir sabores. Aquela boca era a única coisa inebriante que ela queria provar. As mãos dele eram macias, ágeis e ternas. Ele a abraçou e acariciou as costas dela, suavemente. Era como se todo o corpo dele estivesse dedicado àquele momento, compenetrado naquele beijo e naquele toque.

Ela afastou sua boca da dele por um momento. Queria olhar para ele, senti-lo com os olhos, com as mãos, com o corpo todo! Queria devorá-lo! Acariciou o rosto dele, sentindo a textura de sua pele, sua barba por fazer, sua boca cínica e lasciva... Desceu as mãos, sentindo o pescoço quente do rapaz, e as deslizou por seu peito, sua barriga e transpassou seus dedos famintos para baixo da camiseta dele. Beijou-o novamente e explorou cada milímetro do corpo de Herón, sentindo nos dedos aquela pele lisa, quente e macia. Todo aquele contato era muito acalentador. Ele a guardava nos braços, carinhosamente, e ao mesmo tempo a provocava e excitava. Enquanto isso, deixava ela fazer tudo o que quisesse. Era uma sensação deleitosa de todas as maneiras.

Eva deslizou as mãos pelo corpo de Herón até chegar ao cós da calça jeans. Ela passou as mãos pelas pernas dele, pela virilha e por seu membro rijo. Ao passar pela região particularmente sensível, ele soltou um gemido baixo e delicioso. Ela olhou para baixo de forma libidinosa. Abriu o botão da calça. Fitou os olhos dele. Ele arfava como se sofresse. Ela estava prestes a alcançar o zíper quando um solavanco forte do caminhão tirou todo mundo do lugar. As bolsas e sacolas voaram cada uma para um lado, e as pessoas acordaram reclamando. Eva foi lançada para o local onde estava antes.

Todos começaram a se movimentar, com irritação. Niki lançou um olhar assustado para Eva:

– Nossa! Você está só de regata? Não está com frio? Veste o casaco!

– Eu não consigo dormir com ele...

– Quer um cobertor emprestado, *niña*? – Herón perguntou, com uma manta relativamente fina na mão, como se não tivesse acontecido nada entre eles.

"Mas como ele é cínico!", ela pensou, enquanto recolhia as roupas que haviam voado para fora da sua sacola. Todos também começaram a colocar as coisas de volta ao lugar onde estavam e retornaram para suas posições. Eva decidiu aceitar o cobertor de Herón. Não sabia quanto tempo ainda teriam de viagem e estava muito frio. Apesar da raiva que ela estava sentindo dele, não seria possível se aquecer só com o calor do seu ódio. Ela estendeu a mão para pegar a tal manta que ele "tão bondosamente" oferecia, enquanto pensava no quanto ele era cretino.

Porém, quando ela lhe estendeu a mão, ele a puxou de volta para debaixo do acolchoado.

– Os esperadores são muito despudorados e não estão nem aí para nada, mas, dadas as circunstâncias, não achei que fosse um bom momento para provarmos que somos piores que todo mundo – disse ele em voz baixa.

Ela foi obrigada a concordar. As circunstâncias do momento eram delicadas até mesmo para eles. Estavam sem um líder, rumo ao desconhecido e, por algum motivo ilógico, Grande George colocara muita expectativa sobre Eva. Ela se deitou novamente ao lado de Herón.

– Você é tão irritante! E está o tempo todo me sacaneando! Eu achei que você fosse dar uma de joão-sem-braço e me deixar sozinha com aquela droga de manta!

– Mas o que é isso, *cariño*? – Ele a abraçou ternamente e a aconchegou para que ela deitasse a cabeça em seu peito. O abraço dele era quente e gostoso. – Eu lhe disse... eu estou sendo totalmente atencioso.

– Às vezes, você me dá muita raiva. Mas, outras vezes... – ela suspirou – eu tenho vontade de engolir você por inteiro!

– Eu deixo. Eu deixo você me engolir inteiro, quando chegarmos. Agora talvez não seja uma boa ideia, com esse vivo louco dirigindo. – Ele riu. – Aposto que ele não tem amor pela vida! Dirigindo desse jeito e andando por aí cheio de gente morta na carroceria do caminhão!

Ela sorriu brevemente. Ajeitou-se nos braços dele e fechou os olhos. Queria dormir e não via a hora daquela viagem terminar. Ele continuou acariciando-a suavemente, até ela adormecer.

SÉTIMO CAPÍTULO
OS CÃES

Amanheceu. Com os primeiros raios de sol, os esperadores começaram a acordar. A luz solar diretamente em seus olhos trazia um incômodo. Para Eva, era algo compreensível, visto que eram tão sensíveis ao fogo, e ao mesmo tempo incompreensível, visto que eram tão aficionados pelo calor. Isso fez com que ela se lembrasse de que estava morta, e todas as respostas que tentasse encontrar, não conseguiria. O que lhes escapava do corpo não era calor, e sim algum tipo de energia que trazia a mesma sensação, mas não era a mesma coisa. De qualquer forma, a luz do sol era incômoda aos olhos. Fez sentido para Eva que eles usassem os óculos de sol esquisitos. Ela colocou seus óculos e vestiu seu casaco de couro.

Eva saiu rapidamente do lado de Herón, antes que os esperadores notassem. Com a chegada de um novo dia, ela sentiu um certo nervosismo por estar mais próxima do destino final. Imaginava que os outros se sentiriam da mesma forma quando acordassem. De fato, nas primeiras horas da manhã, todos pareciam meio confusos. Exceto Lago e Praga. Quando as coisas já estavam arrumadas, eles se ajeitaram sentados pela carroceria. Ninguém falava com ninguém, apesar de todo mundo estar aparentemente louco para fazer diversas perguntas.

À luz do dia, Eva percebeu que a vestimenta apocalíptica de Lago e Praga não era tão parecida com a dos demais esperadores. Eles pareciam muito mais asseados. Lago tinha os cabelos penteados para trás, com algum tipo de gel. Eva se perguntou: "Eles usam cosméticos? Como isso funciona?". Praga tinha os cabelos crespos trançados na lateral, e sua roupa muito justa deixava à mostra suas voluptuosas curvas.

Lago finalmente rompeu o silêncio, comentando, como se lesse os pensamentos de Eva:

– Não me levem a mal, mas vocês parecem mendigos. Com exceção daquele ali de terno, que parece estar indo para um tribunal de pequenas causas, e daquela ali – disse, apontando para Eva – quase sem roupa, que parece estar...

– Termine essa frase e eu jogo você para fora do caminhão! – Eva retrucou, instantaneamente.

– Eu só quis dizer que...

– Eu falo sério.

Todos ficaram em silêncio. Praga soltou um sorriso debochado.

– Gostei dela!

Sentindo que o clima havia ficado um pouco estranho, Dimitri abriu os braços, chamando a atenção de todos:

– Onde estão nossos modos? Sinceramente, pessoal! Que coisa feia! Vamos nos apresentar!

– Esse deve ser o bem-educado... – Praga sussurrou para Lago – ... eu odeio gente bem-educada.

– Eu sou o Dimitri! – ele se apresentou, indiferente ao comentário da colega. – Aquele ali é o Herón. Essa, que queria jogar você para fora do caminhão, é a Eva. E estes aqui ao meu lado são John, Niki e Mary Ann Muller.

— Mary Ann Muller? — Lago perguntou, sufocando o riso. — Ok, ok, não precisam explicar.

— Nós não íamos mesmo — Eva respondeu, acidamente.

Depois de alguns minutos de um torturante silêncio constrangedor, Praga resolveu fazer uma pergunta:

— Aquele senhor que estava com vocês...

— Ouviu as três sirenes! — explicou John.

— E o que diabos é isso?

— Você não sabe? — Niki pareceu muito impressionada.

— Acredite, se eu soubesse não estaria perguntando. Costumamos falar sobre o que realmente queremos saber e nos poupamos de longas conversas que nos pareçam desinteressantes.

— Ah, ok... — Niki balbuciou. — As três sirenes são o motivo de estarmos esperando. Nós morremos e estamos aguardando três sirenes tocarem, quando isso acontecer, reencarnaremos em algum lugar aleatório.

— Eu acho que não quero saber sobre isso. — Lago suspirou. — Estar morto e ainda estar por aqui já é frustrante o suficiente. Não lembrar de nada é igualmente decepcionante. Se eu tiver que ouvir que estou esperando alguma coisa, como um idiota esperando um ônibus, eu vou poupá-la do trabalho, garota... — disse ele se dirigindo a Eva — ... eu mesmo me jogo para fora do caminhão!

— Eu já ouvi o termo "esperadores" — Praga interrompeu —, mas o cara que nos chamou assim pegou fogo antes de explicar a origem da palavra. Agora eu entendo. É porque estão esperando. – Ela riu. – Nós não estamos esperando. Estamos existindo.

– Mas – disse Niki, que parecia inconformada –, não é melhor saber das coisas? Grande George contou tudo para a gente! Sobre as três sereias, o fogo, que somos arremessados ao nos chocarmos com algum corpo vivo, sobre...

– Nós aprendemos tudo sozinhos – interrompeu Lago. – Estou morto há cinco meses, e Praga há seis. Soubemos sobre a dor de sermos arremessados sendo arremessados. Soubemos o que acontece com relação ao fogo quando vimos nosso colega pegar fogo. Conhecemos nosso tato apurado trepando como loucos. Enfim, o Papai Noel não veio nos contar belas histórias, mas sabemos de tudo o que precisamos saber.

– Para onde estamos indo mesmo? – Eva perguntou, de repente. – Grande George nos explicou, mas eu gostaria de ouvir de vocês.

– Há um mês conhecemos um cara que nos indicou este caminho. Ele foi e voltou desse lugar. É um prédio abandonado, perto de um rio. Nada demais para os vivos, mas para nós...

– E por que foi e voltou se aparentemente lá é tão bom? – indagou John.

– Porque alguns de nós são meio malucos. – Lago riu. – Mas, mesmo com a loucura, ele é um cara de confiança! Esse prédio vai ser um ótimo lugar para nós existirmos, e para vocês esperarem – debochou.

Todos pareciam ter acalmado seus ânimos, as perguntas feitas e as respostas obtidas pareciam ter saciado suas questões. Tudo o que sentiram pelos novos membros do grupo se esvaiu em alguns minutos. Então, sentados na carroceria daquele caminhão, eles fizeram o que sabiam fazer melhor: esperaram.

Quando o caminhão finalmente chegou a uma estrada de paralelepípedos, e a visão apontava o que parecia ser uma pequena cidade, os olhos se atentaram. Nenhuma grande construção à vista, apenas sítios e casas com grandes quintais. Eva se perguntou se seria realmente uma cidadezinha ou a área rural de uma grande cidade. De qualquer forma, o local parecia muito pobre e triste. Havia algo de sombrio em cada pequeno sítio pelo qual passavam: um antigo celeiro caindo aos pedaços, animais magros que transitavam pelos pastos escassos, um poço que aparentava estar seco...

Nas casas menores, não era diferente. Muitas pareciam largadas por seus donos, deixadas para que tomassem a forma que o tempo permitisse. Havia balanços arrebentados pendurados precariamente nas árvores, portas quebradas, cercas repletas de buracos... Cada propriedade possuía algo que lembrava o toque de qualquer coisa desgraçada. No caminho, eles perceberam algumas mercearias, todas caindo aos pedaços, assim como as casas e os sítios.

Os moradores da cidade, por sua vez, pareciam mais mortos que os esperadores. Apoiados nas cercas e nos portões de suas propriedades, eles pareciam ter abandonado todo o conceito de higiene pessoal. Suas roupas eram sujas com manchas antigas, dessas que já endureceram sobre o tecido. Os cabelos emaranhados e encardidos. Havia muitos idosos e muitas crianças pequenas andando de um lado para o outro, vestindo apenas camisetas e fraldas cheias. Por algum motivo, os moradores olhavam desconfiados para o caminhão. Em todas as casas, sem exceção, havia um tonel de metal, que parecia conter algum tipo de líquido dentro.

O caminhão estacionou quase no final da rua, na frente de uma daquelas estranhas casas. O vivo saiu da boleia, cuspiu no chão e se espreguiçou. A casa em questão era uma enorme construção de madeira, que já havia sido branca, mas a tinta havia descascado ao longo dos anos e agora mostrava a cor acinzentada das tábuas. O quintal era grande, malcuidado, cheio de mato por todos os lados. A cerca que protegia a casa estava visivelmente podre, porém aparentemente a construção contava com a proteção de dois cachorros magros, deitados ao sol e que só se moviam para tentar afastar as moscas que os perturbavam.

Da casa saiu uma mulher corpulenta, vestindo um roupão desfiado e usando um lenço na cabeça. Duas crianças caminhavam perto dela. O menino usava apenas shorts, e a menina, pequena, estava enrolada em uma toalha. Ela tinha os cabelos molhados e aparentemente era a única que tomava banho na cidade toda. A mulher prendeu os cachorros em correntes, atadas ao toco de uma árvore. Eva se perguntou o motivo daquilo, sendo que aqueles cachorros visivelmente não pareciam aptos ou interessados em atacar ninguém. A viva caminhou até o motorista do caminhão.

– Bom dia, meu irmão – disse, sem entonação na voz.

– Bom dia, Felipa. Pelo que vi a cidade continua do mesmo jeito. Notei a forma como todo mundo me olhou quando eu cheguei...

— Nós temos problemas muito grandes aqui, meu irmão. E você aparece aqui como um doido! Quantas vezes você tomou banho antes de vir? Sabe o que isso atrai, não é? E essas roupas... Tudo isso é pecado, atrai as coisas ruins!

Eva demorou seus olhos sobre o vivo. Não havia nada de estranho nas roupas ou na aparência dele. Era um homem normal, que usava calças jeans e camiseta. Talvez fosse o fato de estar limpo que o diferenciasse da possível irmã. Ela parecia realmente incomodada com a limpeza dele.

— Vocês ainda têm essa loucura por pecados, Felipa... — retrucou o vivo bufando.

— Você tem que respeitar as leis, senão o mal entra na sua casa! Eles estão por toda parte dessa cidade, meu irmão!

— Tá bom, tá bom, Felipa! — Ele meneou a cabeça, tentando finalizar aquele diálogo. — Olha... podemos terminar logo com isso? Eu trouxe o caminhão. É a última vez que eu venho para essa cidade nesse mês.

— Que dia é hoje?

— Quinze de junho.

— E que dia você volta?

— Agora eu só posso voltar dia cinco de julho.

— Cinco de julho? Mas é muito tempo! E se precisarmos de você?

— Felipa... — Ele coçou a cabeça, impaciente. — Vocês não precisam de mim! Precisam parar com as crendices dessa cidade!

— Meu irmão...

— Fala logo, o que você quer? — Ele se adiantou para o caminhão e abriu a caçamba. — O que você quer que eu leve dessa vez?

– A cama e a cômoda do tio. Temos que tirar tudo do quarto dele. O mal estava muito próximo daquelas coisas! As almas das coisas foram levadas, as coisas já não têm mais alma...

– Ah, senhor... – Ele estava visivelmente impaciente. – Está bem...

Assim que ele se afastou do caminhão, Lago se levantou.

– Vamos! Rápido! Temos que descer agora!

Ele saltou do caminhão, seguido por todos os esperadores. Ninguém tinha a menor intenção de ficar para trás. Lago caminhou devagar até a frente do caminhão, acompanhando o andar dos vivos enquanto estes passavam para o portão que daria para a casa.

– Andem devagar, com calma. – Lago anunciou em voz baixa, fazendo um sinal com a mão e sendo seguido pelos demais.

– Por quê? – Mary Ann Muller perguntou.

Eva lhe deu uma cotovelada para que ficasse calada. Estava na cara que aquele lugar tinha algo de estranho, mesmo que ninguém soubesse exatamente o que era.

Quando todos pareciam mais calmos por terem se afastado um pouco do caminhão e pelos vivos estarem dentro da casa e fora de vista, os dois cachorros que antes pareciam completamente inertes se levantaram em um rompante. Eles encararam os esperadores diretamente, com os olhos injetados e os dentes à mostra. Começaram a latir, uivar, rosnar e a todo custo tentavam escapar da corrente que os prendia. A dona da casa chegou correndo para o quintal, aos gritos:

– Eu não falei, meu irmão? Eu lhe falei!

Ela riscou um palito de fósforo e jogou no tonel, que estava cheio com algum tipo de líquido inflamável. Labaredas de fogo subiram rapidamente, seguidas por ondas de uma densa fumaça preta. Eva lembrou-se na hora do que acontecia aos esperadores caso fossem queimados e como a fumaça poderia fazer mal a eles. Todos pareciam paralisados. Lago gritou a plenos pulmões:

– CORRAM!

"Correr para onde?", Eva pensou rapidamente. Porém, uma vez que os únicos que sabiam o caminho eram Lago e Praga, os outros não tinham escolha a não ser obedecer.

Na verdade, ainda que houvesse outras opções, não teriam tempo hábil para pensar a respeito. Eles correram pelo centro da rua e perceberam, enquanto corriam, que todos os moradores, de todas as casas, corriam para acender os seus tonéis. Cachorros latiam em todos os quintais e pessoas gritavam a plenos pulmões.

Havia muito fogo e, consequentemente, muita fumaça. Eva começou a sentir uma certa dificuldade para correr. As labaredas eram muitas, a fumaça que elas emanavam parecia grudar no corpo da jovem e, de alguma maneira, limitar seus movimentos. Ela olhou ao seu redor e percebeu que seus colegas também estavam assim. Até mesmo Lago e Praga estavam com problemas em seus movimentos. Logo ninguém mais corria. Eles caminhavam pesadamente. Niki visivelmente já não conseguia dobrar uma das pernas e mancava com dificuldade. Era como se eles estivessem se petrificando.

Eva olhou para a estrada. Havia apenas mais três casas com tonéis pegando fogo. A estrada estava quase no fim e terminava em uma espécie de praça. Ainda que fosse tão perto, parecia uma caminhada infinita. Eva não sabia exatamente o que estava acontecendo, mas algo lhe dizia que, se permanecessem envoltos na fumaça, logo estariam petrificados naquela estrada. Para sempre.

Ela acelerou o passo o mais rápido possível, até estar à frente de todos. Segurou a mão de Lago e Praga e ordenou:

– Segurem a mão de quem estiver atrás de vocês!

– Mas como...?

– AGORA! – ela gritou.

Sem outra alternativa e tão afetados pela fumaça quanto os demais, os dois obedeceram. Logo eles haviam construído a mesma formação em "V" feita durante a migração para fora do beco. Eva estava na frente, segurando firmemente as mãos dos colegas. Ela sentia que tiraria todos de lá, custasse o que custasse.

– Ninguém solta a mão de ninguém! – ela anunciou. – Agora, puxem!

Então, ela começou a puxar com toda a força que pôde encontrar em seu espírito. Passo a passo, a formação se movia um pouco mais rápido do que antes. Os cães latiam freneticamente, a fumaça vinha cada vez mais densa das labaredas, mas eles continuavam andando. Eva podia ver a praça com mais nitidez. Havia uma fonte bem no centro. Se conseguissem chegar até a água, talvez se salvassem. Ela continuou andando e puxando o grupo cada vez com mais força, para que, mesmo exauridos e quase paralisados, todos continuassem caminhando. Os cães ladravam e uivavam.

O grupo finalmente alcançou a última casa, quando Dimitri começou a ceder à paralisia. Ele era o último do seu lado da formação e quase não conseguia caminhar.

– Eva, não vou conseguir... – ele balbuciou.

Os cães latiam freneticamente, e ela estava cada vez mais irritada. Tentava puxar com mais força, ignorar os cães e a voz de Dimitri, que reclamava.

– Eu não aguento mais, eu vou soltar! – anunciou Niki, que também estava muito debilitada.

Os cães continuavam latindo. Eva continuava puxando.

– Eu vou soltar! – disse John, que estava à frente de Niki. – Também não consigo mais.

Eva finalmente pareceu ter perdido a paciência:

– CALEM A BOCA, CARALHO! – ela gritou a plenos pulmões.

O som de sua voz ecoou na rua inteira, ao menos foi o que pareceu aos ouvidos dos esperadores. Nesse momento, todos os cães inexplicavelmente pararam de latir.

Notando que os animais haviam ficado quietos, os moradores daquela estranha rua começaram a apagar o fogo dos tonéis. Eva deu um último puxão em seu grupo, com muita força, e eles conseguiram sair da estrada e ganhar a praça. No espaço aberto, a fumaça não era tão densa, mas todos ainda sentiam os efeitos que ela havia causado. Eva caminhou com dificuldade até o centro da praça, e agora seus colegas conseguiam ver a fonte. Com a esperança restaurada, todos pareciam lutar com mais vigor para chegar até a água.

Eva finalmente subiu na mureta da fonte, segurando firmemente as mãos de Lago e Praga. Então, ela soltou seu corpo para a frente, sentindo que puxava todos para dentro da água, junto com ela. A construção arredondada era ampla e profunda, destoando de tudo o que haviam visto até então naquela cidade. Do centro, uma água límpida jorrava de um chafariz em formato de peixe. Eva ficou submersa por alguns segundos. A água parecia lavar seu espírito do que antes o petrificava e castigava. Era como se dela estivesse sendo removida uma camada de cimento. Aos poucos, seus movimentos voltaram ao normal.

Ela emergiu. Percebeu que todos faziam o mesmo. Estavam bem.

– Todo mundo vivo aí? – Herón perguntou, rindo. – Essa foi por pouco, achei que a gente fosse morrer!

Eles riram, aliviados. Niki olhou para a estrada de onde haviam saído, agora totalmente tomada pela fumaça. Mal podia crer que tinham conseguido escapar.

– Imaginem... – murmurou suspirando – ... imaginem ter que ficar para sempre petrificada nessa estrada, com essas pessoas! Esses vivos, eles... quase conseguiram acabar com a gente!

– "Quase conseguiram" quer dizer que não conseguiram! – Eva completou, encarando a rua, como se esta a desafiasse. – Eu não sou vítima de ninguém! – Ela recolocou os óculos escuros.

– É sério que ninguém aqui está se perguntando por que esses caipiras têm esses tonéis na frente de casa? É como se eles soubessem que estávamos ali! – disse Mary Ann Muller indignada.

– Por quanto tempo nós ficamos assim molhados? – perguntou Praga, de repente, cortando o raciocínio da colega.

– Olha só! – debochou Herón, enquanto recolocava os *Oakleys* redondos. – Você disse que tinha aprendido tudo na prática e não sabe por quanto tempo fica molhadinha?

– Não força, Herón! – John interrompeu. – É só o esqueleto invisível da água sobre o esqueleto invisível das roupas. Em poucos minutos estaremos secos. Não faz sentido trocarmos de roupa – ele respondeu.

– Também não faz sentido que eles tenham tonéis ardentes na frente de casa! Como ninguém está questionando isso? – insistiu Mary Ann Muller.

– Porque não faz sentido mesmo, Mary – explicou Niki. – Só saberemos quando conversarmos com alguém que está aqui há mais tempo.

– Então sabem o que faz sentido? – perguntou Dimitri. – Chegarmos logo ao lugar maravilhoso que vocês descreveram para o Grande George! Onde fica, afinal?

Todos olharam para Lago, e ele olhou para a praça. Três ruas saíam da praça, uma à esquerda, uma à direita e uma ao centro. Havia diversas construções nos arredores, porém as portas de todas estavam fechadas. Uma igreja, um bar, um prédio maior, que deveria ser a prefeitura, uma delegacia de polícia, uma loja e uma lanchonete. Através do vidro de algumas portas e janelas era possível ver o vulto das pessoas lá dentro, mas nenhuma porta estava aberta e ninguém transitava pela praça.

Lago aponta para a rua à direita.

– É o último prédio na rua que segue entre a prefeitura e a delegacia. Tem que ser essa. – Ele analisa a rua, decepcionado e desesperado ao mesmo tempo. – Puta merda, só pode ser essa!

Os esperadores olham para os lados, analisando a situação. A rua à esquerda era larga, as casas eram simples, porém bem arrumadas. Seus gramados eram verdes, e árvores frutíferas emergiam de canteiros na calçada. Pessoas limpas e asseadas conversavam em seus portões. Crianças vivas riam e brincavam nos quintais.

A rua ao centro possuía casas maiores, igualmente bem cuidadas. Um grupo grande de vivos tomava limonada e comia sanduíches no quintal da casa de um deles. Uma mulher lavava a calçada e reclamava do frio. Duas crianças tomavam sorvete, sentadas no muro de uma das residências, enquanto brincavam de descobrir desenhos nas nuvens.

Porém, a rua que eles deveriam seguir era exatamente igual à estrada da qual saíram. Enormes casas horrendas e malcuidadas, deterioradas devido à negligência. Cada casa possuía um tonel. Cachorros magros repousavam em correntes. As crianças seminuas e os adultos imundos estavam em seus portões. Certamente viram o fogo que ardia dos tonéis das casas da estrada e se perguntavam se já deveriam acender os seus. Aguardavam algum tipo de aviso.

– Tem certeza de que a rua é essa? – perguntou Mary Ann Muller.

– Tenho – ele respondeu, decepcionado. – Nosso destino é no final dessa rua.

– E se... – Dimitri parecia tentar encontrar uma solução mágica. – E se nós ficássemos aqui na praça para sempre?

– No meio da praça? – perguntou John. – Vamos passar o resto da nossa existência assim, expostos?

– Você não pode estar falando sério! – Niki revirou os olhos. – É uma cidade, Dimitri! E é uma cidade maluca! Uma hora ou outra vai ter gente aqui! – Ela bufou. – Essa gente e esses malditos cachorros...

Nesse momento, todos começaram a discutir. Cada um parecia ter uma ideia diferente sobre o que deveriam fazer. Mary Ann Muller não conseguia tomar decisões antes de debater sobre a existência dos tonéis; Dimitri queria morar na praça; Niki e John queriam arriscar um caminho alternativo; Lago e Praga queriam ir pelo caminho certo, apesar dos tonéis; Herón parecia não levar ninguém a sério.

Enquanto a discussão prosseguia acalorada, Eva se distanciou do grupo e lentamente se aproximou da rua à direita. Ela observou atentamente a expressão dos humanos parados nos portões e nas cercas de suas casas. Os olhares eram tensos, todos seguravam caixas de fósforos nas mãos, mas nenhuma daquelas pessoas parecia inclinada a atear fogo no tonel, pelo menos não imediatamente. Era como se esperassem por um sinal. Eva se lembrou da mulher na estrada: "Ela estava dentro de casa com o vivo que dirigira o caminhão, e só voltou quando os cachorros começaram a latir. É isso, esse é o sinal que eles estão esperando!".

Ela imaginou que, se pudessem passar sem serem percebidos pelos cães, os vivos não ateariam fogo aos tonéis. "As pessoas não podem me ouvir, mas os cachorros sim." Ela respirou fundo. "Vamos lá! Coragem!", disse a si mesma. "Você consegue! Você não é vítima de ninguém!"

Enquanto isso, a discussão prosseguia inflamada, perto da fonte:

— Mas assim também não dá! – Lago reclamou. – Você só concorda com as ideias dos seus amigos!

— *No, no, no!* – Herón discordou. – Amigos ou não amigos, eu acho que as ideias de todos vocês são ridículas em iguais proporções!

— A minha ideia é boa! – Lago concluiu. – Tem quatro casas de um lado da rua e cinco do outro, não são muitas. Se formos correndo, dá tempo!

— A minha ideia é melhor! – Niki retrucou. – Podemos seguir por uma das ruas sem tonéis e tentar contornar por fora!

— E você tem um mapa para isso, por acaso? – Lago retrucou, irritado. – E mesmo que tivesse, você não conseguiria lê-lo, não é mesmo, "esperadora"?

— Ora, seu...

— Pessoal, olhem lá! – John apontou para a rua à direita.

Eva estava no meio da rua. Já havia passado por uma das casas e não havia sinal de fogo nos tonéis. Ela tinha os braços abertos, olhava para todas as casas constantemente, emitindo sons de inibição e fazendo sinais.

— Ela está controlando as pessoas? – indagou Mary Ann Muller, incrédula.

— Não! – Lago concluiu. – Ela está controlando os cachorros! – Ele colocou a mochila rapidamente sobre os ombros. – Vamos!

O grupo se aproximou da entrada da rua. O cão que guardava o quintal da primeira casa fez menção de latir. Eva apontou firmemente para ele e ordenou que se sentasse. O animal obedeceu. O grupo prosseguia. Apesar de tudo estar aparentemente funcionando, a tensão era imensa, pois mesmo que estivessem sendo controlados, os animais estavam inquietos. Eva pediu que ninguém fizesse movimentos bruscos. Eles acataram e, passo a passo, ganhavam a rua. Seus pés deslizavam vagarosamente pelos paralelepípedos, com medo de produzir algum tipo de som enquanto caminhavam. Seus espíritos tensos, agarrados ao esqueleto invisível de seus pertences, aos poucos se locomoviam.

– Não! Fica! Senta! – Com os braços abertos, Eva continuava refreando a ansiedade dos cães, girando seu corpo bruscamente para encarar cada animal no momento em que este parecia querer romper o silêncio.

Eva pediu que todos passassem à sua frente. Pouco a pouco, eles continuaram a cuidadosa caminhada. Logo a rua estava chegando ao fim. Eva ficara para trás, controlando os cães para que não latissem. Quando já estavam na última casa da rua, um enorme vira-lata preto rosnou e Mary Ann Muller soltou um grito estridente. Todos olharam para ela. Eva fechou os braços e olhou para trás. Todos os cães da rua começaram a latir freneticamente. Seus donos correram para atear fogo em seus tonéis de ferro.

Por sorte, os esperadores já estavam no final da rua e conseguiram correr para longe, antes que as densas nuvens de fumaça se espalhassem por todo o ambiente. Todos, com exceção de Eva. Ela estava paralisada na frente da última casa. Imóvel e apática, encarava friamente o enorme vira-lata preto. O animal olhava em sua direção, latindo e rosnando ameaçadoramente, mas Eva não estava com medo. Estava curiosa... Não era exatamente aquele cão, mas um outro muito parecido com aquele que parecia despontar em sua memória. Ela estava tão inerte naquele momento que não podia ouvir os gritos dos esperadores, desesperados, pedindo para que ela viesse ao encontro deles.

"O que está acontecendo? O que é isso na minha cabeça?". A fumaça pouco a pouco se impregnava em seu espírito, seus pés se enrijeciam, assim como seus joelhos e pernas. "Uma lembrança? Nós não temos lembranças. Eu não sei exatamente o que é... não! Eu sei sim. Eu conheço um cachorro assim." Ela já não conseguiria mover os dedos das mãos, caso tentasse. "Mas isso não é uma lembrança. É só uma sensação. Uma imagem. Eu preciso de uma cena inteira. Onde foi que eu vi um cachorro desses?" Seus punhos lentamente começaram a endurecer. "Eu preciso me lembrar. Uma imagem. Um pacote de carne no chão. O cachorro vai comer. Não. Não é isso. O cachorro vai entregar para mim." Sua mente entrava em uma espécie de transe. Antes que sua boca enrijecesse, ela abriu os lábios quase estáticos e murmurou.

– Cérberus...

Nesse momento, John e Herón a alcançaram, carregando-a pelos braços. Com muito esforço e colocando as próprias existências em risco, eles conseguiram tirar Eva de lá antes que a fumaça terminasse de petrificá-la. Quando estavam distantes o bastante da fumaça, eles deitaram a jovem no chão e se sentaram, exaustos, ao seu lado. Dimitri, Niki e Mary Ann Muller esvaziaram as garrafas de água sobre os três. Logo Eva começou a sentir a rigidez que paralisava seu corpo dissolver-se. Ela conseguiu se mover novamente, e sua mente escapou daquele estado de transe.

– Você resolve um dos nossos problemas apenas para arrumar outro logo em seguida? – ironizou Herón.

– Gente, me desculpa... Eu não sei o que aconteceu.

– Você era adestradora quando estava viva ou algo assim? – indagou Lago.

– Não... eu era escritora.

– Sabe quem também escreveu livros? César Millan! – concluiu Dimitri. – Com certeza você escrevia sobre cães. A revolução dos cães! Você deve ter sido o George Orwell dos cachorros!

– Gente, vamos parar de falar sobre isso...

– Sim, vamos parar de falar sobre isso! – exclamou John. Seus lindos olhos faiscavam de ansiedade. – Atravessamos a rua inteira. Onde está o nosso tão sonhado prédio?

– Eu acredito que seja esse atrás de você, John. – Mary Ann Muller apontou para uma grande construção abandonada.

O imóvel era visivelmente novo, porém não era um prédio residencial. Possuía um grande estacionamento aberto, circundado por muretas baixas, que permitiam a visão do edifício. Havia uma larga entrada, onde existiu uma porta de vidro em algum momento, e uma rampa para facilitar o acesso de veículos até a passagem. As janelas eram de vidro leitoso e, sobre uma delas, descolavam as pontas de um adesivo verde, em formato de cruz.

– É um hospital. – concluiu Niki.

– Bom... – Lago gaguejou – ... um hospital não deixa de ser um prédio...

– Será que há mais esperadores lá dentro? Será que é seguro entrarmos? – Mary Ann Muller parecia desconfiada.

– Só vamos saber se entrarmos! – Praga anunciou. – Vamos, gente! Vamos acabar logo com isso!

– Viver é a arte de correr riscos. – Eva olhou para John e sorriu.

Eles se adiantaram, passando pela entrada de carros e cruzando o estacionamento. Havia algo de pacífico no local, como uma mensagem. Era um lugar que provavelmente já estivera cheio de vivos e agora não estava mais. Como uma escola na época do recesso. Eles entraram no prédio, e a sensação de paz já não era mais a mesma. Havia vozes nos corredores, denunciando que o local estava cheio de gente. Mas que tipo de gente? Eles hesitaram por um minuto. Mary Ann Muller teve vontade de sair correndo. Porém, antes que pudessem tomar qualquer atitude de esquiva, uma mulher desceu a escadaria principal, fazendo ecoar pelo saguão de entrada o som dos seus sapatos de salto.

– Sejam bem-vindos. Vimos vocês pela janela, assim que chegaram aqui na frente.

Tratava-se de uma mulher robusta, aparentando uns 30 ou 40 anos de idade. Uma jovem adulta muito bonita e absurdamente bem arrumada. Em nada se assemelhava aos esperadores. Tinha os cabelos ondulados com perfeição geométrica, usava um vestido vermelho impecável, da mesma cor do seu batom. Seus sapatos pareciam ter sido envernizados minutos atrás. Ela ainda usava brincos e um colar de reluzentes pérolas. Eva se perguntou como uma esperadora que dependia do esqueleto invisível de roupas encontradas por aí poderia estar tão bem arrumada daquele jeito. E onde ela guardava a mochila? Os casacos? A garrafa de água? Ela parecia ter saído de um *brunch* que exigia um *dress code* perfeito.

– Meu nome é Mar. – Ela se apresentou, notando que ninguém mais o fazia.

Herón ironizou baixinho, cutucando John:
– "E aqui é o *Nosso lar!*"

John sentiu vontade de rir, porém se controlou.

– Muito prazer. – Lago estendeu a mão para a moça. – Eu sou Lago. Essa é a Praga. Esses aí são um grupo que foi indicado por um outro cara. Eles usam nomes de vivo, mas pode chamá-los de esperadores. Eles adoram.

– "Esperadores"... – Ela sorriu, amigável. – Eu conheço esse termo. Esperam pelo nosso retorno ao mundo dos vivos, não é mesmo?

– Esperamos... – concordou Niki. – Por quê? Você faz alguma outra coisa?

– Fazemos várias coisas. – Ela sorriu novamente, com mais doçura ainda. – Por favor, venham comigo.

Mar se virou de costas e então todos conseguiram perceber uma discrepância em sua imaculada imagem. O vestido que ela usava tinha três marcas de tiros nas costas, além de manchas de sangue. Todos se entreolharam, porém ninguém teve coragem de tecer um comentário. Ela subiu as escadas e todos a seguiram. Lago e Praga haviam deixado de lado o ar de superioridade, pois eles também não faziam ideia do que estava acontecendo naquele lugar. Eles chegaram a um longo corredor, repleto de "alas". Não havia portas. Nem uma sequer. Aquilo era uma sorte para eles, pois esperadores só podiam mover o esqueleto

invisível dos objetos, e não os objetos em si. Dessa forma, eles não eram capazes de abrir portas.
– Este local me encontrou há cinco anos.
– O "local" a encontrou? – indagou Herón, segurando-se para não debochar.
– Sim! – Ela soltou um riso tímido. – Este lugar era um grande hospital, e vivos de toda parte vinham para cá curar suas enfermidades. Há cinco anos não havia aquelas ruas horrendas pelas quais vocês provavelmente passaram... Sabem? Aquelas com os tonéis de fogo.
– Por que eles têm tonéis? Por que eles são daquele jeito estranho? – Mary Ann Muller perguntou, quase gritando.
– Uma anomalia cultural, eu suponho.
– Com fogo, fumaça e cachorros? – Eva perguntou, direta. – Pareceu-me mais provável que eles soubessem sobre nós.
– Isso não importa... Estamos a salvo aqui. Nenhum vivo vem para este hospital. – Ela suspirou. – Quando eu despertei para essa nova etapa da nossa existência, os vivos ainda estavam aqui. Eles estavam bem, mas nós ficávamos presos. Era terrível para os desencarnados. Não conseguíamos sair, pois eles constantemente esbarravam na gente. Era horrível! Até que um dia, tudo mudou. Eles foram embora, levaram as portas e, hoje em dia, vivemos em paz aqui.
– Puta merda, que história mal contada! – Eva sussurrou para John. Ele fez um sinal, pedindo para que ela se calasse.
– Nós nos dividimos nessas alas, para ficarmos mais confortáveis. – Mar apontou para as alas. – As pessoas acabaram se agrupando por suas afinidades. Exceto no terceiro andar.

– Ela apontou para uma escadaria que levaria até o andar de cima. – Ali estão reunidos todos os desencarnados que possuem alguma habilidade especial. Nem todos são iguais. Algumas pessoas possuem algum tipo de lembrança de quando estavam vivos; outros podem ver e ouvir coisas que os demais não conseguem, mover pequenos objetos... Vocês entendem? Qualquer coisa que escape da obviedade de lembrar apenas a profissão que teve. Caso vocês possuam alguma habilidade especial, eu peço que me digam. Ainda não precisam dizer qual é, mas, se for o caso de alguns entre vocês, sei que se adaptarão melhor no andar de cima.

Ela percebeu que todos continuaram calados.

– No andar de cima, temos quartos individuais. É mais... – ela gaguejou – mais confortável que nas alas coletivas. Então, se algum de vocês tiver habilidades especiais...

– Não temos! – Eva interrompeu de repente. – Somos só esperadores normais.

– Mesmo? – Por um segundo, Mar pareceu não acreditar no que Eva dizia. – Como passaram pelas casas com os tonéis?

– Sorte! Tivemos sorte – respondeu Eva prontamente.

– Entendi. – Seu olhar, a princípio desconfiado, agora esboçava uma espécie de desprezo. – Ok, "esperadores", acho que ficarão bem aqui. Há uma ala vazia no final do corredor. Vocês podem ocupá-la. Se precisarem de alguma coisa... – Ela suspirou. – Bom, acredito que não precisarão de nada, afinal, estão apenas esperando. De qualquer forma... – ela continuou, revirando os olhos rapidamente – ... a gente se vê por aí.

– Obrigada! – Eva completou.

Mar subiu as escadarias, rumo ao terceiro andar. O grupo seguiu pelo corredor, observando cada uma daquelas alas sem porta. As pessoas lá dentro pareciam mais apáticas do que o normal. A maioria estava apenas deitada, olhando para o teto, como doentes aguardando a morte. Em uma das alas havia um casal transando, mas o faziam de forma maquinal e desinteressante, como se estivessem cumprindo uma obrigação. Nenhuma das outras pessoas que dividia o espaço tinha sequer o desejo de olhar. Quase todos olhavam absolutamente para o nada. Todos pareciam estar, de fato, apenas esperando.

O grupo chegou ao local indicado. Era uma ala ampla, com camas vazias. Alguns esqueletos invisíveis de travesseiros estavam empilhados em um canto, o que fazia com que Eva se perguntasse para onde tinham ido os objetos reais. Tudo naquele lugar era extremamente mal explicado, mas o principal problema era a atmosfera trágica de um cenário de guerra depois da batalha. Herón suspirou:

– Este lugar está mais *muerto* que... que... que a gente!

– Bom... – Niki balbuciou – talvez seja só uma perspectiva. Não é tão ruim assim... Veja, certamente não teremos vivos entrando.

– É seguro – completou John. – Mas também parece chato, sacal, fastidioso...

– Talvez não seja assim no andar de cima! – Lago comentou, irritado. – Mas essa daí já foi logo dizendo que a gente não merece ir para lá! – Ele apontou para Eva. – Como você sabe que eu e a Praga não temos nada de especial? Você nem nos conhece! Como vai logo falando pelos outros assim?

– Oi? – Eva pareceu incrédula. – Vocês realmente queriam subir sozinhos com aquela doida que está obviamente escondendo alguma coisa? Aliás... escondendo um monte de coisas?

– E está aí uma coisa que vocês têm em comum, não? Afinal, não foi exatamente por sorte que a gente conseguiu passar pela rua. Foi você!

– Psh! – Eva fez um exagerado sinal, pedindo que ele se calasse. – Fique quieto! Nós ainda não sabemos nada sobre essas pessoas ou sobre este lugar! Você deveria ser grato, é provável que eu tenha salvo...

– Salvo a minha vida? Um pouco tarde para isso, não acha?

Todos ficaram em silêncio por um momento. A verdade é que não tinham muito a responder. Havia tanto a perguntar e ninguém para sanar suas dúvidas. Dimitri interrompeu o silêncio com o que ele acreditava ser uma boa notícia em meio àquela situação desagradável.

– Gente, vocês se lembram que o Grande George falou sobre um rio aqui perto? Por que não vamos explorar e encontrá-lo? – Ele se dirigiu a Praga e Lago. – Vocês também ouviram falar sobre esse rio. Foram vocês que contaram para ele!

– Sim – ralhou Praga –, com a nossa sorte, vai ser uma poça d'água contaminada.

– Contaminada com o quê? – Herón riu. – Não é como se você pudesse ser envenenada.

– Viver é a arte de correr riscos! – disse John de repente. – Eu voto para irmos explorar e encontrar esse rio.

– Podemos também passar por essas outras salas, falar com as outras pessoas deste lugar, exceto...

– Exceto no terceiro andar, que é onde realmente deve estar acontecendo alguma coisa. – Lago completou.

– Mas que saco! – Praga gritou de repente, e nisso eles ouviram o som de uma porta batendo.

Todos se entreolharam. Não havia portas no local... pelo menos não à vista. A forma como Lago arregalara os olhos para Praga naquele momento mostrava que talvez pudesse haver algum segredo entre os dois. Eva de repente se deu conta de que realmente não os conhecia. Mas, afinal, quem ela conhecia ali?

Não era como se tivessem passado meses juntos durante uma interminável espera. Eles eram as únicas pessoas das quais ela se lembrava e mesmo assim não tinha a menor intimidade com nenhum deles. Ao pensar nisso, uma outra dúvida brotou serena e incômoda dentro de sua mente, como uma planta que nasce entre paralelepípedos, no meio da rua. Os esperadores eram apáticos, os sentimentos e as sensações não sobreviviam por muito tempo dentro deles e, por isso, as relações eram tão frívolas e os laços eram impressionantemente passageiros. Então, por que quando Mar conversara com eles, ela sentira aquele ímpeto de proteger não apenas a si mesma como também aos outros? Por que ela queria que eles estivessem seguros? Seria por causa da proximidade?

"Quando Grande George avisou que estava prestes a ouvir as três sirenes, nós ficamos chateados, mas não durou muito." Ela olhava para seus colegas, especialmente para Herón, enquanto pensava: "Será que estou tão envolvida apenas por estar fisicamente perto deles? O que é a proximidade nessa nossa condição? E se eu me afastar, vou deixar de me importar?"

Sem dizer mais nada, John começou a retirar suas roupas e dobrá-las perto de uma das camas. Com exceção de Lago e Praga, todos começaram a fazer o mesmo, aos poucos se instalando naquele local, o qual, apesar de todas as dúvidas que causava, era o que eles tinham como abrigo. Um receio havia se instaurado depois do misterioso som de uma porta batendo. Mas o silêncio e a passagem de um breve período de tempo rapidamente fecharam essa fenda de dúvida e logo ninguém mais se importava.

Pequenas conversas paralelas se instauraram no quarto todo; não havia nenhum grande debate que movimentasse o grupo e as pessoas pareciam meio cansadas. Talvez a confusão na chegada tivesse gerado o cansaço.

Lago e Praga conversavam em voz baixa, porém de forma muito expressiva, em um canto do quarto. John, Dimitri e Niki conversavam sobre alguma coisa, sentados sobre suas mochilas e sacolas vazias, no chão do quarto. Mary Ann Muller estava deitada com um lenço sobre os olhos, aparentemente tentando dormir. Eva estava sentada em uma das camas, fazendo uma trança embutida no cabelo de Herón.

– Não é impressionante? – Eva comentou, em voz baixa, cuidando para não atrapalhar o "quase silêncio" e a calmaria do quarto. – Como nosso cabelo está sempre limpo e a gente...

– E a gente não lava. Sim! – Herón riu. – A gente precisa se desapegar do nosso corpo físico, *cariño*. Não precisamos lavar nosso corpo porque não temos corpo!

– E ao mesmo tempo é como se tivéssemos. – Ela suspirou enquanto manejava as mechas dos cabelos dele. – Eu teria tantas dúvidas sobre os esperadores que poderia passar a eternidade perguntando. O que acontece se a gente cortar o cabelo?

– Nós controlamos a nossa aparência com a mente. Nós somos só a nossa mente, não lembra?

– Sim, sim. Mas e se a gente cortasse? Ficaria igual à mente da pessoa que está cortando ou da pessoa que está recebendo o corte? Se eu estou arrumando o seu cabelo, ele fica como a minha mente quer ou como a sua quer? – Eva terminou a trança, prendendo a ponta com um elástico.

– Deixa eu ver! – Herón esticou a mão e tirou um espelho de dentro da mochila de Mary Ann Muller. Ele encarou seu próprio reflexo. – Ficou ótimo! Ficou uma coisa assim meio samurai, meio *drag queen*. Adorei! Obrigado! Posso tirar?

Ele e Eva riram.

– Eu realmente acho que deveríamos explorar e encontrar esse rio! – anunciou Dimitri, de repente, se levantando.

– Eu também acho – Eva concordou. – Eu acho que vocês deveriam ir.

– Você tem certeza? – John indagou. – Se todos nós formos, você vai ficar sozinha neste lugar.

– Todos nós é o caralho! – Praga anunciou, segurando a mão de Lago. – Nós não vamos!

– Ninguém está preocupado com o que vocês dois vão fazer! – Niki revirou os olhos.

– Gente, eu vou ficar. Está na cara que todos vocês querem ver esse rio, e eu preciso de um tempo antes de sair. Podem ir na frente, eu encontro com vocês depois. – Eva concluiu.

Nenhum sentimento ficava com eles por muito tempo, tanto que o medo do som da porta batendo ou das mentiras da Mar já os havia abandonado por completo. Eles de fato estavam ansiosos por procurar o rio, a sensação da água em seus espíritos era muito tentadora. Até mesmo Mary Ann Muller, que tentava dormir, resolveu se levantar e ir também. Assim, acabaram aceitando ir na frente e aguardar que Eva os encontrasse depois. Antes de ir com os outros, Herón beijou o rosto dela suavemente.

– Não morra de saudade de mim! – debochou, antes de sair.

– Ok, eu vou tentar não morrer, minha vida é muito importante para mim – respondeu ela continuando a brincadeira.

– Qualquer coisa liga para o CVV! Centro de Valorização à Vida! – ele gritou, já na porta.

Eva olhou ao seu redor. Por que desejava ficar sozinha naquele hospital abandonado, usufruindo da formidável companhia de Lago e Praga, enquanto seus amigos tomariam banho de rio, muito provavelmente nus? "Talvez eu apenas precise de um tempo para descansar e colocar minhas ideias no lugar", Eva pensou. Ela fechou os olhos por um momento, cochilando. Estava cansada, não conseguira dormir muito durante a viagem de caminhão.

De repente, seu sono foi interrompido por Mar, que por algum motivo adentrava o quarto. Ela se surpreendeu ao ver os três ali.

– Não quiseram ir conhecer o rio com seus amigos? – ela indagou. – É um lugar adorável. Não sei se vocês sabem, mas os insetos e os animais aquáticos não podem nos ferir. Vocês deveriam ir, esperadores.

– Não somos esperadores! – Praga corrigiu, irritada.

– Eu sou – retrucou Eva decidida. – Vou me juntar a eles. Obrigada pelo convite.

– Disponha – Mar respondeu, desinteressada.

Eva deixou o local. Ao passar pelos quartos onde outros esperadores pareciam tão esquisitos e apáticos, ela tentou não olhar para os lados. Saindo do prédio, contornou o hospital e encontrou um gramado malcuidado, perto de uma mata densa. Ela conseguiu ouvir o som das vozes dos seus amigos vindo de trás da mata, o que sugeria que o tal rio fosse lá.

Eva seguiu por uma trilha, ainda um pouco preocupada com relação aos insetos. Ela tinha conhecimento de que eles não poderiam feri-la, mas ao mesmo tempo sabia da dor intensa que corpos vivos causavam aos esperadores. Ela não podia evitar sentir um certo receio. Porém, ao terminar a curta trilha, seus olhos se esbaldaram na linda paisagem que com certeza valia a pena. A água de um lindo e cristalino rio corria sob a luz branda do sol poente. Havia uma larga área livre. Mary Ann Muller estendera um lençol no chão e estava deitada, nua. Os outros brincavam no rio, igualmente nus. Eva se aproximou do lugar onde eles haviam largado suas roupas.

– Eva, traz meu vestido? – Ela ouviu a voz de Mary Ann Muller.

Eva se abaixou e logo encontrou o vestido da colega. Adiantou-se para levar até ela. Os demais esperadores já estavam saindo do rio, e se vestiam enquanto Eva ajudava Mary Ann Muller com o zíper.

– Você chegou tarde, nós já estamos voltando – disse Dimitri, olhando para Eva.

– Só queríamos dar um mergulho antes de descansar um pouco, foi um longo dia. - Niki sorriu.

– Tudo bem, pessoal, meu cochilo acabou sendo meio longo. Eu também só quis dar uma passada aqui. Queria ver como era. – Ela se sentou no lençol de Mary Ann Muller e permaneceu por um tempo contemplando a paisagem.

Ela retirou as botas e as meias para sentir o frescor do vento em suas pernas nuas. Em algum momento, John perguntou se ela não preferia voltar com eles.

– Eu acho que eu vou ficar um pouco mais... – Eva suspirou, sentindo o vento frio acariciando sua pele.

Herón parou diante de Eva, de pé. Descalço, a calça jeans displicentemente colocada. O cinto aberto, o peito nu, a camiseta jogada em um dos ombros. Ele sorriu.

– Tem certeza de que vai ficar aqui sozinha? Não acha perigoso?

– O que poderia acontecer comigo? – Ela riu. – Eu já estou morta!

– Você tem razão... – Ele sorriu. – Então nos vemos depois!

Os outros já estavam ganhando a trilha para ir embora. Herón se apressou para segui-los, mas, nesse momento, Eva gritou por ele:

– Herón, espera! Você pode ficar um minuto? Eu precisava conversar com você.

Ele voltou, sorrindo. Vestiu a camiseta, o que ela entendeu como alguma forma não solicitada de respeito. Ele se sentou no lençol, ao lado dela.

– Diga, *cariño*... – ele indagou – o que você quer falar comigo?

– Na verdade, Herón... – Inevitavelmente, os olhos da jovem percorreram o corpo dele, subindo da virilha até os tentadores lábios. Ele percebeu e riu.

– Então, *mi amor*... você sabe que podemos mudar nossa aparência, não é? – ele perguntou. Ela meneou a cabeça positivamente, mesmo sem saber o que isso tinha a ver com a conversa. – Às vezes, é involuntário. Mudamos algumas coisas sem querer. Os seus olhos, por exemplo, mudam de cor.

– E de que cor eles estão agora?

– Amarelos. – Ele se aproximou, apoiando a mão forte sobre a perna dela. Seu olhar era faminto e profundo. – Dourados... – Ele se aproximou tanto que ela podia sentir o calor dos lábios dele. – Agora quase vermelhos. – Ele acariciou a perna dela, de forma carinhosa e sedutora, subindo seus dedos até a virilha da jovem e descendo novamente até perto do seu joelho. – A temperatura do seu corpo também muda, fica mais quente. Eu consigo sentir o ar saindo da sua boca. Nossas sensações ficam tão intensas que parece que...

– Que vamos explodir! – Ela baixou o olhar ao ver os lábios dele tão próximos dos seus. – Antes que a gente continue o rumo dessa conversa, preciso saber se sua intenção é me provocar e depois cair fora!

– *Cariño*? – Ele arregalou os olhos em um espanto fingido. – Estou torturando você? Desculpe, não era a minha intenção... – Ele entregou seus lábios aos dela. Beijou-a profundamente, deslizando seus dedos pela cintura da jovem e trazendo do seu corpo para mais perto. Ela sentiu um arrepio percorrer sua espinha. – Ou talvez tenha sido! – Ele sorriu malicioso.

– Você não faz ideia de como é gostoso ver o jeito que fica com todo esse desejo frustrado. – Ele deslizou os lábios pelo pescoço dela, e lhe deu um beijo carinhoso perto da orelha. – Sua pele arrepiada, sua temperatura, seus olhos... é como se todo o seu ser estivesse implorando por um orgasmo. É uma delícia deixar você assim. Mas, olha, você tem esperado com tanta paciência... – Ele volta a beijar seu pescoço. – Acho que está na hora de lhe dar uma recompensa...

– Herón...

Ele voltou a beijar os lábios dela, de forma profunda e terna. Ela não conseguia entender como a boca dele podia ser tão deliciosa, como cada afago podia ser tão eletrizante. Ele conduziu o corpo da jovem até que ela estivesse deitada, sem parar de beijá-la.

Lentamente, ele começou a levantar a regata da garota. Os lábios dele seguiam o caminho de seus dedos, que afastavam o tecido e abaixavam o sutiã até conseguirem alcançar os seios dela. Ele os acariciava e beijava delicadamente. Eva soltou um murmúrio abafado. Ele desceu a boca até encontrar os shorts da jovem, que abriu com delicadeza enquanto passava a língua voraz pela pele exposta. Ele a beijou por cima da calcinha, pouco antes de retirá-la junto aos shorts.

– A nossa pele é muito sensível ao toque, mas, mais ainda à atenção. – Ele se colocou exatamente entre as pernas dela. – E agora, *cariño*, quero que você veja como eu estou sendo completamente atencioso.

Ele afastou as pernas dela e beijou sua virilha. Desceu sua língua úmida e quente por seus grandes lábios, e depois entre eles, em um movimento contínuo e delicado. Eva sentia seu corpo todo arder em uma fúria elétrica e imprevisível. Milhares de explosões espalhavam-se pernas abaixo e ela arqueava a coluna, enrolando os dedos alvos no lençol e gemendo alto. Ele cessou os movimentos por um segundo e murmurou:

– Está gostoso assim?

– Herón – ela respondeu ofegante –, se você parar agora, eu vou colocar fogo em você!

– No, *cariño*, não vou deixá-la nesse estado, eu vou cuidar direitinho de você.

Ela sentiu o sorriso cínico dele entre as suas pernas, quando ele reaproximou seus lábios e continuou com aquele delicioso movimento. Ela mal podia aguentar, sentia como se tivesse uma granada entre as pernas... E quando a sensação se tornou insuportavelmente deliciosa, ela explodiu, gritando e tremendo. Segurava os cabelos dele com força até que todo aquele prazer incalculável fosse drenado de seu corpo.

Suas pernas relaxaram. Ele se levantou, olhando-a com ternura:

– Satisfeita?

– Ainda não! – Como um animal selvagem, ela saltou de onde estava e puxou os ombros dele, de forma que ambos ficassem ajoelhados, um de frente para o outro. Ela arrancou a regata e o sutiã e beijou Herón com gula e volúpia. Seus dedos sedentos corriam pela pele do amante.

Ela tirou a camisa dele com as mãos aflitas, depois inclinou seu corpo sobre o dele, fazendo com que se deitasse.

– Eu quero sentir você...

Ela beijou com delicadeza os lábios dele, o rosto, até chegar ao pescoço, passando a língua por aquela pele quente e macia. Os lábios da jovem chegaram até a orelha de seu amante, e ela beijou a região, carinhosamente. Ele rosnou e envolveu a cintura dela com os braços. Eva podia sentir a enorme ereção dele pressioná-la.

– *Me gusta mucho esto, cariño...* – ele murmurou – *mucho!*

– Ah, é? – Ela sorriu, vitoriosa. – Então, eu vou demorar nessa parte...

Ela voltou a beijar a orelha dele, sensualmente, sentindo em seu corpo nu como toda a pele do rapaz se arrepiava. Ela desceu seus beijos, lambendo e sugando cada milímetro daquela pele morena. Abriu os jeans dele e o tocou por cima da cueca. Ele soltou um gemido alto. Ela sorriu, sarcástica.

– Alguém está ansioso?

– *No pares, cariño...*

Ela baixou a cueca dele e aproximou os lábios de seu membro rijo.

– Você é enorme...

Ele soltou mais uma de suas risadas cínicas e vitoriosas, enquanto Eva deslizava sua língua por toda a extensão e, em seguida, o engoliu inteiro, sentindo-o pulsar em sua boca sôfrega. Ele jogou a cabeça para trás e gemeu em agonia e prazer. Ela continuou por algum tempo, experimentando cada milímetro dele com a boca e com as mãos. De repente, ela se levantou em um estalar de lábios. Queria mais. Queria tudo.

Ela montou sobre ele, sentindo vagarosamente enquanto ele a preenchia. Ele soltou um grito enquanto a segurava pela cintura. Ela se movimentava para baixo e para cima, sentindo-o invadir o seu corpo e tomar conta dele. Ela apoiou as mãos no peito do amante e deixou que seus cabelos loiros deslizassem sobre a face dele.

– Eu quero você inteiro...

Ele virou seu corpo sobre o dela e devorou-a em movimentos bruscos. Eva cruzou suas pernas nas costas dele, para que pudesse senti-lo ainda mais. Os movimentos bruscos continuaram até que o prazer dos dois explodiu em uma sintonia vulcânica. Ele desabou sobre ela, trêmulo e ofegante.

Eva sentiu como ele queria se aconchegar ao corpo dela. Ela permitiu, confortando-o em seu ombro e fazendo carinho em seus cabelos.

– Satisfeito? – ela perguntou, sorrindo.

– Eu poderia morrer agora, se já não estivesse *muerto*!

Eva acariciava as costas e os cabelos dele, fazendo com que ele ficasse ainda mais relaxado em seu corpo. Ele suspirou fortemente, como um gato que ronrona diante de um afago. Aos poucos, ele parecia adormecer. Eva sentia o sono dominá-la também. A noite se aproximava, fria e apaziguadora. Dormiriam juntos, nus, à beira do rio. Porém, nesse instante, Eva escutou um som estridente que fez com que ela se levantasse em um rompante, jogando Herón para o lado. Ele se assustou com a reação dela.

O barulho aumentou e dessa vez era como se entrasse nos ouvidos de Eva, até quase alcançar seu cérebro. Ela tapou os ouvidos em agonia, enquanto dentro de sua cabeça ecoava o som repetitivo "lulululu".

– Eva, o que aconteceu? – Herón pareceu genuinamente preocupado.

– Este som! Este barulho! Parece a voz da morte, Herón! Você não está ouvindo?

– Não tem barulho nenhum, Eva! Eu só ouço os grilos!

– Pelo amor de Deus, vamos embora!

– Se há um Deus, já está provado que ele não nos ama. – Herón não conseguiu perder a chance de fazer uma piada. – Mas, está bem, vamos embora!

Eles se vestiram rapidamente. Eva continuava incomodada. O barulho em seus ouvidos era tão alto que, no momento de seguir para a trilha, ela vacilou. Herón a tomou nos braços e a levou no colo, até chegarem ao hospital. Eva mantinha os olhos fechados, mas ao passarem pela porta principal, ela ouviu a voz de Mar:

– Dia movimentado?

– Se você soubesse...

Eva abriu os olhos por um momento e conseguiu ver um relance da imagem de Mar antes que eles subissem as escadas para chegar ao corredor... Ela estava fumando. Eva ficou completamente aturdida com aquela imagem, pois sabia exatamente o efeito que a fumaça tinha nos esperadores, e não era nada prazerosa. O fogo, então, poderia ser um grande infortúnio na existência deles. Como aquela mulher estava fumando?

Os pensamentos foram expiados da mente de Eva no momento em que eles entraram no quarto. O barulho em seus ouvidos já não existia. O quarto era confortavelmente silencioso.

Ela desceu do colo de Herón, ficando de pé, cuidando para não fazer barulho, pois os outros esperadores já estavam dormindo.

– O que foi isso? Eu não entendi nada, não ouvi nenhum barulho...

– Psh! – Eva levou um dedo aos lábios de Herón e respondeu sussurrando. – Os outros estão dormindo, não faça barulho. Eu também não sei o que houve, talvez devêssemos apenas dormir.

Eva procurou no quarto por algum espaço vazio. Havia apenas uma cama hospitalar disponível.

– Parece que vamos ter que dividir – ela disse, apontando para a cama.

– Se não tivéssemos que dividir, você não iria querer dormir comigo? Já enjoou de mim, *cariño*?

Ele faz uma falsa expressão de tristeza, contraindo os lábios. Eva se derreteu.

– Não faz essa carinha... – Ela beijou os lábios dele, carinhosamente. – Venha, vamos nos deitar.

A cama era grande o bastante para os dois. Eles se deitaram. Eva se aninhou no corpo de Herón, deixando que ele a abraçasse. A sensação provocada pela proximidade do corpo dele era inexplicavelmente extasiante e era muito difícil dormir. Ela passou sua perna por cima das pernas dele. O calor do meio das pernas dela denunciava sua dificuldade em pegar no sono. Ele riu.

– Está tão quentinha, me pergunto se está molhadinha também...

– Herón! – ela repreendeu.

– Que vontade de sentir essa temperatura com a minha boca...

– Herón! – ela o repreendeu novamente. – Essa boquinha deveria ficar calada para a gente conseguir dormir!

Sem responder, ele pegou uma das mãos de Eva, beijando-a ternamente. Depois, colocou a mão dela sobre seu membro rijo. A excitação dele fez com que ela se arrepiasse e, instintivamente, ela começou a massageá-lo. Ele soltou um murmúrio abafado. Eva adorava as reações carismáticas de Herón e tinha muita vontade de continuar, mas ao mesmo tempo não se sentia confortável em fazer isso com as outras pessoas presentes no quarto. Ela retirou a mão e apoiou singelamente no peito dele.

– Ei! – ele reclamou, sorridente. – Está se vingando de mim?

– Estou. – Ela riu. – Brincadeira, não estou não. Mas... tipo, tem os outros, né?

– Você quer chamá-los para participar?

Nesse momento, sua boca secou e ela se perguntou de que cor estariam seus olhos. Eva não fazia ideia se Herón havia feito aquela pergunta debochando ou se ele realmente estava propondo que acordassem os outros. Os esperadores eram muito despudorados.

Eva não queria, e isso a deixou surpreendentemente intrigada. Por que ela não queria? Por que não provar os outros corpos da mesma forma que ela fizera com Herón? John era mais bonito que ele; Niki era belíssima; Dimitri tinha um certo charme; Mary Ann Muller era meio sem graça, mas poderia ser interessante. Entretanto, Eva não queria a companhia deles. Por quê? Ela não entendia. "Será que eu sou do tipo que fica obcecada por uma pessoa só e não consegue variar entre os amantes? Será que eu era assim enquanto estava viva? Eu estava apaixonada por alguém?" O olhar dela se perdeu na escuridão. "E será que essa pessoa... ficou triste quando eu morri?" Herón percebeu toda a hesitação de Eva.

– Tudo bem, *cariño*, vamos dormir.

– Desculpe... – murmurou. Ela não sabia exatamente o motivo pelo qual estava se desculpando, mas sentia a necessidade de fazê-lo.

– Pelo que, Evita? – Ele a abraçou e acariciou seus cabelos. – Não precisa pedir desculpas por nada. Quando você me quiser, saiba que eu sou todo seu.

Eva despencou naquele abraço, naquelas carícias reconfortantes e deixou o sono embalá-la. Antes de apagar completamente, ela repetiu para si mesma: "Não posso sonhar. Esperadores não sonham".

OITAVO CAPÍTULO
ESCOLA DE FANTASMAS

Eva abriu os olhos, deixando a luz fria da manhã despertá-la lentamente. Herón não estava mais na cama. A maioria dos esperadores não estava sequer no quarto. John e Dimitri eram os únicos que ainda permaneciam por ali, conversando intimamente. Eva ergueu as costas da cama e se espreguiçou, coçando os olhos.

– Eu dormi demais? – ela indagou.

– Não, o pessoal é que acordou cedo demais! – John explicou, sorridente. – Mar chamou todo mundo para testar nossas habilidades. Ela quer saber se não temos mesmo nada de especial.

– Sério? Eu não ouvi quando vocês acordaram.

– Nós não fizemos barulho, somos educados! – Dimitri explicou alegre. – Enfim, eu e John já fizemos o tal teste e não somos nada especiais.

– Pessoas comuns! – John sorriu com o canto dos lábios. – Nada mais comum do que ser um morto vagando por um hospital abandonado!

– Acho que agora a Mary Ann Muller está fazendo o teste da Mar. Vá lá fora, Eva, você vai ver.

– Também tem um monte de outros esperadores aqui! Eles não são tão chatos quanto eu pensei que fossem quando chegamos! – John ergueu uma sobrancelha, sedutoramente, como se estivesse dizendo que os outros esperadores são interessantes de uma maneira bem específica.

Eva se levantou, caminhou até suas roupas e resolveu se trocar antes de sair. Por algum motivo, ela se sentia incomodada com o sutiã e gostaria de retirá-lo. Ela colocou um vestido preto de alças, que parecia abraçar seu colo com muito mais conforto do que a renda da lingerie.

Saindo do quarto, ela caminhou passando a mão nas paredes do corredor. Sempre que surgia uma porta, ela dava uma espiada para ver quem estava lá dentro. Eva encontrou Niki em um dos quartos, conversando animadamente com um grupo. Ela acenou para Eva assim que a viu passar. Eva acenou de volta com um sorriso, mas não estava muito interessada em entrar e se juntar a eles. Ela queria muito saber que tipo de teste Mar estava aplicando. Ainda estranhava um pouco o fato de eles terem saído do quarto sem chamá-la, especialmente Herón.

Bem no momento em que estava pensando nele, ela passou por um quarto, onde ele estava com outra esperadora. Tratava-se de uma bela morena, que estava sentada na cama, de costas para Herón. Ela vestia um lindo tomara que caia branco e segurava seus volumosos cabelos negros enquanto Herón lhe massageava os ombros nus, sedutoramente.

– Evita! – Ele sorriu ao ver Eva parada na porta e perguntou, sem tirar as mãos da mulher: – Quer vir aqui? Quero lhe apresentar a Ana.

A mulher sorriu com doçura. Eva sentiu um calor incômodo subir para o seu rosto. Ela sentia um misto de raiva e tristeza, uma espécie de decepção dolorosa. Ela cerrou os punhos, e as luzes do quarto se acenderam por um momento e depois se apagaram novamente.

– Este lugar tem energia elétrica? – Herón perguntou, displicente.

– Vai à merda! – Eva gritou de repente, tomada de irritação.

A voz dela ecoou pelo quarto. Herón e a jovem que o acompanhava olharam para Eva surpresos e interrogativos. Ela deu as costas e caminhou pelo corredor, com os punhos e os dentes cerrados. A jovem não se lembrava de ter se sentido tão irritada em algum outro momento de sua existência. Uma mão alcançou seu ombro, impedindo sua caminhada. Ao olhar para trás, ela se deparou com Herón e sentiu que poderia socá-lo.

– Eva, você pode me explicar o que foi isso?

– Não! Não posso! – ela ralhou entre os dentes, quase rosnando.

Eva tentou dar as costas e ir embora, mas Herón a segurou.

– Por favor, me explica! O que foi que eu fiz?

– Eu também não sei! – ela gritou, irritada. – Eu fiquei puta da cara!

– *Cariño*... – Ele pareceu muito surpreso e um pouco incrédulo. – Você está com ciúmes?

Ela parou por um momento, não para analisar o que diria como resposta, mas para entender o que era aquilo, o que ela estava sentindo. Seu olhar ficou parado no corredor, quando ela suspirou. A raiva deu lugar a algum tipo de desapontamento.

– Sim... eu estou! – Ela respirou pesadamente. – Dá para acreditar? Eu estou com ciúmes! Por quê? Por que diabos eu estou com ciúmes? Nenhum dos nossos sentimentos dura, nós somos apáticos! Todos os esperadores ficam de boa, transando com todo mundo, ninguém se apega a ninguém! O Grande George me recolheu, me apresentou ao grupo, foi uma das pessoas mais amáveis do mundo comigo e eu esqueci em poucas horas todo o carinho que sentia por ele. Por que diabos meus sentimentos estão ficando intensos assim? Eu quero dizer, todo mundo está se divertindo horrores, eu deveria estar me divertindo também! Aquela mulher é maravilhosa, eu deveria ter entrado naquele quarto, tirado a roupa e comido vocês dois, mas não! Todo mundo está de boa e eu tenho que ser a psicopata possessiva!

– Isso deve ser horrível... – Ele refletiu. – Há um motivo para os nossos sentimentos não durarem. Nosso tempo de espera normalmente é muito...

– Curto! Nosso tempo de espera é curto e todo mundo está aproveitando, menos eu! – Ela deu as costas e seguiu pelo corredor. Herón não foi atrás dela. Ele não sabia o que dizer, pois também não entendia o que estava acontecendo.

Ela chegou até a parte de fora do hospital, respirando fundo o ar da manhã. Queria que aquele sentimento se esvaísse de seu ser, como havia acontecido com todos os seus sentimentos até aquele momento, porém ele permanecia como uma farpa em seu coração.

– Bela cena.

Ela olhou para trás, Mar estava apoiada na parede, fumando.

– A de agora? – Eva sentiu uma pontada de vergonha.

– A de ontem! Você e aquele cara, na beira do rio. Nem sabia que já havia acontecido outra cena hoje.

– Não foi exatamente igual à cena de ontem...

– Vocês esperadores não são muito notáveis no que diz respeito às suas habilidades, mas com certeza proporcionam uns shows muito interessantes.

– Esteja à vontade para assistir e seja bem-vinda se quiser participar! – Eva disse isso para disfarçar o fato de que ela não era exatamente igual aos outros esperadores. Por algum motivo, ela não conseguia confiar naquela mulher.

– Obrigada, eu gosto de ver. Quanto a participar, não estou interessada. Aquela sua colega Mary Ann Muller me entediou a ponto de eu não ter vontade de compartilhar nada com nenhum de vocês. A propósito, se você veio procurá-la, ela já entrou. – Mar deu um novo trago no cigarro e os olhos de Eva se arregalaram.

– Como você está fumando? A fumaça pode nos destruir!

– Não é um cigarro de verdade, é eletrônico. Então, tecnicamente, isso não é fumaça, é vapor. – Ela suspirou. – Eu ofereceria um trago, mas desencarnados não conseguem fumar.

– Então, por que você consegue?

– Porque eu sou especial. Você não é. – Mar percebeu que Eva franziu o cenho. – Olha, eu não estou dizendo isso para ofendê-la, não estou tentando ser má, mas é uma realidade. Vocês só conseguem beber água. Não conseguem tragar, encher a cara, usar drogas... coisas que eu consigo.

Eva encarou Mar de uma forma que mesclava desafio e sedução. Ela caminhou até Mar, sem perder o contato visual.

– Seus olhos ficam azuis quando você está com raiva – comentou Mar despreocupada. – Azuis não... roxos!

Eva se aproximou de Mar, que continuou encostada na parede, sem nenhum tipo de reação. Ela se aproximou tanto que por um momento parecia que iria beijar a mulher. Mar não moveu nenhum músculo, não esboçou nenhum tipo de atitude; era como se ela não sentisse absolutamente nada. Lentamente, Eva pegou o cigarro eletrônico das mãos de Mar.

As duas se encararam. Mar esboçou uma leve expressão de expectativa. Eva levou o cigarro aos lábios, segurando-o entre eles. Ela sugou o ar através do cigarro, fazendo com que sua ponta acendesse uma luz que se refletiu nos olhos das duas. Ela retirou o cigarro dos lábios. Lentamente, soltou a fumaça no rosto de Mar. Seus olhos voltaram a ficar escuros.

– Interessante! – Após a rápida avaliação, ela devolveu o cigarro eletrônico. – A propósito, a que tipo de drogas você se refere?

– Como você morreu, Eva?

– Esperadores não lemb...

– Como você morreu? – Ela tornou a perguntar, em um tom de voz mais incisivo. – Eu não vou repetir a pergunta.

Eva suspirou. Ainda não confiava em Mar, mas não podia negar que aquele interrogatório era no mínimo instigante. Depois de sua recente interação com Herón, Eva já não estava mais certa de que se encaixava bem com seu grupo. Na verdade, essa impressão já havia passado por ela algumas vezes. O motivo de estarem todos ali foi porque Eva os desalojou do beco seguro em que viviam. Antes de viajarem, ela havia tido a intensa vontade de deixá-los. Em algumas horas, talvez minutos, eles nem sequer pensariam mais nela. Talvez ela se encaixasse melhor no grupo de Mar.

– Eu fui enforcada.

Mar finalmente desencostou da parede, sorrindo tão vitoriosa e alegre que por um instante Eva teve a impressão de que seria abraçada.

– Eu sabia! – Mar não a abraçou, mas seu tom de voz empolgado era com certeza bastante envolvente. – Você não é igual aos outros! Você tem habilidades! Eu também tenho, Eva. Assim como as pessoas do terceiro andar. Juntos, nós estudamos! Nós tentamos descobrir até onde essas habilidades podem nos levar!

– Vocês estudam? Está querendo dizer que você tem uma escola de fantasmas no terceiro andar?

– Quase isso! – Mar riu. – Você poderia desenvolver essa habilidade conosco. Seu lugar é no terceiro andar, Eva.

– Meu lugar – retrucou Eva suspirando, lembrando-se dos outros esperadores –, é onde eu quiser estar.

Dando as costas, Eva entrou novamente no hospital. Por mais que ela concordasse e acreditasse que Mar estava certa quando falava sobre o terceiro andar, não conseguiria abandonar seu grupo. Não agora que havia despertado suas emoções e sentimentos. Seu tempo de deixar tudo para trás se fora, agora ela já não seria capaz de fazer isso.

Ela entrou no quarto coletivo e todos os esperadores estavam lá, arrumando suas coisas, como se estivessem prestes a sair. Ana também estava lá, ajudando Herón com as coisas dele. Eva se aproximou no momento em que a viu. Seu olhar estava baixo, ela não conseguia conter o sentimento de vergonha. No entanto, sentia que precisaria encará-los uma hora ou outra... E aquele momento não seria pior do que qualquer outro.

– Gente, eu queria pedir desculpas. – Ela baixou ainda mais o olhar. – Eu não sei o que deu em mim. Eu não podia ter gritado daquele jeito. – Ela se dirigiu a Ana. – Ana, estou muito envergonhada da forma como agi. É um prazer conhecê-la. Peço desculpas por antes, de verdade.

Ana abriu um lindo sorriso.

– Não tem problema, não estou chateada.

"Claro que não está, já se passaram alguns minutos desde o incidente e você não tem sentimentos para ficar chateada, assim como os outros esperadores", Eva pensou, porém, sem nada dizer, principalmente porque tinha medo de soar perigosamente igual a Mar.

– Está tudo bem, *cariño*! – Herón abriu um sorriso também. – Estamos nos arrumando para ir até o rio. Todo mundo vai. Quer nos acompanhar?

– Não, obrigada. Eu acabei de ter a conversa mais estranha do mundo com a Mar... Preciso descansar um pouco.

Os outros já estavam saindo do quarto. Herón sorriu novamente pouco antes de fazer o mesmo.

– Tudo bem, vemos você mais tarde. Não faça nada que eu não faria!

– Ou seja, posso fazer praticamente tudo!

Ela riu e se deitou, repousando as costas na cama. Havia tantas perguntas e ao mesmo tempo ela não tinha tanta vontade de pensar. Ficava imaginando como deveria ter sido sua vida, se sua morte estava sendo tão confusa. "Será que eu estava apaixonada por alguém quando morri? Uma pessoa da qual eu sentia ciúmes? Uma pessoa que lembrava dos seus sentimentos por mim, em vez de esquecê-los em minutos, como fazem os esperadores? Se essa pessoa existe, será que ela sente a minha falta? Será que chorou no meu enterro?". Ela deixou suas pálpebras pesarem. As nuvens densas no céu faziam o local se encher com uma luz fria, convidativa ao sono. Eva adormeceu.

"Não sonhe. Esperadores não sonham. Acho que esperadores não sonham." Então, quem estava falando com ela? Não sabia se estava sonhando. Ela via seus próprios pés molhados, caminhando pelo que seria o corredor de uma casa. Cães latiam. A porta do quarto estava aberta. Havia mais alguém lá. Havia alguma outra voz. A cama tinha lençóis tão limpos. Taças de vinho e papéis de bombom. Um corpo se contorcia preguiçoso na cama e uma voz murmurava: "Nós estamos tendo um caso".

Eva abriu os olhos, apavorada. O que havia acontecido? Acabara de ter um pesadelo? Isso era possível? Por quanto tempo havia dormido? Estava tudo mortalmente escuro, porém, de alguma forma, seus olhos estavam acostumados à escuridão. Talvez, por não serem exatamente olhos humanos. A luz da lua, entrando pelo vidro da janela, favorecia sua visão. Ela havia passado o dia todo dormindo. Talvez o trago no cigarro tivesse provocado aquele sono profundo. O quarto estava vazio, nenhum dos outros esperadores havia voltado. Eva se levantou, ainda um pouco atordoada.

Ela caminhou para fora do quarto. Quando chegou ao corredor, sentiu um arrepio de desespero lhe devorar o espírito. Ela se lembrava muito bem daquele lugar. Havia outros quartos ali, com outras pessoas e nenhuma porta! Então, de onde tinham saído todas aquelas portas fechadas? Havia apenas portas fechadas para onde quer que ela olhasse. "Onde eles estão?", ela se perguntou, e sentiu uma fisgada estranha em seu espírito. Uma espécie de fraqueza a acometeu e a fez voltar para o quarto.

Vasculhou as mochilas dos amigos em busca de garrafas de água. Encontrou algumas. Bebeu um tanto e jogou um pouco em sua cabeça, em seu rosto e suas mãos. "O que está acontecendo? Será que eu vou ouvir as três sirenes? É agora? Eu vou reencarnar?". Ela fechou os olhos, atentando seus ouvidos para qualquer ruído diferente, qualquer coisa que lembrasse o som de uma sirene. Em vez disso, suas narinas começaram a doer. Foi quando ela percebeu uma fina cortina de fumaça que dançava do lado de fora da janela.

"Onde eles estão?", ela se perguntou novamente, sentindo ainda a incômoda sensação de fraqueza. Não chegava a ser forte o bastante para derrubá-la, mas era suficiente para lhe causar um entorpecimento. Ela ainda estava relativamente segura, pois a fumaça estava do lado de fora, então concluiu que era por isso que ainda não estava tão mal. Mas, e eles? Estavam lá fora? Estavam presos em uma daquelas portas fechadas?

Ela precisava saber. Esvaziou a última garrafa sobre a cabeça e se levantou, caminhando pelo corredor e batendo nas portas. Suas mãos não surtiam nenhum efeito no confronto com a matéria sólida. O som sequer ecoava no corredor. Ela decidiu então gritar o nome de seus amigos. Gritou por quase um minuto até obter uma resposta. Ela ouviu seu nome sendo chamado de volta, de uma das portas do começo do corredor. Conforme corria para o local, o incômodo causado pelos resquícios de fumaça parecia desaparecer. Se havia fogo, ele estava no fim do corredor. Ela ouviu a voz de Mary Ann Muller vindo de um dos quartos.

– Mary? – ela perguntou, apoiando as duas mãos na porta.

– Eva? Nós estamos aqui.

– Vocês estão bem? Eu senti a fumaça.

– Fumaça? Do que você está falando? Não tem fumaça nenhuma! Eu quero sair daqui agora! – Mary Ann Muller reclamou.

– Eva? – Era a voz de Niki. – Você tem que se apressar.

– O que eu faço para ajudar vocês? – Eva estava desesperada.

– Nós estamos bem. Eles levaram o Herón, a Mar, a Praga e mais sei lá quem... Estávamos perto do rio... Não sei por quanto tempo estamos trancados aqui.

Eva se afastou da porta. Ela não conseguia mais ouvir o que Niki dizia. Seus olhos refletiam uma luz que não existia e seus punhos estavam cerrados de ódio. Ela não conseguia descrever a raiva que sentia. Era como se alguém lhe tivesse tirado um dedo enquanto dormia. Havia um desejo de vingança por ter sido roubada de uma parte de si, mas ao mesmo tempo uma surpresa, pois no lugar daquele dedo era como se nascesse uma garra afiada. Era como se alguém tivesse tentado vitimizá-la, sendo essa, por alguma razão, uma atitude que lhe causava abominação.

– Eu não sou... – ela ralhou entre os dentes – ... vítima de ninguém!

Ela olhou para a escada que dava para o terceiro andar. Seu corpo estava tomado por uma sensação febril. Ela subiu saltando os degraus de dois em dois até alcançar o andar de cima. Ao chegar, deparou-se com um corredor repleto de portas fechadas, com exceção de uma, que estava aberta. Mar estava parada na entrada, com os dedos entrelaçados na frente do corpo e um sorriso inatingível no rosto.

– Eva, meu bem, que surpresa adorável!

Eva não respondeu. Caminhou por aquele corredor como se ele não existisse. Raiva. Era assim e só assim que ela conseguia descrever seus sentimentos naquele momento. Desejava que Mar ouvisse as três sirenes e renascesse como um cacto no meio do deserto. Para que fosse drenada pelos viajantes. Que os animais lhe devorassem, que seus espinhos secassem ao sol.

Ela finalmente chegou até a porta aberta, que dava para uma espécie de galpão. Conseguiu ver por cima do ombro de Mar o universo que a estranha mulher havia criado dentro do lugar. Mar saiu de sua frente, permitindo que Eva entrasse. Naquele momento, ela não sentia mais raiva. O ódio de uma pessoa comum se escandalizava com algo realmente cruel e nefasto. Ela parou de pensar no quanto queria que Mar fosse um cacto e passou a querer apenas que ela não existisse.

– A primeira vez que eu fumei também dormi o dia inteiro.

– O que tinha naquele cigarro?

– Coisas que só fazem efeito em quem tem algo de especial. Como eu. Como você. – disse ela sorrindo, mudando de assunto. – Hoje mais cedo, seus amigos, Praga e Lago, me procuraram. Eles me contaram sobre algumas das suas dúvidas. Normalmente eu sou avessa a ouvir as conversas dos outros, mas querer saber o que acontece ao cortar o cabelo é uma dúvida muito interessante. Eu também tenho algumas dúvidas similares. O que acontece se cortarmos um de vocês ao meio? Não é como se vocês pudessem morrer, então qual das duas metades continua esperando?

E se podássemos alguns galhos? Sim, ali onde você está olhando é o canto da poda. Minha dúvida é se a árvore podada pode esperar como um toco... – Ela riu. – Eu sei que vocês mudam a própria aparência com o poder da mente. E se eu convencer sua mente de que você é um toco? Você passa a ser um? – ela perguntou, soltando uma risadinha delicada. – É tão curioso se você pensar também no fogo. Esse supera até mesmo seu poder mental, destrói até o esqueleto invisível. Então, o que acontece se queimarmos apenas seus olhos? Você se torna um desencarnado cego? Vocês... quero dizer... nós! Nós somos fascinantes! Somos a mente, entende? E, mesmo assim, sentimos dor. Minha dúvida é: o que tudo isso influencia quando voltarmos à vida?

– Não influencia em nada – Eva disse, resoluta. – Onde renascemos é aleatório. Você está torturando essas pessoas sem motivo algum.

– "Pessoas"? – Mar riu.

Eva percebeu uma camada de fumaça saindo por baixo de uma das portas, ao fundo do galpão.

– Estamos defumando um dos quartos. Você entende, tenho certeza. – Mar debochou. – Afasta os maus espíritos!

Eva se recorda então do porquê estava ali. Ela sabia quem estava naquele quarto.

– Deixe-o sair – disse ela, sem nenhuma entonação de voz.

– Como você controla os cachorros? – Mar perguntou, impassível.

Por um momento, Eva pensou em responder qualquer coisa. Pensou até em implorar. Mas, de repente, concluiu que estava lidando com uma chantagem, e isso exigia um certo nível de astúcia e frieza. Ela viu que no canto do galpão havia uma mesa repleta de velas acesas, que por motivos óbvios todos os outros estavam evitando. Ela se aproximou da mesa. Ergueu sua mão sobre a chama.

– Seria uma pena se eu me queimasse e você nunca obtivesse uma resposta.

– Quem foi que disse que isso não é exatamente o que eu quero que você faça?

– Talvez os cachorros tenham me dito.

Eva aproximou seu braço do fogo. Tão próximo que o esqueleto invisível de suas roupas se dissolveu. Mar gritou em um rompante:

– Tudo bem! Ele fica livre! E você... – ela declarou – você não sai do prédio e participa dos nossos estudos.

– Como posso ceder à sua chantagem se não tiver nenhuma garantia? – Eva aproximou seu pulso do fogo. Tão próximo que ele começou a queimar. Mar correu até ela e a empurrou para longe das chamas.

– Você tem a minha palavra! – Ela se dirigiu a Praga, e então Eva se deu conta da razão pela qual seus antigos colegas haviam sido tão bem aceitos no novo grupo. – Abra a porta.

– Eu preferia não abrir. – Praga reclamou.

– Ela quer o palhaço hispânico de volta. – Mar debochou.

– Exatamente! – disse Eva decidida. – Eu quero! Aliás, eu exijo meu palhaço hispânico de volta!

Praga revirou os olhos. A porta se abriu e todos os que estavam ali cobriram o nariz e a boca. Herón cambaleou para fora da sala, tossindo, movimentando-se com grande dificuldade, quase paralisado. A porta foi fechada, e Lago jogou baldes de água sobre todos. Logo estavam todos bem, com exceção de Herón, que parecia ter saído do próprio inferno.

Eva, Mar e Praga estavam suficientemente longe da tal porta para não sentirem os efeitos da fumaça.

– E os outros esperadores? – Eva indagou.

– Praga vai abrir a porta de onde está o seu grupo. Seus amigos poderão voltar para o quartinho de vocês.

– Eu sei abrir portas. – Praga sorriu. – Sei instalá-las também. E o Lago consegue abrir torneiras. O que você faz mesmo, esperadora?

Eva fez menção de atacá-la. Mar interveio.

– Já basta. – Ela olhou furiosa para Praga. – Dê-nos um minuto, por favor.

– Mas, eu... – Praga tentou argumentar.

– Agora! – bradou Mar, voltando sua atenção novamente para Eva, enquanto Praga se afastava, sem discutir. – Minha querida, eu vou lhe explicar. Ainda temos algum tempo livre antes que o palhaço consiga rastejar até onde estamos. Uma coisa é manusear portas e torneiras. Outra coisa totalmente diferente é controlar criaturas vivas. Eu tenho um grande interesse em você, a ponto de poupar e abrigar os seus amiguinhos, que são diferentes de nós.

– Nós... – corrigiu Eva, após hesitar por um momento – ... não somos tão diferentes assim!

– Meu anjo, você não se lembra de nada sobre a sua vida, mas eu vou lhe adiantar uma coisa a respeito dos desencarnados: os mais elevados apenas esperam seu momento de reencarnar.

Você pode encontrá-los fornicando por aí, rindo, tomando banho de rio... Apenas os de energia baixa possuem habilidades especiais. Batem portas, abrem torneiras... E pelo jeito alguns até controlam cachorros. – Eva tentou evitar o olhar de Mar, embora aquelas palavras ecoassem dentro daquilo que ela chamava de ouvidos. – Esses não têm medo dos vivos, acreditam que não são vítimas de ninguém. Normalmente, foram pessoas ruins, viciados, enganadores, e toda espécie de corja da humanidade. Preste atenção, minha querida: quando você estava viva, era uma pessoa ruim. Agora é uma desencarnada ruim. As coisas dão errado para todo mundo enquanto você está por perto. Você não pertence ao seu próprio grupo! Está mais para um *poltergeist* do que para uma esperadora! Outra coisa: já percebeu a quantidade de portas lá embaixo? Notou que ninguém grita ou reclama? Esperadores não se importam. Eles são apáticos porque se esquecem de como se sentem, e isso faz com que se adaptem a qualquer situação. Logo seus amigos ficarão assim também, então você verá que o único lugar ao qual irá se adaptar é o terceiro andar.

Herón havia finalmente conseguido rastejar até onde elas estavam. Eva se abaixou para ajudá-lo, tentando disfarçar o quanto havia sido afetada por aquele discurso.

– Acho que você entendeu bem o que é. – Mar suspirou, retomando sua aparência calma. – Amanhã vamos conversar. Ou então, eu...

– Eu já entendi, Mar! – Eva ralhou, levantando com dificuldade o corpo de Herón do chão. – Amanhã vamos conversar sobre os cachorros.

– Perfeito.

– Você não vai conseguir escolher onde renascer, se é isso que você quer. É aleatório. Você está torturando os outros por nada! – disse Eva, já conseguindo cruzar a porta da frente, carregando Herón.

– Mas eu vou saber como controlar os cachorros.

– E se você ouvir as três sirenes antes disso? – ela falou, enquanto ganhava o corredor, a caminho da escadaria.

– Quem disse que eu estou esperando?

Eva não olhou para trás, porém não parava de pensar. Quem não esperava pelas sirenes? Que tipo de sentimento poderia ser tão forte a ponto de uma pessoa morta não se importar com a própria reencarnação? "Mar está mentindo. Ela não está torturando essas pessoas para saber que efeitos isso tem em nossa próxima encarnação. Ela tem outros motivos." Eva continuou caminhando, rumo às escadas. Desceu com dificuldade, carregando Herón, que apoiava pesadamente um dos braços em seu ombro. Ele tropeçou várias vezes na escada, e ela sentiu todos os baques, percebendo toda a força que era necessária para segurá-lo. Mas se era sua mente que mandava e ela controlava o peso que sentia das pessoas, por que ele estava tão pesado? Novamente ela se viu inquieta, pensando na segurança dos colegas.

– Obrigado por ter vindo! – ele balbuciou.

– Eu estava preocupada com você. Com os outros também.

– Ah, eu estava quase achando que era uma coisa só entre nós, que bom que você enfiou todo mundo que a gente conhece no meio!

– Tecnicamente, não era para eu me preocupar com ninguém.

– E não era para eu estar sendo torturado depois de *muerto*. Parece que ninguém aqui está tendo o que quer, não é?

Os dois chegaram até o corredor. A porta do quarto onde os esperadores estavam trancados havia desaparecido. Eva percebeu que uma chuva fina caía naquele momento. Ela caminhou, levando Herón até a parte de fora do prédio. Sob a chuva, Eva sentiu sua força se restaurar. Ela ajudou Herón a se deitar no chão. Os dois permaneceram naquela reprodução inconsciente de *Pietà* por alguns minutos, enquanto a água restaurava a energia de ambos. Eva sentia as gotas deslizarem de seus cílios e não pensava mais em quais partes do seu corpo eram reais.

Aos poucos, Herón recuperou as forças a ponto de conseguir se erguer e se sentar ao lado de Eva.

– Obrigado... obrigado por ter salvado a minha... – Ele parou por um momento, reformulando a frase. – Obrigado por ter salvado a minha morte!

Eva riu.

– Herón, eu sinto muito. Não queria que nada disso estivesse acontecendo. Eu me sinto responsável...

– Você não tem culpa nenhuma! A Mar é uma psicopata! Ela já estava fazendo essas coisas muito antes de chegarmos aqui!

Os dois se levantaram e resolveram voltar para o quarto, onde os outros esperadores tentavam dormir. Eva foi até sua mochila, trocou suas roupas e vestiu uma regata e um shortinho de malha. Ela colocou as outras roupas na sacola, tentando transformá-la em um travesseiro. Herón estava tirando os sapatos e os jeans, preparando-se para se deitar, quando percebeu que Eva fazia os mesmos preparativos, só que no chão.

– Você está brincando, né? – Ele se surpreendeu. – Você não vai dormir aí!

Eva continuou arrumando seu local no chão, sem responder. Herón se sentou na cama, pensando que tudo aquilo era estranho e sem propósito.

– Evita, vem aqui, por favor – pediu ele, dando dois tapinhas no colchão.

– Eu... Herón, eu...

– Por favor, senão vou ter que ir até aí... e eu ainda não estou me sentindo muito bem.

Eva não queria negar nada a ele. Não apenas pelo fato de gostar muito dele, mas também porque ele havia sido torturado há poucas horas, e isso despertava nela uma profunda compaixão. Ela largou o que estava fazendo e se sentou ao lado dele na cama.

– Eu estava pensando sobre o que você me disse hoje...

– Herón, você....

– Racionalmente... – ele interrompeu. – Eu estava pensando racionalmente sobre o que você me disse hoje.

Eva tentou se concentrar no que ele tinha para dizer. Os sentimentos e as sensações dos esperadores sumiam rapidamente, mas no momento em que acontecem, são avassaladores.

– Eu não quero que você se sinta mal. Eu posso não entender o que você está sentindo, mas eu sei que não é bom.

– Herón, eu estou morrendo de vergonha! Sobre você e a Ana, eu não queria atrapalhar e...

– Eva, eu não transei com a Ana! – Quando ele disse isso, os olhos de Eva se acenderam. Ela baixou o olhar. Não queria demonstrar felicidade e tinha medo de que seus olhos mudassem de cor e a entregassem. – Quer dizer, eu ia... eu queria. Mas não aconteceu.

– Você pode transar com quem quiser, Herón! – Ela levantou os olhos. A felicidade havia ido embora. – Isso não é problema meu e eu não vou atrapalhar sua vid... sua morte! – exclamou, corrigindo-se rapidamente. – Só estou sentindo vergonha agora.

– Que coisa, você não me deixa terminar!

– Desculpe. – Eva sentiu-se envergonhada novamente.

– Eu não quero fazer nada para deixar você mal. Pelo menos não até você conseguir resolver as coisas dentro dessa cabecinha linda.

– Você está me dizendo...

Ele se aproximou, abrindo um sorriso malicioso.

– Se isso a faz se sentir bem, eu posso ficar só com você, *cariño*.

– Isso quer dizer que estamos tendo um caso? – Ela riu, debochada. – Por favor, Herón! Eu tenho senso do ridículo, nós estamos mortos! Você não precisa fazer acordos comigo e não precisa se preocupar. Eu vou conseguir lidar com o que está acontecendo na minha mente, e não vou deixar essa minha habilidade desnecessária me atrapalhar. Você deve sair com todo mundo que tiver vontade. E assim que eu conseguir controlar essas sensações estranhas, eu me junto a vocês!

– Tem certeza?

Ela meneou a cabeça afirmativamente. Ele a puxou para um ardente beijo. Eva correspondeu, passando as mãos pela nuca dele. De repente, ele se afastou, como se lhe faltasse o ar.

– Droga, ainda estou muito fraco.

– Deite-se, por favor. Você precisa descansar.

Eva se deitou ao lado de Herón, puxando um lençol sobre os dois, e se aninhou nos braços dele. Ela queria deixá-lo confortável. Havia o carinho que sentia por ele, a compaixão, mas também havia uma admiração que agora crescia dentro dela. Apesar de ser incapaz de sentir ou mesmo entender as sensações adversas de Eva, ele queria ajudar. Ele seria capaz de contrariar a própria natureza para não deixá-la desconfortável. Eva começou a pensar em como realmente fazia sentido que os esperadores fossem boas pessoas enquanto estavam vivos. Ternamente, ela afagou o peito dele, a barriga. Sua intenção era apenas confortá-lo, mas logo ela sentiu um peso aflito na respiração dele. Uma aflição que nada tinha a ver com a tortura de antes.

– *Me pones!* – ele rosnou, de olhos fechados.

Ela olhou para baixo dos lençóis e percebeu o quanto Herón tentava se esquivar de uma dolorosa ereção. Eva estava totalmente consciente de que ele já a teria virado do avesso se não estivesse se sentindo tão fraco. Ela sabia disso e talvez fosse uma maldade excitá-lo ainda mais, porém tocá-lo era muito tentador. Ela deslizou as mãos por ele, por cima da cueca. Sentiu sua enorme excitação, pulsando. Ele soltou um gemidinho abafado, mordendo o nó dos dedos.

– Se você prometer ficar bem quietinho... – sussurrou ela, deslizando os dedos para dentro da cueca dele – ... eu posso cuidar de você.

Herón colocou o dedo sobre os próprios lábios, prometendo ficar em silêncio. Eva se debruçou sobre ele, tomou seu membro nas mãos e começou a masturbá-lo. Ela murmurou no seu ouvido:

– Quero aliviá-lo...

– *Tu me vuelves loco!* – ele murmurou.

Ela continuou os movimentos. Enquanto acariciava seu membro, ela beijava o pescoço e a orelha do rapaz. Quando chegou ao clímax, ele precisou tapar a boca com a mão para que conseguisse cumprir a promessa de ficar em silêncio. Ela sentiu o corpo dele inteiro enrijecer e, em seguida, relaxar.

– Melhor?

– *Cariño*, quando eu não estiver tão podre depois de ter passado horas de tortura, eu vou compensar você!

Eva riu, debochada.

– Durma, Herón!

Eles adormeceram abraçados. Herón pegou no sono antes de Eva, cedendo à exaustão. Ela ficou ainda um tempo olhando para a escuridão e pensando em como seriam as coisas a partir de agora. Ela havia feito um pacto com Mar, uma promessa que não podia ignorar.

O dia amanheceu nublado e triste. Por algum motivo, saber que existiam pessoas sendo torturadas em um local próximo de onde você está e ter o receio de que você possa ser o próximo acabava com toda a diversão. Era como se fossem prisioneiros agora. Eva estava de pé, junto à janela, observando o tempo lá fora. A maioria dos esperadores já havia acordado e arrumava as próprias coisas. Herón ainda dormia.

Eva tinha em sua mente a incômoda certeza de que Mar jamais os deixaria ir embora. Ela não fazia ideia de como havia controlado os cachorros e não sabia como isso poderia ser ensinado para outra pessoa. Mar ficaria irritada, e talvez começasse a levar os esperadores para seus experimentos no terceiro andar. Eva sentia que precisava de um plano e ainda assim não conseguia pensar em nada.

De vez em quando lhe acometia a lembrança do que Mar dissera a ela, sobre o fato de ter sido uma pessoa ruim enquanto estava viva. Ela se perguntava se o grupo de esperadores chegou a vivenciar tantos problemas enquanto ela ainda não estava com eles, pois a impressão que tinha era de que tudo havia sido uma maravilha antes de ela chegar. Também pensava que eles estariam bem se ela não tivesse se juntado a eles; talvez ainda estivessem no beco, em segurança. Ela não conseguia abandonar a ideia de que toda aquela desventura era sua culpa.

– Como você está? – Mary Ann Muller estava parada de pé, na frente de Herón, que estava deitado e começava a despertar. Ela acariciou seu braço com ternura.

– Eu estou ótimo! – ele anunciou, irônico. – Ainda bem que o Grande George descobriu esse lugar sensacional! Mas não vamos dar todo o crédito a ele, né? Os nossos amigões Praga e Lago nos ajudaram a chegar até aqui! Este lugar é um resort! Tem camas confortáveis, um rio lá atrás, um calabouço de tortura no terceiro andar... Eu me sinto em um spa!

– A culpa é minha! – Eva soluçou. Ela não conseguia achar nada engraçado. O remorso a consumia.

– Ei! – Herón se levantou rapidamente e caminhou até ela. – Se você quer se culpar por todos os psicopatas da terra, vá em frente, *cariño*! Mas vá sabendo que isso não faz o menor sentido!

– Ela só levou você para o terceiro andar porque queria saber como eu controlei os cachorros. E ela não vai nos deixar ir embora. Ela não vai nos deixar ir embora nunca mais!

– Talvez a gente escute as três sirenes logo... – Niki suspirou – e aí tudo isso vai acabar.

– Três sirenes porra nenhuma! Eu não quero ficar preso nesse campo de concentração para mortos até acabar a minha espera! – John reclamou. – Nós viemos para cá para ter paz!

– E o que você sugere, John? – perguntou Dimitri, com a voz chorosa. – A Eva tem razão... essa tal de Mar não vai nos deixar ir embora.

– Ela não vai ter outra escolha! – John se levantou, determinado. – Nós vamos pensar em alguma coisa.

– John... – Eva indagou – você não tem medo? Quero dizer, olha o que houve com o Herón...

– Nós não guardamos medo por muito tempo. Os esperadores não têm...

– John, isso parece bom, mas é ruim! Vocês se adaptarão! Logo estarão letárgicos como os esperadores trancados nas outras salas! Eles não estão mais esperando sua vez de reencarnar, estão esperando sua vez de serem torturados!

– E quem foi que disse que isso acontecerá com a gente? – Mary Ann Muller reclamou. – Por que só você é diferente?

– Porque eu sou uma pessoa má. – Eva sentiu que a qualquer momento choraria. – Eu fui uma pessoa má quando estava viva.

– E deixe-me adivinhar... foi a Mar quem lhe contou isso? Você ainda acredita em uma palavra do que ela diz? – Mary Ann Muller parecia irritada. Normalmente, ela dizia várias asneiras, mas, dessa vez, Eva pensava que ela poderia ter razão. Mar mentia o tempo todo.

– Eva, nós esquecemos de como nos sentimos. – Niki disse, de repente. – Porque não temos um propósito. A espera não quer dizer nada, então nada quer dizer nada. Porém, veja, isso quer dizer alguma coisa! – Ela abanava as mãos na frente do próprio rosto. – Não estou conseguindo me expressar muito bem, mas veja! – Ela apontou para Eva. – Se você foi uma pessoa ruim, que usava suas habilidades para coisas ruins, agora tem uma oportunidade de fazer o contrário e ser diferente. Você pode salvar a gente. Isso é um propósito.

– E nós também temos um propósito, que é ter ideias e não nos deixarmos levar pela letargia. – Dimitri completou.

– Nós temos um propósito, não somos criaturas apáticas que só tomam água e trepam o dia inteiro – John afirmou.

– Eu preferia tomar água e trepar o dia inteiro! – Herón reclamou.

– A gente ainda pode tomar água e trepar! – Eva irrompeu, com um certo tom de desespero na voz, que fez com que Herón sorrisse. – Mas vamos fazer isso e nos livrar da Mar. Vocês têm razão!

– Até as três sereias! – John exclamou.

– Até as três sereias! – responderam todos, em coro.

Eles foram terminar de se arrumar. Eva sentia que estava se preparando para uma guerra. O dia estava frio. Ela vestiu seus shorts jeans, calçou o coturno e jogou a jaqueta de couro sobre os ombros. Estava terminando de prender os cabelos quando Mar surgiu na entrada, impecável como sempre, com um de seus vestidos que faziam sua vida parecer um eterno *brunch*.

– Eva? – ela chamou.

– Estou indo. – A jovem respondeu a contragosto, colocando os óculos escuros.

– Tire essa coisa ridícula da cara! – Mar repreendeu. – O sol não pode fazer mal a vocês, isso é uma criação das suas cabeças! Além disso, hoje nem tem sol!

Um pouco envergonhada de sua ingenuidade, Eva retirou os óculos e os jogou sobre sua sacola de roupas. Os outros esperadores ignoraram a presença de Mar e esse diálogo inicial. Não guardavam sentimentos de medo ou revolta contra ela, mas estavam focados na busca de seu propósito: sair daquele lugar o quanto antes. Eva caminhou até Mar, que lhe abriu um sorriso amigável. As duas caminharam pelo corredor.

– Ainda está com raiva de mim, Eva?

– Eu a odeio com a intensidade de mil sóis, Mar.

– Ora, mas por quê? – Ela arregalou os olhos em um espanto fingido. – Eu devolvi seu hispânico ontem. Embora acredite que ele não tenha sido tão funcional essa noite. – Mar fez uma pausa. – Foi? Acho que não foi, não é... *cariño*?

– Mar, se você abrir essa boca de novo, eu vou socar a sua cara!

Mar sorriu, triunfante. As duas finalmente saíram do hospital. Cinco pessoas já estavam esperando lá fora. Duas delas eram Praga e Lago. As outras, Eva ainda não conhecia, porém pareciam mais amigáveis que as demais do terceiro andar.

– Eva, aqui estão Lago e Praga, que você já conhece. Vou apresentar-lhe às outras pessoas. Essa é Ciclone – falou, apontando uma linda ruiva que sorria amigavelmente. – Vocês vão se dar bem, ela também foi enforcada! – Mar sorriu. – E esses são Perto e Longe – disse, mostrando dois gêmeos idênticos. Eva arregalou os olhos e Mar percebeu o espanto. – Trágico, não é? Foram assassinados também. Tiveram uma bola de ferro e correntes amarradas aos pés e depois foram atirados ao mar. Fiquei intrigada com essa história. Imagino que deva ter sido um crime passional. É... – concluiu, suspirando – tem cara de crime passional.

– Nossa, mas todo mundo aqui foi assassinado? – Eva estava surpresa.

– Como eu disse ontem, não fomos as melhores pessoas enquanto estávamos vivos, logo é natural que tenhamos sido assassinados. O interessante é que nos lembramos de como morremos, ao contrário dos ditos "esperadores". Cada um aqui tem uma habilidade especial. Praga pode abrir portas e instalá--las sem esforço. Lago consegue abrir torneiras. Ciclone consegue derrubar qualquer objeto. Perto e Longe conseguem manipular a eletricidade, você sabe, acender e apagar luzes, ligar e desligar aparelhos, essas coisas.

– E você?

– Eu consigo fazer tudo isso, Eva. – Mar respondeu, prontamente.

– E o que essa aí consegue fazer? – desdenhou Praga.

– Ela controla os cachorros.

– Ah, isso é ótimo! – Longe exclamou. – Eu estou precisando de um drink, então podemos usar essa habilidade dela para conseguir um.

– E vamos! – Mar respondeu, decidida. Em seguida, ela se voltou para Eva. – Vamos até a cidade hoje.

– Na cidade? Drink? Como assim? Vocês bebem?

– Bebemos o tempo todo... – Perto comentou – mas conseguir bebidas não é tão fácil assim.

– Conseguimos beber porque somos especiais, Eva. – Mar repetiu. – Ficamos embriagados também. Coisa que seus amiguinhos esperadores jamais conseguiriam. É uma sensação deliciosa! Vale a pena termos sido tão maus enquanto estávamos vivos.

As coisas pareceram clarear na mente de Eva.

– Vocês fizeram isso o tempo todo, não é? Entraram na casa das pessoas, assustando-as, pegando suas coisas... Então elas acabaram percebendo que o fogo, a fumaça e os cachorros afastavam vocês. E que a água atraía. Por isso a cidade é assim. Ninguém toma banho, e eles fizeram esses tonéis e colocaram os cachorros para denunciar a nossa presença. Eles sabem sobre a gente.

– Eles não sabem de nada! – Mar bradou. – Descobriram uma coisinha ou outra por tentativa e erro!

– Quem não sabe nada é a gente, que nem se lembra da própria vida... – Eva olhou para os próprios pés.

– Eu me lembro de tudo da minha vida. – Mar revirou os olhos. – Existiram vários outros assim, eles passaram por aqui. Vocês ainda não se lembram, mas eventualmente acontecerá.

O grupo começou a caminhar para fora do terreno do hospital. Eva queria saber mais sobre essa experiência diferenciada de Mar. Enquanto caminhavam depressa, Eva tentou acompanhá-la.

– Você se lembra de como foi sua vida? Como foi?

– Que pergunta ousada para o nosso primeiro encontro! – Mar debochou. – Vou saciar sua curiosidade. Eu era CEO de uma empresa multimilionária. Para chegar a esse cargo, tive que fazer uma série de coisas ilegais e mesmo criminosas. Morri com três tiros nas costas e não posso dizer que não mereci.

– Você se lembra da sua vida? Do seu nome?

– Não é da sua conta – ela declarou.

O grupo finalmente chegou à entrada da rua repleta de casas, tonéis e cachorros.

– Vamos lá, esperadora. – Mar desafiou. – Mostre-me o que é capaz de fazer.

Eva deu um passo para a frente. Por um momento, hesitou. E se ela não conseguisse? A entrada deles poderia ter sido um golpe de sorte. Ou talvez as outras coisas que ela havia desenvolvido nos últimos tempos, como os sentimentos, pudessem ter retardado sua habilidade com os cachorros. De qualquer forma, ela só saberia se tentasse. Sob o olhar esperançoso de Mar, os olhares agourentos de Lago e Praga e a curiosidade dos demais, Eva se adiantou para a rua, caminhando pelo centro dela.

Logo na entrada, os cachorros das primeiras casas avançaram assim que perceberam sua presença. Um deles começou a latir, atraindo a atenção dos vivos, o que fez Eva ter a certeza de que fracassaria. "Eles vão latir! Eles vão latir, os vivos vão acender os tonéis... Esse grupo nojento da Mar vai me jogar na rua. Eu vou ficar petrificada aqui para sempre enquanto eles torturam os esperadores." Ela olhou rapidamente para trás. Mar a encarava, com os braços cruzados, desafiadora. Eva voltou seus olhos novamente para a rua. O vento fresco balançava seus cabelos, a poeira voava sobre seu coturno. Tudo tinha uma razão de existir, cada grão de poeira tinha um propósito, os cães tinham um propósito. O que ela precisava fazer era alterar o que eles acreditavam.

O cão da primeira casa latia, rosnava e mostrava os dentes, mas, ao invés de recuar, ela deu um passo na direção dele. Um pensamento soava firme em sua mente: "Eu não sou vítima de ninguém!".

Ela abriu os braços e fez um sinal com as mãos. Juntou os lábios e soltou um estridente assovio. O cão parou de latir. Quando os vivos, assustados, já se encaminhavam para os tonéis, depararam-se com um cachorro dengoso, deitado, em posição de relaxamento, como se não houvesse perigo nenhum ao redor. Os vivos se acalmaram também, aceitando que aquele havia sido um alarme falso. Eva continuou fazendo a mesma coisa, caminhando pela rua. Seus braços abertos, seus olhos atentos, sua voz firme. Ao chegar à metade da rua, ela olhou para trás. Sorriu triunfante para um bando de olhos espantados e bocas abertas.

– Vocês não vêm?

Mar foi a primeira a seguir Eva. Todos os outros fizeram o mesmo, embora ainda um pouco assustados e hesitantes. Eles caminharam assim até chegarem ao final da rua e alcançarem a praça. Assim que todos passaram em segurança, Mar aplaudiu, animada:

– Isso foi fantástico! Você controla criaturas vivas!

– Criaturas vivas não, são só os cachorros – Eva corrigiu. – E, sinceramente, eu não sei como eu faço isso.

– Independente disso, foi incrível! Preciso confessar, esperadora, eu estou impressionada!

– Ótimo. Então, agora, já podemos voltar?

O grupo inteiro rompeu em uma sonora gargalhada. Eva sabia que eles não tinham a menor intenção de voltar tão cedo, mas por um momento chegou a crer que não custava tentar. Mar passou o braço pelos ombros de Eva e caminhou com ela pela praça.

– Eu sei que você está ansiosa para voltar para o seu grupinho – ela disse, tentando ser amigável. – Isso é porque você ainda não teve as melhores experiências com a gente. Acredite, depois de dar uma voltinha conosco, você verá que se encaixa muito melhor aqui. Eles são desencarnados bons, que provavelmente fizeram boas ações, ou que simplesmente tiveram uma vida mais fácil que a nossa. É fácil ser bom quando a vida não exige muito de você. Assim você acaba não exigindo muito da vida também. Gente que tem uma vida ruim acaba se tornando ruim... e exigente.

– Nossa, que inspirador! – Eva debochou. – Tem certeza de que você não era *coach* enquanto estava viva?

– Você está andando muito com aquele palhaço hispânico. Precisa melhorar as piadas – retrucou Mar revirando os olhos. – Agora...

Eva percebeu que, naquela breve caminhada, Mar a havia conduzido até a avenida principal, o mesmo caminho que os esperadores fizeram para chegar até a praça da primeira vez. O lugar tinha muito mais casas, cachorros e tonéis. Da primeira vez, seu grupo inteiro quase foi consumido pela fumaça. Uma pontada de insegurança fez com que ela hesitasse por um momento.

– Vai lá, domadora de feras! – Praga debochou odiosa. – Agora eu quero ver se você consegue! Mar, se ela não conseguir, eu quero levar os "esperadores" para o terceiro andar hoje mesmo!

– Ora, querida... – Mar soltou um suspiro maternal – tenha um pouco de fé. – Ela encostou no corpo de Eva, por trás. Com uma mão abraçou sua cintura e com a outra apontou para um local um tanto distante. – Está vendo aquela mercearia fechada? É para lá que queremos ir. Acha que consegue nos levar?

Eva lançou um olhar desafiador para Praga:

– Mantenha os olhos bem abertos!

Ela chegou até o início da rua. Respirou pausadamente, com os olhos fechados. Em um instante, conseguiu sentir as intenções de todos os que estavam com ela, quase como se pudesse ler seus pensamentos. Ela sabia o propósito de cada um; a energia que cada um deles emanava era como um aviso sobre o que sentiam naquele momento. Até então, ela não havia conseguido fazer isso. Ela pensou por um momento que, se ainda estivesse no beco, não teria feito nada, a não ser esperar. Essas habilidades só estavam surgindo porque, de uma forma ou de outra, toda aquela aventura estava exigindo dela uma série de atitudes. Aquele grupo, em específico, estava exigindo uma grande coisa... Por um momento, ela chegou a pensar se Mar não tinha razão.

Porém, a semente daquele pensamento não teve tempo de germinar em sua mente. Ela abriu os olhos. Enxergou o propósito de tudo ao seu redor, principalmente dos cães. Ela avançou pela rua, repetindo os mesmos sinais. Seu corpo precisou agir de maneira mais brusca, mais certeira, ela precisou liberar muito mais energia, pois havia muitas casas e muitos cães. Eva se movimentava de forma ágil, como uma predadora. Aos poucos, ela conseguiu calar todos os animais. Mais que isso, ela conseguiu acalmá-los de forma que todo o grupo conseguiu passar sem dificuldade pela rua.

Eles finalmente chegaram até a mercearia, e Eva estava muito cansada. Mar parecia extremamente satisfeita, como se houvesse ganhado na loteria. Havia um cachorro na frente do estabelecimento no qual eles queriam entrar.

– Eva, livre-se dele! – Mar ordenou, com soberania.

A jovem esperadora não sabia se isso funcionaria, pois até agora ela só havia conseguido calar e acalmar os cães. Ela se concentrou novamente. Quais eram as intenções daquele animal? Proteger? Guardar? Alertar? Atacar? Ela sentiu um pouco de tudo ao mesmo tempo. Seus olhos recaíram sobre o cão, com doçura. Ela se agachou perto dele. O animal se aproximou, tentando farejá-la. Ela estendeu a mão. Sua intenção não era que ele a farejasse, pois ela não tinha cheiro. Ela queria que ele sentisse sua energia, queria se conectar com ele.

O cão se aproximou dela, o focinho quase tocando os delicados dedos da jovem. Ela abriu a mão espalmada e, para a máxima surpresa de todos, aproximou a mão da cabeça do animal. Todos estavam boquiabertos, esperando para ver o que aconteceria. Ela o tocaria? O choque com um corpo vivo causava um tremendo estrago em qualquer desencarnado, sendo esperador ou não. Todos ficaram à espreita para ver o momento em que ela tocaria no cachorro e o corpo dela seria lançado pelos ares.

De repente, ela se afastou. O toque não aconteceu. O animal deu uma última olhada para ela e depois simplesmente foi embora. Mar gaguejou:

– Se você o tocasse...

– Eu não posso tocar em um vivo – Eva declarou, impassível. – Eu me machucaria terrivelmente. – Ela olhou para Mar, como se antecipasse alguma resposta insensível e quisesse se defender primeiro. – E vocês ficariam presos aqui. Acho que não seria positivo para ninguém, não é mesmo?

– Justo. – Mar assentiu. – Bom, vamos começar os trabalhos. Eva, a sua parte é ficar aqui fora e impedir que os cachorros da vizinhança façam um escândalo.

– Como? – Eva estava simplesmente abismada. – Vocês vão entrar?

– Prepare-se para o show! – Mar sorriu, sombria e agitada.

– Praga?

Praga passou por Eva, dando um encontrão violento em seu ombro.

– Menina dos cachorros, mantenha os olhos bem abertos!

Praga se aproximou da porta e colocou as mãos sobre a fechadura. Logo o som de um estalo metálico foi ouvido e, em seguida, a porta se abriu vagarosamente, rangendo. O local não estava vazio. Havia um vivo lá dentro e, assim que a porta se abriu, ele se encolheu, olhando para todos os lados, assustado. Mesmo à luz do dia, o interior do lugar era muito escuro. O vivo tateou as paredes, buscando pelo interruptor.

– Perto! Longe! – ordenou Mar.

Os gêmeos se aproximaram da construção. Percorreram os olhos pelo local e trocaram olhares de cumplicidade, como se estivessem combinando os próximos passos. Cada um dos irmãos colocou uma das mãos na parede, e nisso todas as lâmpadas do local se acenderam e, em seguida, estouraram. O vivo, lá de dentro, gritou assustado.

– Ciclone! – Mar chamou.

Nesse momento, Ciclone entrou no estabelecimento, tocando em diversos objetos, como copos e garrafas, derrubando-os ao chão. Apavorado, o vivo começou a gritar ainda mais.

– Eva, os cachorros! – Mar ordenou.

Sem pensar muito, Eva deu três passos na direção da rua e tentou controlar os cachorros da vizinhança, enquanto o vivo, aflito, chorava lá dentro. Ela tentou não perder a concentração com os sons das coisas quebrando, das torneiras se abrindo e das portas batendo, além do fato de que Lago e Praga riam satanicamente enquanto o vivo gemia apavorado. Aquilo parecia completamente errado e, mesmo assim, Eva não sentia ter escolha. Se ela não controlasse os cães, a vizinhança acenderia os tonéis. Eles ficariam presos, e sabe-se lá o que Mar faria se sua excursão terminasse dando errado.

De repente, uma porta bateu fortemente e ela percebeu um estalinho, como o som de uma chave virando. Depois disso, tudo ficou silencioso. O homem não chorava nem gritava mais, pelo menos não de uma forma que Eva conseguisse ouvir. Ainda de costas, ela conseguiu ouvir os passos dos colegas, caminhando dentro e fora do estabelecimento. Ouviu o som dos saltos de Mar se aproximando e sentiu uma mão firme massagear um de seus ombros. Nesse momento ela relaxou, deixando os braços caírem ao lado do corpo.

– Entre, querida... – Mar anunciou – vamos deixar sua morte um pouco mais interessante.

Eva obedeceu e entrou no estabelecimento logo depois de Mar. Os outros já estavam lá dentro. O local estava repleto de cacos de coisas quebradas. O esqueleto invisível dessas coisas havia se desprendido dos objetos reais, fazendo a baderna parecer muito maior do que seria perceptível aos olhos de um vivo. O lugar estava todo molhado, e as lâmpadas do teto jaziam estouradas e inúteis. Eva engoliu em seco.

– Onde ele está?

– O vivo? – Praga debochou. – Eu o tranquei no banheiro!

– Não se preocupe, querida, ele não vai nos atrapalhar. – Mar passou a mão suavemente pela cintura de Eva e, em seguida, se dirigiu ao balcão do bar.

Aquilo era inegavelmente errado. Eva se sentia muito mal por estar causando tamanha agonia àquele homem e, ao mesmo tempo, sabia que não poderia fazer qualquer coisa para impedir o que estava acontecendo. Ela se perguntava o motivo daquela grotesca realidade ser a sua agora e, antes que pudesse se ater aos detalhes dos seus sentimentos, começava a calcular as variantes que envolviam aquela cidade. Ela havia achado o lugar estranho desde que descera do caminhão, mas agora o estilo de vida e as reações dos vivos faziam sentido.

– Vocês fazem isso sempre. – As pupilas de Eva tremiam nas órbitas. – Vocês entram nas casas deles, apavorando-os. – Ela pausou, tentando manter sua linha de raciocínio. – Mesmo assim, eu não teria tanta certeza de que eles descobriram como evitá-los através da tentativa e erro. E se alguém os avisou? Isso é possível! – As mãos dela tremeram por um momento. – Alguém já conseguiu falar com os vivos?

O grupo se entreolhou por um momento, diante dos olhos aflitos, quase marejados, de Eva. Depois, cada um irrompeu em uma sonora gargalhada. Eva não entendia. Olhava para eles aflita, esperando uma resposta, e eles negavam. Deixavam-na chafurdar em suas dúvidas, enquanto satisfaziam suas próprias necessidades de se divertir à custa de alguém.

– Crianças... – Mar repreendeu, ignorando o fato de que há poucos segundos ela mesma estava rindo. – Não sejam assim. Vocês também não sabiam. – Ela enfileirou vários copos sobre uma mesa e abriu uma garrafa de uísque. – Eva, eu vou lhe contar nossa história com mais detalhes. Tempos atrás, antes de você chegar, este lugar era cheio de desencarnados com habilidades especiais. Alguns até mais fortes do que eu. O tempo deles, porém, foi acabando... Aquilo que vocês chamam de três sereias... Entretanto, antes disso, eles se divertiram muito pela cidade e as pessoas daqui foram encontrando suas maneiras de mantê-los longe. Foi através de tentativa e erro, eu não estou mentindo. Como macacos de circo aprendendo novos truques. Nenhum de nós consegue se comunicar com as pessoas, aliás, pelo que me consta, até hoje ninguém nunca havia conseguido se comunicar com nenhuma criatura viva. – Mar lambeu o polegar, onde havia derrubado bebida. – Percebeu o motivo do meu interesse por você?

– E o hospital? Como vocês conseguiram ficar com ele?

– É uma cidade pequena. Eles achavam que o hospital estava mal-assombrado e um dia decidiram abandoná-lo.

– Eles acharam...?

– Bom, tecnicamente, nós os expulsamos. – Ela pegou dois dos copos que havia servido, deixando os outros sobre a mesa. – Ao contrário dos esperadores, nós não temos medo deles. Eles podem, sim, nos machucar, mais do que nós a eles, mas eles não têm consciência disso. – Ela caminhou até Eva. – Quem sai perdendo, eventualmente, não é o mais fraco... é aquele que tem mais medo.

Ela entregou um copo na mão de Eva. Não era o objeto real, era o esqueleto invisível do copo, mas, mesmo assim, parecia incrivelmente real. Por um instante, Eva questionou consigo mesma sobre o que o espírito do álcool faria ao espírito dela. O que aconteceria se ela bebesse. Todos, pelo jeito, se perguntavam a mesma coisa, pois ninguém bebia, apenas a encaravam, esperando para ver o que ela faria.

O coração de Eva disparou em seu peito. Ela sabia que o álcool provocava um ressecamento e que eles se fortaleciam com a água, então, o que o consumo daquela bebida poderia lhe causar? Ela ficou com medo. Sentiu um pouco de raiva de si mesma por estar morta e, por algum motivo, temer por sua segurança. Não era como se ela estivesse segura. Alguém a assassinou.

Se havia tido qualquer tipo de segurança, essa já não existia há muito tempo.

– É a primeira vez deles também. – Mar apontou para Lago e Praga.

Eva apertou o copo nas mãos. Olhou para todos ali parados, esperando pela reação dela. Aguardando para ver se ela teria coragem. Desafiando-a. Eva levantou seu copo até a altura dos olhos. Respirou fundo. Por um momento, tentou imaginar de que cor seus olhos estariam.

– Viver é a arte de correr riscos! – Ela levantou o copo um pouco mais e, em seguida, levou-o aos lábios, deixando todo aquele líquido insípido correr pela sua garganta.

Não tinha sabor, mas queimava. Ela abaixou a cabeça, sentindo que, se abrisse a boca, soltaria labaredas de fogo, como um dragão. Ela fechou seus olhos apertados e, em seguida, os arregalou. Todo o seu corpo formigava, todos os seus instintos estavam aguçados, principalmente as novas habilidades que havia adquirido naquele dia. Ela podia sentir claramente as intenções e a energia de cada pessoa ou animal naquela avenida inteira. Ela podia sentir cada partícula de pó que se deslocava no ar, ouvia cada mosca presa em cada vidro. Nem uma folha de grama escapava de sua percepção. Tudo emanava energia. Cada tijolo, cada pedra, cada prego. Ela conseguia quase perceber a composição dos esqueletos invisíveis, do que era feita a energia de todas as coisas existentes. Ela tinha total conhecimento de seu próprio corpo, de cada milímetro da sua pele.

Eva sentia, por dentro, esferas energéticas nos locais onde eram seus órgãos, dando-lhe sinais do que haviam aprendido como sendo de um corpo. Tudo o que seu corpo produzia, como lágrimas, suor, sangue e gozo, desaparecia, porque nunca existiu. A energia dela os produzia. Ela produzia tudo o que havia em seu ser. Ela sabia onde cada célula estava. E, de repente, a jovem sentiu vontade de brilhar, como um troféu.

Ela percebeu cada uma das pequenas imperfeições das quais ainda não havia conseguido se desapegar. Pouco a pouco, fechou sua pele em um tom uniforme, até que parecesse ser feita de porcelana. Suas unhas e seus cílios cresceram da forma e do comprimento certos. Seus cabelos ganharam um dourado vibrante, que se estendia ao longo de cada fio. Eva sentiu que estava perfeita.

Mas por que parar aí? Por que se contentar em ser uma pessoa, se ela poderia ser todas as pessoas que existem? Por que estar ali, se ela podia estar no universo inteiro? Se ela podia ser todo o planeta, cada um de seus átomos, moléculas e sentimentos? Ela sentiu as árvores balançando lá fora. Alguns cachorros começaram a uivar.

Eva finalmente despertou de seu frenesi, sentindo Mar chacoalhando-a pelos ombros.

– Pare, Eva! – ela gritou. – Os cachorros!

Finalmente, a jovem emergiu de seu mergulho dentro de si mesma. Ela atinou para o lugar onde estava. Os copos estavam todos vazios, indicando que todo mundo havia bebido também. Eles estavam muito mais bonitos do que ela se lembrava, mas, mesmo assim, não pareciam ter ficado tão alterados quanto ela. Eles já estavam todos despertos, encarando-a estagnados, enquanto ela ainda deixava seu transe lentamente. Rompendo o silêncio, de repente, Lago arqueou as costas e vomitou uma substância viscosa no chão. Mar revirou os olhos para ele, antes de voltar sua atenção para Eva.

— Você precisa aprender a controlar sua energia. — Ela passou um dos braços pela cintura de Eva. — Venha, vamos sentar e beber um pouco de água.

Eva se acomodou em uma das cadeiras do estabelecimento. Ainda estava atônita, como se um sino tivesse badalado dentro do seu cérebro e acabado de ser silenciado. O bar vibrava. Prontamente, Mar foi ao seu encontro com um copo d'água. Eva bebeu devagar, tentando retornar àquele momento, àquele lugar.

— Eu vou lhe falar a respeito das minhas habilidades. — Mar suspirou de uma maneira calma, expressando uma sinceridade que não era sua, de costume. — Eu estou desencarnada há vinte anos. Quando cheguei aqui, eu era tão patética quanto uma esperadora. — Ela tossiu. — Sem ofensas, mas eu também não me lembrava de nada, exceto da minha profissão. Nem mesmo meu nome! Por sorte, encontrei um grupo que tinha um propósito que ia além de apenas esperar para reencarnar. Eram pessoas avessas, inconformadas e insurgentes. Todos tinham habilidades incríveis! Logo eles tomaram o hospital e, Eva..., não foi uma cena bonita. Os vivos não sabem lidar conosco, eles não fazem a menor ideia do que vai acontecer a eles depois que morrerem. — Ela pausou, tentando manter a compostura. — Nós os assustamos. Não temos outra escolha, precisamos desenvolver nossas habilidades.

— Quais são seus planos para essas habilidades? Eu sei que você mentiu quando disse que queria saber as consequências das suas torturas nas próximas encarnações. Você sabe muitas coisas para não saber que nossa reencarnação é aleatória.

– É óbvio que eu sei. E, sim, eu menti.

– Eu sabia. Você deve ter planos muito mais...

– Práticos? Urgentes? Nefastos? – Ela riu. – Quando eu comecei a desenvolver minhas habilidades, tinha planos muito nobres. – Mar abriu um sorriso quase melancólico. – Eu queria ajudar a todos, salvar o mundo. As primeiras habilidades que desenvolvemos são os sentimentos, deixamos de ser apáticos e começamos a nos importar, e isso vem com uma certa carga emocional. – Ela suspirou. – No entanto, isso muda quando você se lembra de como foi sua vida, de tudo o que passou e de como as pessoas são podres! O mundo dos vivos é um lugar horroroso! Sempre tem alguém querendo fazer você de vítima. Você quer ser uma vítima?

– Não! – Eva respondeu prontamente.

– Então, o que você quer? Qual é a sua vontade?

– Eu quero... – balbuciou Eva, parando por um momento, sorvendo mais um gole de água – ... uma coisa que desejo desde que despertei para essa existência: conseguir ler.

– Isso, infelizmente, é impossível – respondeu Mar decidida. – Nunca vi um desencarnado que conseguisse. Isso de ler ou sentir cheiros, não é algo que se possa reaver. Tem alguma outra coisa que você queira?

– Bom... – Eva refletiu – assim como você se lembrou de quem era quando estava viva, eu também gostaria de me lembrar.

– Eu vou ajudá-la com isso. Você provavelmente será a primeira de todo o grupo a se lembrar.

– Por que você diz isso?

– Eu ouvi sua conversa com o palhaço hispânico.

– Você tem que parar de chamá-lo assim!

– Você não estava com ciúmes. – Mar ignorou o que Eva acabara de dizer e simplesmente seguiu com seu raciocínio. – Aquilo foi um estilhaço de suas lembranças que foram partidas quando você morreu. O motivo pelo qual você queria exclusividade – continuou Mar baixando os olhos –, é porque, provavelmente, nunca teve.

– Esses estilhaços...

– São coisas que você queria, coisas que fazem falta para você, toda sorte de assuntos inacabados. Vão aparecendo assim, como estilhaços, até que chegará um momento em que você vai montar o quebra-cabeça inteiro. Apenas lembre-se de que este não será um processo bonito. Você vai deixar de ser uma esperadora e será quem você sempre foi. Você pode dizer adeus a essa menina boazinha e voluntariosa que quer ajudar os amiguinhos.

Eva parou por um momento, pensando se realmente queria se lembrar de quem havia sido enquanto estava viva, se isso significasse se tornar alguém igual a Mar. O grupo todo se reuniu, e juntos eles tomaram mais doses de bebida, porém Eva não se atreveu a fazer o mesmo. Apenas os observava e tentava notar suas reações. Todos pareciam mais fortes quando bebiam, mas ninguém demonstrava uma reação tão intensa quanto a dela. Lago demorou para se acostumar com a bebida, irritando Mar e fazendo com que ela questionasse várias vezes se ele estava ou não apto a acompanhá-los.

Depois de algum tempo, o grupo parecia ansioso para ir embora. Eles começaram a reclamar com Mar pela demora. Ela se levantou, soberana. Pediu que pegassem algumas garrafas de bebida, porque já estavam de saída. Eles obedeceram a ordem, e Praga encheu um pequeno cantil, que guardou no bolso do casaco. Eva questionou:

— E ele? — ela perguntou, apontando para a porta do banheiro, trancada.

— O que tem ele? — Mar indagou friamente.

— Temos que deixá-lo sair. — O seu olhar se voltou para Praga. — Abra a porta, Praga, por favor. Ele estava sozinho aqui, não podemos deixá-lo trancado até que morra!

— Algum vivo vai encontrá-lo! — Praga examinou as próprias unhas, desinteressada.

— Por favor, Praga. Não podemos deixá-lo para morrer.

— Podemos sim. — Praga deu de ombros. — Se ele morrer, uma hora ou outra ficaremos sabendo. Quando ele sair daí morto, os cachorros vão latir, então os vivos acenderão os tonéis e ele vai cair duro para uma espera interminável e dolorosa.

Eva não podia acreditar no que estava ouvindo. Uma parte dela queria crer que aquela crueldade era apenas uma forma que Praga encontrou de afrontá-la. Seus olhos se viraram esperançosos para Mar, no entanto, esta abriu as mãos espalmadas, livrando-se do fardo.

— Estou muito bêbada para abrir portas — ela disse, embora fosse incrivelmente óbvio que era uma mentira. — Além disso — continuou, e sua voz ganhou um peso mais verdadeiro —, ele pode sair correndo daí. Você nunca teve um encontro desagradável com um corpo vivo, não é, Eva? Se tivesse tido, não estaria tão ansiosa para abrir essa porta. Vamos deixá-lo aí.

– Não! – Eva gritou, determinada. – Eu não vou!

Eva se aproximou da porta trancada a passos largos. Todos caminharam lentamente para trás, aproximando-se ao máximo da saída, caso algum infortúnio acontecesse e o homem realmente saísse correndo do banheiro. Não queriam arriscar um esbarrão com a força de um corpo vivo, mas, ao mesmo tempo, também não queriam perder aquela cena. Todo mundo queria saber se Eva conseguiria abrir a porta, sendo que, até o momento, ela não havia demonstrado nenhuma habilidade nesse sentido.

As mãos da jovem tocaram a madeira da porta. Ela tentou imitar o gesto feito por Praga, porém sua ação não surtiu nenhum efeito.

– É apenas matéria! – Mar disse, de repente. – Não tem consciência. Não tente tocar a porta como ela faz – ensinou ela, apontando para Praga. – Ela manipula portas, você não. Você manipula coisas vivas.

"O que está vivo aqui?" Eva se aproximou ainda mais da porta, encostou seu ouvido na madeira. "O que está vivo?" Ela fechou os olhos, concentrando-se em cada som que a madeira produzia. Havia energia viva naquele objeto. A luz do pôr do sol que refletia sobre a maçaneta era uma energia viva. O ar frio do fim da tarde que entrava pela porta da frente também era. A vida circulava o inanimado e passava a fazer parte dele. O esqueleto invisível e o objeto real poderiam se fundir em um só, porque a energia invisível podia penetrar em tudo o que ela compreendia como realidade.

Eva se afastou da porta, encarando-a. Elevando a mão, ela fez um gesto semelhante ao que fazia para controlar os cachorros. Um som metálico de chave estalou no local silencioso. A porta se abriu vagarosamente, rangendo.

Quando a luz entrou no banheiro, ela pôde ver o homem. Sentado na privada, com as mãos no rosto, visivelmente aflito. Sujo. Eva sentiu pena dele. Uma piedade tão doce que ela teve vontade de abraçá-lo, embora soubesse que era impossível. Instintivamente, ela deu um passo na direção do vivo e, nisso, ele se levantou em um só rompante.

– Saiam da porta! – gritou Mar.

Todos saíram do bar e se encostaram na parede de fora.

O homem saiu atrapalhado do banheiro, seu corpo muito grande fez um esforço para correr. Eva deu dois passos para trás e levantou a mão espalmada na direção dele. O corpulento senhor ficou parado a um centímetro de distância dela. Ela sentiu a energia que ele emanava. Medo... pavor... desespero! Ele procurava alguma coisa com o olhar. Eva juntou seus lábios e assoviou calmamente. Ela deu mais um passo para trás. Ele deu mais um passo para a frente.

Por um instante, ele olhou certeiramente na direção dela. Sua energia não era mais de medo. Era alguma outra coisa que ela não conseguia decifrar. Os olhos da jovem procuraram os olhos do homem.

– Você... – ela perguntou em voz baixa – ... você pode me ver? Pode... me sentir?

No entanto, ele correu para o lado, quase arrebentando a portinha do balcão. Correu desengonçado para fora do estabelecimento. "Mas é claro que ele não podia me ver ou me sentir! Acho que deixei o poder subir à cabeça." Eva saiu logo depois, com os braços cruzados. O grupo do lado de fora aguardava por ela.

– Muito bem... – Mar disse, afastando-se da parede no instante em que Eva colocou os pés para fora do local – ... agora está na hora de voltarmos. Eva, pode fazer as honras com seus amigos caninos? – Ela sorriu sarcástica, apontando para a avenida.

– Poderia, mas... – disse Eva, arqueando uma sobrancelha, e continuou – ...talvez eu esteja muito bêbada para controlar os cachorros. – Ela saboreou rapidamente o breve momento de vingança.

– Muito bem. – Mar se aproximou. – Então você vai ficar presa aqui comigo. – Ela se aproximou ainda mais, tanto que seus lábios quase tocaram os de Eva. – Você gostaria disso, meu bem?

– Vamos! – Eva se afastou, bufando. – Vamos dar o fora desse lugar!

O caminho de volta foi bem mais tranquilo. Eva controlou os cachorros com mais facilidade. Ela se perguntava se sua habilidade estaria se aprimorando com a prática. Ninguém disse uma só palavra na volta para o hospital, porém Eva conseguia ver nos olhos de Mar que ela estava surpresa com todos os acontecimentos daquela tarde. A energia que ela emanava mesclava respeito, surpresa e algum tipo estranho de atração. Praga, em contrapartida, estava totalmente irritada. Eles não quiseram parar para um pequeno descanso ao chegarem na praça. Cruzaram-na direto para a rua que dava para o hospital, fazendo com que Eva elevasse seu nível de esforço. Quando terminaram de atravessar a última rua, ela estava exausta.

Apesar do cansaço, ela sentiu algum tipo de realização depois daquele evento. Algo que custava a admitir. Ela havia controlado os cães, feito com que uivassem, e afastado um dos animais de um local específico. Além disso, havia conseguido abrir uma porta, coisa que ainda não tinha acontecido. Ela continuava achando aquelas pessoas horríveis, e agora mais ainda depois do desejo sádico de Praga em deixar aquele homem vivo preso no banheiro. Embora as circunstâncias fossem ruins, estava orgulhosa de si mesma.

Durante a breve caminhada até a entrada do hospital, um outro pensamento surgiu em sua mente. Era sobre o momento que tivera com o vivo no bar. Ela sabia que não era possível que um vivo a visse ou sentisse sua presença. Mas e se fosse? Ela só conseguia imaginar a infinidade de possibilidades que isso poderia trazer. Não apenas para ela ou para o seu grupo. Para todo mundo! Ainda assim, havia descoberto seus novos talentos em uma tarde que havia sido indesculpavelmente cruel. Antes que entrassem no hospital, ela tocou o ombro de Mar.

– Espere, por favor.

Todos pararam de caminhar também. Mar fez um sinal com a cabeça para que seguissem em frente e as deixassem a sós. Eles obedeceram, embora Praga tenha feito a contragosto, visivelmente irritada. Mar lançou um olhar interrogativo para Eva.

– Eu... – Eva balbuciou – ... eu queria lhe pedir uma coisa.

– Pode falar.

A voz dela soou estranhamente doce. Eva estava esperando que ela se negasse até mesmo a ouvir o pedido. Respirando fundo para criar coragem, ela finalmente disse:

– Mar, eu gostaria de pedir que parasse de torturar aqueles esperadores no terceiro andar.

– Ah... – ela suspirou – eu entendo, parece um tanto... bárbaro, não é? – ela perguntou, aproximando-se. – Além disso, parece tolo testar a resistência de frágeis esperadores enquanto tenho um esqueleto invisível tão forte à minha disposição. – Os olhos dela percorreram o corpo de Eva. Mar estendeu a mão e tocou o rosto da jovem. – Vamos fazer o seguinte, meu bem. Eu vou libertar todos que estão no terceiro andar. Vou reconstruir seus corpos. – Ela riu. – Não é difícil, basta convencê-los de que estão inteiros e eles sairão andando de lá, como se nada tivesse acontecido. Se você ainda não sabe, eu sou muito convincente. Hoje ainda eles dormirão em suas caminhas macias, repletos de água e sexo sem compromisso, como vocês tanto gostam. E em troca – continuou, aproximando-se ainda mais –, você vai me ensinar a controlar criaturas vivas, assim como eu a ensinei a abrir a porta.

Eva engoliu em seco. Ela não sabia se seria capaz de ensinar sua habilidade para alguém. No entanto, aquela era a única forma de garantir que Mar não machucaria mais ninguém, ao menos por um tempo.

– Eu concordo – Eva disse, finalmente.

Mar sorriu, triunfante.

– Fico feliz. Agora, por que não se junta aos seus amigos no rio? Eles com certeza estão lá, eu consigo ouvir seus insuportáveis risinhos daqui.

Eva se preparou para fazer exatamente isso. Quando estava prestes a ganhar o caminho que contornava o hospital, ouviu Mar chamá-la.

– Eva! – ela disse. – Eu espero que você não descumpra o nosso trato, ou vou ter que voltar às minhas experiências. Algumas delas envolvem queimaduras, e você sabe... nem eu posso desfazer a destruição causada pelo fogo.

Dando as costas, ela foi embora. Eva olhou para o próprio punho, que havia segurado sobre a chama de uma vela no dia em que fora até o terceiro andar para resgatar Herón. Sua pele havia ficado escura e rija naquela região, como se um pedaço de sua pele fosse feito de pedra. Mar tinha razão. Nada podia reverter o efeito do fogo. Ela caminhou ao redor do hospital, pensando. Quando se aproximou da trilha, as vozes dos esperadores se tornaram mais nítidas. Eva temia por eles, pois realmente não queria que se machucassem.

Ao chegar no rio, ela observou seus amigos. Eles já estavam saindo da água, se secando e vestindo as roupas. "Quanta putaria deve ter rolado nesse rio hoje", pensou, rindo. "E por que se secar? A água evapora do nosso corpo tão rápido." O pensamento dela foi cortado por outro: "Talvez seja simplesmente pelo prazer do toque do tecido sobre o corpo". Isso levou Eva a observá-los ainda mais atentamente, principalmente no que dizia respeito aos seus corpos. Eles os tinham, mas ao mesmo tempo não eram reais. Seus corpos eram modificáveis, podiam ser alterados apenas com o poder do desejo. Era isso... o desejo! Seus corpos eram desenhados para saciar seus desejos. Quais seriam as pequenas coisas que cada um deles havia mudado inconscientemente? Ou, talvez, conscientemente?

Ela não havia mudado muita coisa desde que fora encontrada por Grande George, mas, e seus olhos, de que cor realmente seriam? Nesse momento, Eva percebeu que queria muito saber quem ela havia sido quando estava viva e o que havia feito. Ela não estava totalmente convencida pela ideia de Mar de que possuía habilidades porque havia sido uma pessoa ruim, até porque não acreditava que existissem pessoas ruins. Esse pensamento a pegou de surpresa. "Eu acredito em uma coisa em detrimento de outra. Acredito que todos sejam bons e ruins ao mesmo tempo. Eu tenho uma crença. Sou uma alma penada que nenhum deus ou entidade veio buscar e ainda assim eu tenho uma crença!", ela suspirou. "Mas antes, quando havia acabado de morrer, eu não tinha. Antes eu também não sabia abrir portas, controlar cachorros, ou..."

Nesse momento, uma súbita esperança nasceu no âmago do seu ser. Mar a havia ensinado a abrir portas e queria ser ensinada a comandar os cachorros. "Ensinar. Nós podemos aprender. Se nós podemos aprender, não existe motivo para que os outros também não possam." O olhar dela se voltou para os esperadores que se trocavam na beira do rio. "Será que eles não poderiam aprender?"

Eva suspirou, olhando para cima, como se buscasse alguma inspiração. Anoitecia brandamente, e a penumbra chegava numa calmaria arrastada. Uma revoada de pássaros migrava no céu, mantendo o formato em V. O mesmo formato que eles haviam feito para sair do beco. Ela se lembrou do momento em que Grande George pedira para que trocasse de lugar com John. O pensamento que iniciou com uma saudosa doçura de repente trouxe uma ideia que explodiu em sua mente, como uma bomba. Ela se aproximou a passos largos.

– Pessoal!
– Puta merda, o que aconteceu com você? – Niki arregalou os olhos.

Eva olhou para baixo, para seu corpo, suas mãos e seus cabelos. Ela tinha esquecido que fizera algumas alterações em sua própria aparência no momento da bebida. Ela estava exatamente como gostaria de estar. E pelos olhares dos outros, eles também queriam que ela estivesse exatamente daquele jeito. Entretanto, seus pensamentos naquele momento eram outros. Ela tirou o casaco, atirando-o no chão.

– Tirem a roupa de novo e voltem para o rio. É sério, eu tive uma ideia!

Herón já havia jogado a toalha longe, porém os demais ainda se demoravam um pouco, sem entender muito bem.

– Vamos, gente! – pediu, tentando apressá-los, enquanto arrancava as próprias roupas.

– Eu também? – indagou Ana, que pelo jeito havia se juntado ao grupo. Eva fez um sinal com a mão, para que ela se juntasse a eles.

Assim que ficou nua, Eva apoiou o pé em uma pedra e saltou no rio. Aos poucos, seus amigos a seguiram. Ela fez um sinal com as mãos, para que todos ficassem muito próximos, em um círculo, dentro do rio.

— Qual é o plano? – perguntou John, arqueando uma sobrancelha.

— Nós temos que conversar aqui. Nus. Ela não vai se interessar em ouvir o que estamos falando se pensar que estamos apenas numa orgia, de boa.

— Eu realmente achava que a gente ia entrar numa orgia, de boa... – Herón revirou os olhos.

— Cala a boca! – Eva repreendeu. – É como falar com uma criança! – ela bufou, inconformada. – Vocês precisam me ouvir ou cairão nas mãos dela!

— Dela quem? – indagou Dimitri. – Do que você está falando?

— Da Mar. Ouçam! Prestem muita atenção!

Então, Eva começou a narrar todos os acontecimentos daquele dia, incluindo seu momento com um homem vivo, coisa que Mar não sabia que havia acontecido, pois estava do lado de fora do estabelecimento nessa hora. Todos ouviram com expressões atônitas até que ela terminou sua narrativa contando sobre a conversa que teve com Mar, antes de encontrá-los. Niki abriu uma expressão vitoriosa.

— Isso é ótimo! Eva, ninguém vai ser torturado por sua causa! Você foi uma heroína, nós deveríamos comemorar!

— Podemos comemorar com uma orgia! – sugeriu Herón.

— Já não fizemos orgia o bastante por hoje? – indagou Ana, sorrindo.

Eva bateu com a mão na água, nervosa:

— Prestem atenção!

— Evita, olha que essa comemoração seria...

– Para de ser um bostinha alienado e me escuta! A Mar quer que eu a ensine a controlar os cães, coisa que ela não sabe fazer. Até hoje eu não sabia abrir portas, mas ela me ensinou. Se nós conseguimos aprender coisas, vocês também conseguem.

– Você acredita mesmo nisso? – Mary Ann Muller perguntou, incrédula.

– Sim, porque o Grande George acreditava. No dia em que ele ouviu as três sirenes, eu quase fiquei para trás, mas ele insistiu muito para que eu viesse. É como se ele soubesse que em algum momento eu poderia ajudar. Isso pode salvar vocês! Pode salvar todos nós!

– O Grande George também trocou você de lugar com John no dia da viagem – completou Niki. – É realmente como se ele soubesse...

– Sim, aqueles lugares tinham um motivo! Quando estávamos naquela formação, ninguém ficava para trás.

– Sim, porque os mais fortes estavam na frente, puxando os outros... – interrompeu Mary Ann Muller.

– E você acha que nossa força tem alguma coisa a ver com nosso tamanho ou com nossos músculos? Estamos mortos! Somos energia! Nós passamos energia uns para os outros, é assim que conseguimos nos movimentar sem deixar ninguém para trás. As pessoas da frente não estão puxando as outras, elas estão...

– Ensinando! – Dimitri concluiu, entusiasmado.

– Grande George nos mostrou isso, e agora precisamos colocar em prática!

– Tá... – Mary Ann Muller voltou a falar, um pouco confusa – mas o que você vai ensinar para nós? Controlar cachorros? Abrir portas? Soltar uns velhos vivos de dentro do banheiro?

– Nada disso vai ser útil para vocês nesse momento. Vocês precisam deixar de ser esperadores. Precisam de um propósito para não se tornarem iguais aos outros que estão completamente à mercê de Mar. Vocês precisam aprender a manter seus sentimentos.

– Você quer que a gente vire um bando de rancorosos? – reclamou Mary Ann Muller.

– Tenho certeza de que não é bem assim... – Ana tentou interceder.

– É exatamente isso! Vocês não vão conseguir se defender da Mar se não sentirem raiva, rancor ou medo dela. As emoções que ficam gravadas em nós fazem parte de quem somos, são a essência do nosso propósito. Vocês podem simplesmente ficar esperando que as três sirenes venham como algum tipo de milagre... – Eva estendeu as duas mãos para a frente – ou podem vir comigo e lutar por sua existência e por seu destino. Eu peço... não... eu ofereço minhas mãos para que todos se segurem na mesma ordem da formação da viagem.

Eles hesitaram por um momento; não sabiam muito bem o que aquilo significava e não sabiam se funcionaria. No entanto, estavam tão acostumados a serem levados pelos impulsos que uma ideia tão impulsiva parecia impossível de se recusar. Eles sabiam se organizar dentro daquele tipo de formação. Herón segurou a mão esquerda de Eva; Dimitri, a direita. Niki segurou a mão de Herón e a de Ana, e John segurou a mão de Dimitri.

Mary Ann Muller ficou um pouco hesitante, mas logo John ofereceu sua mão a ela, que aceitou. As energias fluíram pela formação, deixando claro que todos estavam onde deveriam estar.

Eva fechou os olhos, tentando canalizar suas forças, tentando trazer de volta tudo o que havia sentido naquela tarde. O impulso estava em todas as coisas. Tudo era circulado por energia viva. O mesmo ar vivente que passava pelo trinco da porta era o ar que circulava aqueles corpos naquele momento. A água funcionava como uma sensível condutora de energia e de força para dentro deles. Ela tentou acessar as intenções de cada um, como havia feito com os cães, com Mar e com aquele homem vivo.

A façanha do grupo de Mar naquela mercearia era o reflexo do que ela fazia com a mente de todos. Quebrava coisas. Estourava lâmpadas. Abria portas. Eva concentrou todo o seu ser naquele momento, transferindo através de suas mãos toda a sua fúria, toda a paixão, todo o desespero, o despeito, o remorso, o carinho, o repúdio, o medo, a tristeza, a alegria, o êxtase, o amor.

Eva abriu seus olhos arregalados, cintilando todas as cores que existiam. O universo passava por seu corpo e se expandia através das suas mãos. Em uma explosão de sentidos, experienciou a impressão de que todas as energias, de tudo o que era vivo, passavam por ela. Para as mãos que segurava, a jovem não era um porto seguro, mas sim a crista da onda, o pico do dilúvio. De súbito, essa onda se quebrou, espalhando vida para dentro de toda aquela espera. Em seguida, Eva sentiu uma imensurável fraqueza e despencou, afundando na água e soltando as mãos de Herón e Dimitri. Nos segundos em que ficou submersa, voltou a si. Seu estado de expansão encolheu até o ponto em que estava antes daquela experiência. Dimitri puxou o corpo dela de volta à superfície.

Confusa, ela emergiu, sentindo os efeitos daquele momento de troca. Ela tossiu e tirou os cabelos do rosto, esfregando os olhos para que pudesse vê-los. Ainda não se sentia totalmente restabelecida, continuava apoiada nos braços de Dimitri, mas, mesmo assim, precisava saber se havia funcionado. Nada parecia ter acontecido. Eles pareciam iguais. Entreolhavam-se de maneira indecifrável.

De repente, Ana soltou a mão de Niki. Ela agradeceu a experiência, mas explicou que gostaria de voltar ao seu quarto. Eva a observou de longe. A jovem saiu do rio e rapidamente alcançou sua toalha, cobrindo o corpo. Parecia estar com vergonha. Mas, por que ela estaria com vergonha agora, depois de ter passado a tarde nua com eles, fazendo todo tipo de coisas que exigiriam uma total falta de pudor? Ela mesma havia acidentalmente confessado ter praticado orgias com eles. Por que estava envergonhada agora? O olhar de Eva se animou.

– Bom, não funcionou! – disse Mary Ann Muller, inesperadamente. – Ainda estamos iguais! Devíamos ter ouvido a sugestão de Herón e feito uma orgia em vez dessa sua ideia, Eva.

– Não! – Eva contestou. – A minha ideia tem um propósito, não acredito que você esteja mesmo considerando que seria melhor ter seguido alguma das tolices que o Herón fala.

Nesse momento, abruptamente, como se estivesse se afastando com rapidez para não se meter em uma briga, Herón deu um passo para trás e gritou:

– Pare de falar de mim como se eu fosse um idiota, *carajo*!
– O olhar dele estava em fúria e diretamente voltado para Eva.
 – Herón, eu só estou dizendo que se Mar pode aprender...
 – *La puta madre*, Eva! Essa mulher me torturou durante horas ontem naquela *mierda* de calabouço que criou no terceiro andar! E desde que você chegou do seu "passeio", parece muito empolgada com a tarde que tiveram juntas!
 – Herón, você está com raiva de algo que aconteceu ontem...
 – Ódio! Eu estou com ódio de algo que aconteceu ontem! – ele rosnou entre os dentes, de forma agressiva e ressentida. – Eu nunca vou esquecer o que aconteceu ontem! E desde que você chegou, só fala sobre si mesma! Como você teve uma ideia, o que você fez, o que você quer que a gente faça! Não somos seus fantoches!

De repente, o olhar de Eva se voltou para Niki, que havia começado a chorar.
 – Ah, meu Deus, nós deixamos o Grande George para trás! – ela levou as mãos ao rosto e chorou copiosamente. – Nós não devíamos ter feito isso, vamos sentir tanta falta dele! – disse, chorando ainda mais.

Eva mal podia conter a emoção em seu rosto.
 – Funcionou – ela murmurou, maravilhada. Ana foi embora envergonhada, Niki não parava de chorar e Herón estava extremamente nervoso com algo que qualquer esperador já não se importaria. – É incrível! É como... como... a ciência do bem e do mal.
 – Ah, claro! – Herón ralhou. – A ciência do bem e do mal! E você a trouxe para nós! Porque você é Deus, agora! *Deja de joder*, Eva! Eu vou entrar! – disse irritado, saindo do rio.

Eva deixou que ele se fosse. Ela estava feliz. Muito, muito feliz. Eles haviam deixado de ser apáticos, não ficariam aguardando a hora de serem torturados. Eles estavam aprendendo habilidades, estava dando certo. Eva já havia recuperado suas forças e nadou para perto de Niki, segurando o rosto da colega com as mãos.

– Eu também fiz uma cena quando os sentimentos voltaram a fluir em mim. Está tudo bem. É isso que nós precisamos. Estamos no caminho certo.

– Eu não sei... – Dimitri disse – eu estou morrendo de medo...

– Também estou com medo... – John confessou – mas um pouco revoltado também, principalmente com Praga e Lago, que viajaram conosco para depois se unirem àquela psicopata da Mar.

– Eu, em compensação, não estou sentindo nada! – mentiu Mary Ann Muller, que estava tomada de inveja e de ciúmes por suas paixões não correspondidas.

– Pessoal, eu sei que as sensações e os sentimentos são incômodos, mas eles são necessários. Se a gente não sente nada, não guarda memórias e as coisas se repetem. Não estamos mais no beco, não somos só nós! Agora precisamos das lembranças para nos defendermos da Mar e dos amigos dela. Não dá para sermos parvos e esquecermos em poucas horas o quanto estamos em perigo! Por falar nisso... – Eva refletiu – precisamos ir atrás da Ana e do Herón. A Mar não pode saber que vocês estão desenvolvendo habilidades.

– Eu e a Mary podemos ir – disse John. – Você e o Dimitri ficam mais um pouco e ajudam a Niki. Ela também não pode dar bandeira.

O olhar de Eva se voltou para Niki, que agora chorava por todos os desenhos que havia feito no beco e que ninguém jamais veria. Ela concordou com John, aquela divisão estava perfeita. Os três saíram do rio, se secaram e se vestiram. Depois de algum tempo sendo consolada por todas as saudades que sentia, Niki já estava melhor. Dimitri sugeriu que seria um bom momento para voltarem. Eva anunciou que gostaria de ficar um pouco mais antes de entrar. Ela ainda precisava lidar um pouco com seus próprios sentimentos, pois havia deixado de ser uma esperadora apática antes de qualquer um.

Eles concordaram e logo ganharam a trilha. Eva estendeu uma toalha grande e felpuda no chão. Ela se deitou e se cobriu com o casaco de couro, aconchegando-se enquanto olhava para a lua. Ela estava feliz pelos seus feitos daquele dia, mas agora um novo pensamento constante se instalara em sua mente: para onde iriam depois de ouvirem as três sirenes? Será que em um ou dois meses renasceriam e nada daquilo faria diferença? Ou ficariam esperando por décadas, como Mar e o Grande George? Eva se lembrou do homem trancado no banheiro e começou a pensar na possibilidade de que ela tivesse, de fato, estabelecido uma conexão com ele.

"E se pudéssemos avisar aos vivos o que acontece com a gente depois que morremos? Sabendo que reencarnamos em algum lugar completamente aleatório, será que as pessoas não teriam o ímpeto de mudar o mundo inteiro para que qualquer lugar do planeta fosse bom? Se todo mundo vivesse em igualdade social, se todos os lugares do mundo fossem bons para se nascer, se todas as grandes potências dividissem seu poder e sua fortuna com os países menos abastados... A espera aqui seria diferente, porque saberíamos que nada de ruim nos aguarda." Eva suspirou, lembrando das palavras de Mar sobre ser fácil ser bom quando a vida não exige muito de você. "Ela pode ser uma psicopata, mas nisso ela tem razão."

Eva continuou devaneando. "Se pudéssemos avisar aos vivos, eles mudariam a sociedade. Eu sei que mudariam. Todos teriam as mesmas chances. É claro que coisas ruins podem acontecer. Não podemos evitar acidentes, mas podemos evitar o mal que está imposto a todos. As coisas mudariam, porque não se trata apenas da vida ideal de um indivíduo, mas de todas as pessoas que ele ama! Ninguém mais mataria ninguém, ou torturaria, ou estupraria, ou toda sorte de coisas que fazem... Não se soubessem que a vítima pode ser sua avó ou mãe que renasceu naquele corpo."

Seus pensamentos não se calavam nem por um minuto sequer. "Os vivos não se preocupam apenas consigo mesmos, mas também com aqueles que fazem parte de sua vida. As guerras não mais existiriam, porque ninguém permitiria que seus filhos lutassem nelas. Aliás, por falar em filhos, as pessoas que amam seus filhos seriam as primeiras a encabeçar uma mudança mundial, assim que ficassem sabendo que seus adorados filhinhos não só morrerão, como também renascerão em algum outro lugar depois. Vão querer ter certeza de que todos os lugares do mundo são bons para se viver."

Embora o sono começasse a pesar em suas pálpebras, ela continuava meditando sobre tudo aquilo: "As religiões, uma vez sabendo que estavam todas erradas, esqueceriam suas rivalidades e se uniriam em uma entidade que serviria para expandir a filosofia de paz e respeito entre todos! E todas as igrejas, templos e sinagogas pregariam exatamente a mesma coisa: a verdade! Sem mais um deus para amar, os religiosos passariam a amar seu próximo e a cuidar dele. Os partidos políticos também não seriam mais necessários, uma vez que todas as pessoas do mundo passariam a ter a mesma missão. Poderíamos ter um porta-voz a princípio, mas mesmo este não buscaria ter mais poder ou bens que os outros. Não se ele estiver sabendo que seus bem-amados, e até ele mesmo, nascerão em outros lugares aleatórios depois da morte. Ninguém precisará sentir medo. A vida será boa e bem aproveitada assim que as pessoas não precisarem mais se preocupar em aumentar seus bens, ou conquistar mais terras. Todos respeitarão a todos, como se fossem seus maiores amores, porque talvez sejam mesmo. Viverão em igualdade e paz. E a morte será apenas o início de uma nova aventura! Em se viver de novo e conhecer lugares novos."

    O sono finalmente se tornou irresistível. Eva fechou os olhos e deixou que seu pensamento se calasse para que ela adormecesse. Porém, a semente estava fincada em terra fértil. Ela não conseguiria tão facilmente abandonar essa ideia de avisar aos vivos sobre o que acontece depois da morte. Ela quis salvar a si mesma, depois quis salvar os seus amigos e agora queria salvar o mundo todo. A cada minuto, despertava para um novo propósito, distanciando-se cada vez mais da apática esperadora que não conseguia se importar com nada.

NONO CAPÍTULO
SAFIRA

Eva abriu os olhos, assustada, ao escutar um estridente som ecoar dentro dos seus ouvidos: "lulululu". Ela olhou ao seu redor, para a beira do rio. A lua já estava alta no céu, e ela não fazia ideia de quanto tempo havia dormido. Era hora de ir embora e, dessa vez, teria que fazer isso sozinha, não havia ninguém para ajudá-la.

A jovem tapou os ouvidos com as mãos, tentando evitar que o som entrasse, mas era como se aquele barulho já estivesse dentro da sua cabeça, corroendo seu cérebro. Ela se levantou, aos poucos, trôpega. Cambaleou até a trilha e correu da forma que pôde, até chegar ao hospital. O som foi se tornando distante até desaparecer. "Que merda é essa? Da última vez que estive aqui, Herón estava junto comigo e ele não ouviu esse som angustiante! Por que só eu?", ela ralhou, em pensamento.

Quando chegou ao quarto, ao contrário do que esperava, Eva encontrou todos os esperadores ainda acordados. Herón lançou um olhar frio em sua direção. Ana se aproximou, correndo:

– Eva, me ajude! – Ela segurou as mãos da colega, suplicante. – Eu estou morrendo de vergonha! Não consigo dormir no meu quarto, na frente daquelas pessoas. Também não consigo dormir aqui na frente de todo mundo. Eu tenho vergonha de tudo o que eu fiz até agora! Vergonha de tudo o que fizemos...

– Sim! Nós fizemos muita coisa vergonhosa hoje de tarde! – Herón provocou. – Talvez a gente deva contar a você, Evita! Com todos os detalhes sórdidos! Você queria tanto que tivéssemos alguma coisa em nossas mentes... Eu adoraria colocar algumas imagens na sua!

Eva tentou não ceder às afrontas de Herón. Ele sabia que ela sentia ciúmes e parecia querer enfiar o dedo nessa ferida. Visivelmente, ele ainda estava com muita raiva. Eva procurou entender, pois também havia perdido a calma quando seus sentimentos voltaram, e agora o rapaz devia estar ruminando cada palavra desatenta que ela desferira contra ele no rio, além do fato de ter passado a tarde com sua torturadora. Ela desviou seu olhar do dele e voltou a encarar a pobre Ana, que tinha os olhos marejados.

– Aí eu pensei... já que agora você consegue abrir portas, de repente, você poderia estender essas cortinas que têm entre as camas. Assim podemos dormir todos separados e sem vermos um ao outro.

– De jeito nenhum! – Niki apareceu, decidida. Todos os olhares se voltaram para ela, surpresos. – Se vamos fingir que ainda somos apáticos, temos que parecer apáticos! O cenário é muito importante! Se ela nos vir dormindo separados, vai desconfiar. Temos que dormir em duplas, no mínimo. Se possível, seminus, com cara de quem transou a noite toda.

– Eu... – Eva refletiu – ... eu não havia pensado nisso!

– Lembra-se sobre o que conversamos quando você chegou ao beco, Eva? – indagou John. – Sobre as nossas profissões? Então, somos todos artistas. Sem dúvida, somos as pessoas ideais para criar uma ilusão da realidade.

– Eu sou artista plástica. – Niki sorriu, vitoriosa. – Pode contar comigo para montar um cenário convincente! – afirmou, voltando sua atenção para o resto do grupo. – Vamos dividir assim: Ana pode dormir comigo, eu não participei da "festinha" de vocês hoje à tarde, então não precisa ter vergonha de mim. Podemos ficar naquela cama lá atrás, longe de todos. John pode dormir com Dimitri e Mary Ann Muller no chão. Eva precisa dormir com Herón nessa cama logo na entrada. E, nesse caso, acho que seria legal você puxar a cortina mesmo. – Os olhos de Eva se arregalaram.

– Não! De jeito nenhum! – Herón atacou. – Eu prefiro comer fumaça!

– E é exatamente isso que acontecerá se não fizer o que estou dizendo. – Niki rebateu. – Se Mar vir que vocês não estão dormindo juntos, ela saberá que tem algo errado! Até juntar os pontos e descobrir o que estamos fazendo, já vai ser tarde demais!

– Talvez não seja preciso... – Eva respondeu, com calma. – Mar nem sabe que é possível ensinar os esperadores. Ela acha que só uma parcela dos desencarnados desenvolve habilidades. Não vai ser tão fácil assim ela desconfiar de alguma coisa.

– A Mar é esperta, Eva! E ela está constantemente manipulando as pessoas! Não queremos correr o risco!

– Eu prefiro correr o risco! – Herón interveio.

– Mas nós não! – Niki pareceu perder a paciência. – Qualquer que seja o problema que você tem com a Eva, pode esperar. Só um idiota colocaria o plano todo abaixo só para fazer pirraça!

Apesar do desejo de manter distância, ele sabia que Niki estava certa. Antes de se afastar, ele apontou um dedo para Eva:

– Estou fazendo isso pelas pessoas com as quais eu me importo!

Eva sentiu uma fisgada em seu coração, mas não respondeu. Ele caminhou até a cama que ficava mais próxima da porta e se deitou de barriga para cima. Visivelmente contrariado, colocou um dos braços sob a cabeça e virou o rosto para o lado, encarando a parede. Eva pegou suas coisas e caminhou até a cama. Antes de se deitar, porém, ela delicadamente colocou as mãos sobre as cortinas, fazendo com que elas se fechassem, isolando a cama, conforme Niki havia sugerido. Os demais do grupo seguiram as instruções e foram se deitar.

Finalmente, Eva colocou uma camisola e se deitou ao lado de Herón, tentando manter o máximo possível de distância. Alguns minutos se passaram, vagarosos e constrangedores. A cama era grande, mas não o suficiente para que eles ficassem distantes. Eva podia sentir o calor que emanava do corpo de Herón, dos seus braços fortes a milímetros de distância.

De repente, ele se levantou em um só movimento.

– Para o inferno com isso! – Ele praguejou, enquanto deixava o quarto a passos largos, sem olhar para trás.

Eva ficou um tempo olhando para a porta. Estava começando a se sentir decepcionada com aquela situação. Não sabia por quanto tempo ficariam esperando para reencarnar e sentia falta dele. Uma voz em sua mente a repreendia por seu egoísmo. Tendo a chance de melhorar a vida da humanidade inteira, ela ainda estava pensando em seus desejos particulares. Sua mente desandou em malabarismos para que ela conseguisse dissolver seu conflito interno, fazendo o que realmente queria fazer. "Eu deveria ir atrás dele. Não é egoísmo. Veja bem, ele deve ter ido para a beira do rio, e se ele fez isso, a Mar pode ver, ela vai achar estranho e pode desconfiar do que estamos fazendo." Eva suspirou, deixando esse pensamento se enraizar nela. "Não seria egoísmo. Eu estou inclusive me colocando em risco, sendo que lá fora tem aquele barulho que surte um efeito medonho em mim." Ela ergueu as costas da cama. "Isso mesmo. Não seria egoísmo."

Ela se levantou e caminhou pelos corredores do hospital. Ao sair do prédio, arrependeu-se um pouco de ter tomado esse caminho só de camisola, sem vestir ao menos um casaco. O vento frio estava um tanto incômodo. Ela pensou em voltar, mas não queria perder tempo. Logo atravessou a trilha e chegou até a beira do rio, onde Herón estava sentado sobre uma pedra. Ele percebeu a presença dela sem olhar para trás.

– Você sabe que eu vim para cá porque aparentemente os grilos são sua kriptonita, né? Não era para você vir atrás de mim.

– Bom, eu não ouço os grilos.

Eva se aproximou. O vento frio ergueu sua camisola por um momento. Herón resistiu bravamente à tentação de se virar para vê-la.

– Eu ainda estou puto da cara!

– Herón, você está puto pelos motivos errados! Foi a Mar quem torturou você, não eu! Eu fui até lá salvar você! Eu tirei você de lá, o trouxe para a chuva! Não se lembra?

Ao ouvir a história novamente, Herón pareceu amolecer um pouco. Ele finalmente olhou para o lado para encontrar os olhos dela. Talvez não exatamente os olhos.

– Sua camisola é transparente, está me distraindo.

– Você quer que eu tire, para acabar com a distração?

Ele ponderou por um segundo, mas Eva já sabia quais eram suas intenções. Ela podia sentir. Ao mesmo tempo em que queria ceder, ele sentia que não devia.

– Você me trata como se eu fosse um idiota!

– Eu fiz isso uma vez! Eu sei que você está com dificuldades em lidar com seus sentimentos, eu também passei por isso, mas não pode ficar jogando toda essa raiva em mim!

Herón olhou para baixo, pensativo. Ele sabia que Eva estava certa, porém o que ela havia feito era errado, o que fazia com que ele estivesse certo também. Em sua mente recém-expandida, ele tentava resolver esse impasse.

– Ok... – Eva reclamou – agora eu acho que já basta de me punir!

– Punir você? – Ele sorriu com o canto dos lábios, enquanto descia da pedra. – Pensando bem, eu deveria mesmo fazer isso.

Ele caminhou até ela vagarosamente. Eva esperou. Os olhos faiscantes de Herón refletiam a luz da lua. Ele se aproximou até que seus corpos quase se tocassem. Ele puxou o cabelo dela para trás, fazendo com que ela virasse a cabeça para cima para encará-lo. Seus lábios quase se tocavam. A pegada dele era faminta. Aquelas não pareciam ser as mãos do Herón que a havia provocado durante todos aqueles dias. Porém, enquanto a segurava com uma mão, ele deixava deslizar a outra pelo braço dela, trazendo-lhe um arrepio familiar.

– Eu deveria dar a você uma punição bem mais apropriada. – Ele deslizou os dedos ágeis pela cintura de Eva, passando por suas curvas até tocá-la levemente entre as pernas. – Está sem calcinha?

– Eu não tenho tantas calcinhas...

Ele apertou a mão nos cabelos dela e invadiu sua boca com a língua, em um beijo lascivo e despudorado. Vingativo. Com as mãos de um pianista, ele massageou entre as pernas da garota, em seu ponto mais sensível. Eva deixou escapar um gemido; ele mordeu seu lábio inferior. O ritmo era deliciosamente agonizante, e ela sentia suas pernas formigarem. Seu corpo inteiro implorava por ele.

– Eu deveria parar agora... – ele sussurrou em um sorriso cínico, percebendo como Eva estava próxima ao clímax – e deixar você dormir assim... molhadinha, latejando de vontade de gozar.

– Por favor, Herón!

– "Por favor, Herón", o quê? O que você quer?

– Eu quero você.

Ele aumentou a pressão de suas carícias. As pupilas de Eva se reviraram nas órbitas.

– Deveríamos ir lá para dentro, para algum lugar onde a sua amiguinha psicopata consiga nos ver... e ouvir. Não é por isso que não podíamos dormir separados? Para que ela não desconfiasse de nada? – ele indagou, sem cessar os movimentos de seus dedos.

– Eu treparia com você até numa poça de lama! Dane-se quem está vendo!

Herón soltou-a de repente e se afastou. O corpo de Eva oscilava em temperaturas quentes e frias. O vento soprava sobre sua umidade, deixando-a mais vulnerável ao seu desejo. Herón parecia deliciar-se com aquele martírio de excitação no qual a havia colocado.

– Venha comigo. – disse ele, começando a andar, alcançando a trilha. Eva o seguiu, ainda sem entender direito para onde estavam indo.

Quando chegaram ao saguão do hospital, ela percebeu que Herón se encaminhava até um dos sofás. Ele se sentou e deu dois tapinhas no próprio colo. "Ele quer que eu me sente no colo dele?", ela se perguntou por um momento. "Está morrendo de raiva de mim e quer que eu fique em cima dele?" Eva tentou não deixar esse pensamento aturdi-la. Ela seguiu o comando e se sentou onde ele queria, com as pernas abertas, sobre o corpo do amante. Ele deslizou as mãos febris pelo corpo dela, desde os joelhos até seus mamilos entumecidos. Eva sentiu a ereção dele entre suas pernas. Ela o queria devastadoramente. Sem querer, acabou soltando uma respiração pesada e impaciente.

– Não segure... – ele sussurrou em seu ouvido, enquanto tornava a deslizar as mãos entre as pernas dela, tocando seu ponto sensível. – Você está tão molhada... tão pronta para mim. – Ele continuou massageando-a, enquanto ela respirava ofegante.

– Estamos em um lugar com bastante eco. Vou ter que fazer você gritar até acordar o terceiro andar inteiro.

Ele continuava atiçando-a, enquanto involuntariamente ela rebolava sobre o desejo dele, sentindo-o cada vez maior. Herón deslizou dois dedos para dentro dela, e a respiração pesada da jovem se transformou em um gemido abafado.

– Fale de novo que você me quer!

– Eu quero você, Herón! Eu quero muito!

Nesse instante, ele jogou o corpo dela sobre o sofá, tirou a camisa e parou de pé na frente dela, desabotoando as calças jeans.

– Se você me quer tanto, termine de tirar.

Ela se adiantou para abrir o zíper das calças dele, porém, antes que pudesse tocá-lo, ele a corrigiu:

– Sem as mãos.

Aquela situação que mesclava sexo e vingança deixou Eva perdidamente excitada. Ela se ajoelhou na frente dele e prendeu o zíper entre os dentes, puxando-o lentamente para baixo. Assim que fez isso, a jovem deslizou os lábios pela cueca dele, sentindo-o pulsar.

– Posso usar minhas mãos agora? – ela murmurou, olhando para cima.

– Pode usar uma mão só.

Eva sorriu, apreciando aquele momento de autoritarismo indecente. Ela terminou de despi-lo com apenas uma das mãos, e assim que retirou a barreira de tecido entre ela e o membro que tanto desejava, começou a beijá-lo em toda a sua extensão, e o abocanhou até a garganta. Ele gemeu alto, agarrando-a pelos cabelos. Eva deixou que ele a comandasse, enquanto satisfazia seu prazer.

Em seguida, puxando-a pelos cabelos, ele fez com que ela se levantasse do chão e se deitasse no sofá. Ele se ajoelhou na frente dela, abriu as pernas da jovem até o limite da exposição e lambeu seu ponto fraco, pulsante e febril. Eva revirava os olhos em gemidos altos. Suas unhas cravadas no sofá de couro.

Herón tirou a camisola de Eva e cobriu o corpo dela com o seu, os dois deitados no sofá. Ela cruzou as pernas em suas costas e o sentiu preenchê-la, sem delicadeza. Seus movimentos eram rápidos, vorazes. Enquanto a devorava, ele provocou seu ponto sensível com o polegar, até que ela derramou seu êxtase em um grito que beirava o desespero. Eva sentiu suas pernas afrouxarem depois de um intenso orgasmo. Herón notou a fraqueza do corpo dela, mas ainda assim fez com que ela se levantasse.

Mesmo vacilante, ela seguiu o comando corporal que ele lhe deu e ficou de pé, com as mãos espalmadas apoiadas contra a parede. Ele a penetrou novamente, desta vez por trás, enquanto a puxava pelos cabelos, fazendo com que ela arqueasse as costas. O movimento era brusco, furioso, como uma música que ao mesmo tempo é agressiva e melodiosa. Ela sentiu uma nova onda de explosões se precipitarem em sua virilha. Os dois chegaram ao clímax juntos, e Eva sentiu suas pernas tremerem violentamente. Ela não conseguiu mais se manter de pé e despencou.

Herón a segurou no ar.

Ele a levou no colo até o quarto. Antes de entrarem, ela ainda perguntou, ofegante, por cima do ombro dele.

– E nossas roupas?

– Deixe a Mar encontrá-las pela manhã!

Herón sorriu, sarcástico, e colocou Eva na cama, com cuidado. Ele se deitou ao lado dela, puxando o lençol macio sobre os corpos nus.

– Então... – ela perguntou, ainda um pouco confusa – ainda está bravo comigo?

– Eu pareço bravo, *cariño*?

Ela sentiu a doçura e o cuidado na voz dele, e soltou um suspiro de deleite quando ele puxou o corpo dela para aconchegá-la em seus braços. Ela se sentia realmente satisfeita por estar tão confortavelmente jacente no peito dele. Ele a acariciou ternamente e beijou sua testa.

– Fui muito bruto com você? – ele indagou, com gentileza.

– Não! Dessa parte eu gostei! – respondeu ela sorrindo. – Eu só não gostei de quando você brigou comigo.

– *Lo siento*, Evita! – Ele a abraçou mais apertado. – Eu não sei lidar com essas sensações, esses sentimentos...

– Está tudo bem. Eu também não sabia. Estamos mexendo com algo muito novo para todo mundo.

Ele a abraçou com mais ternura ainda e a acariciou afetuosamente até ela pegar no sono.

No dia seguinte, Eva despertou com a luz fria da manhã invadindo o quarto pela janela. Logo Mar estaria lá, e Eva já não tinha certeza se queria ser flagrada nua. Ela se levantou, foi até sua sacola e tirou de lá um vestido de seda. Ela colocou o vestido e, em seguida, seu casaco de couro. Ainda estava nesse processo quando uma voz estranha adentrou o quarto, em tom baixo.

– Venha, Eva. – Era Mar, como de costume, vestida e arrumada impecavelmente. – Temos um problema e vou precisar da sua ajuda!

Eva calçou os coturnos rapidamente e seguiu Mar pelo corredor. O som do salto dos sapatos da mulher ecoava pelo corredor, enquanto ela caminhava apressada. Eva tentava segui-la. As duas passaram pelas roupas que Herón e Eva haviam deixado no chão na noite anterior. Mar pareceu nem reparar. "Ao menos ela não está desconfiada de nada", Eva pensou. Logo, as duas saíram do hospital e caminharam até a entrada da rua. Praga, Lago e os outros já estavam lá, impacientes.

– Dê uma olhada! – Mar apontou para o final da rua.

Eva franziu o cenho, tentando aguçar seus olhos para visualizar a praça. Havia alguns vivos descarregando alguns equipamentos cinematográficos de um furgão. Ou pelo menos era o que parecia. Eva não entendia por que aquilo era tão importante, e por que Mar estava tão interessada naquilo. Eram apenas alguns vivos fazendo qualquer coisa, vivendo a vida deles. Ela voltou um olhar interrogativo para Mar. Os outros perceberam que ela não estava entendendo nada.

– Esquece, Mar. Ela não sabe, é só uma esperadora. – Praga bufou.

Mar pareceu perder a paciência:

– Mas não é possível que você esteja dando de ombros para essa situação!

– Não estou dando de ombros! – Eva se defendeu. – Eu só não sei o que tem de tão grave em um grupo de vivos andando pela praça. Não é uma cidade fantasma! Eles vivem aqui, eles vão fazer o que for da vontade deles!

– Eva... – Mar cerrou os punhos e desviou o olhar contrariado, tentando explicar da forma mais calma possível. – Esses não são os moradores sujos e apavorados desta cidade! São outras pessoas! Pessoas limpas, ocupadas e valentes. O tipo de gente que entraria no hospital e acabaria com tudo o que estamos fazendo. Você não faz ideia do que o choque com um corpo vivo pode fazer a você, não é mesmo?! Seu esqueleto invisível ficaria destroçado por vários dias! E isso porque estamos falando de você, que tem habilidades especiais. Agora, imagine o que eles não poderiam fazer aos seus amiguinhos esperadores.

Eva parou por um momento, tentando absorver a ideia da catástrofe que poderia vir a ocorrer.

– Agora... – Mar fez uma pausa forçada, irritada. – Você vai controlar esses cachorrinhos, caminhar até a praça e descobrir o que eles estão pretendendo. Quando você voltar, vai nos contar e vamos elaborar um plano de como deveremos agir.

– Eu vou lá? – Eva perguntou, ainda incrédula. – Sozinha?

– É claro! Isso tem que ser rápido! Não dá para atravessar ninguém com você, e eu ainda não sei controlar os cachorros. Se você tivesse me ensinado, eu já teria ido... – Mar parecia cada vez mais incomodada. – Você vai sozinha. E vai ser rápida. A não ser que queira revogar o nosso pequeno acordo.

– Não! – Eva respondeu, em um rompante. – Eu vou. Eu vou ser rápida.

– Assim espero!

Mar se juntou ao resto do grupo, enquanto Eva se dirigia ao caminho da rua. Controlar os cachorros e passar pelas casas acabou se revelando uma tarefa surpreendentemente fácil, uma vez que muitos dos animais estavam tão curiosos quanto os desencarnados a respeito do grupo novo que chegava à praça. Algumas pessoas sujas se debruçavam em suas cercas e portões com os olhares assustados.

Quando chegou à praça, Eva percebeu que o número de pessoas no local era muito maior do que ela pensava e, sem dúvida, ninguém ali era da cidade. Até mesmo os moradores mais asseados, das ruas mais distantes do hospital, não possuíam aquele viço de valentia das pessoas da cidade grande. Elas caminhavam altivas, com uma certeza ímpar do que pretendiam fazer e de onde ir.

Havia um enorme furgão estacionado bem no centro da praça, do qual alguns homens descarregavam não apenas equipamentos cenográficos, mas também araras com figurinos, painéis, computadores e infinitas maletas. O olhar de Eva foi atraído para o outro lado. Um micro-ônibus estacionou perto do furgão e dele desceram ainda mais pessoas. Todas carregavam calhamaços de papel nas mãos, e debatiam fervorosamente ao lê-los. Eva caminhou entre elas, cuidando para não encostar em ninguém. Apesar de não ter tanto medo do choque com os vivos, como normalmente os desencarnados tinham, ela não era tola o bastante para não ter receio.

Todos ali pareciam estar com muita pressa. Ela observava enquanto eles começavam a organizar cadeiras, mesas e espelhos na praça. "O que estão fazendo?", ela pensou. "Isso é uma espécie de evento? Uma festa? Um show?" De repente, uma jovem que caminhava equilibrando uma pilha de papéis, acabou tropeçando e derrubando tudo. Algumas folhas voaram, indo parar perto dos pés de Eva.

Ela olhou para baixo, vendo as letras embaçadas e indecifráveis. Ela sabia que esperadores não podiam ler, mas havia algo que fazia com que ela sentisse um ímpeto de tentar. Ela se abaixou e apertou os olhos, tentando focar o máximo que conseguia. Por algum motivo, sentiu que seria capaz de decifrar aquelas palavras.

No entanto, nesse momento uma viva se aproximou, nervosamente, recolhendo os papéis do chão, fazendo com que Eva desse um salto para trás, para não esbarrar nela. A viva praguejava inconformada:

– Olha o que eu fiz com o texto! Sorte minha que Lulu Brait não está aqui de verdade!

"Lulu Brait?", Eva parou por um momento, reflexiva. Tinha a impressão de já ter ouvido esse nome antes.

De repente, uma outra conversa lhe chamou a atenção. Dois homens falavam enquanto desciam do micro-ônibus.

– Fernando, com essas alterações no roteiro, vai parecer que a Lulu era um monstro. Também não é assim!

– É exatamente assim! – respondeu o outro, implacável.

– Ok, pode até ser, mas, veja bem, por outro lado, não queremos irritar os fãs nesse momento. Esse filme vai movimentar muito dinheiro para a emissora, principalmente se a Safira participar.

– A Safira vai fazer o que eu mandar! Nós vamos usar a chácara dos Franco para as cenas da infância da Lulu!

– Aquele lugar é horrível, Fernando...

– É perfeito! Lulu cresceu em um lugar assim mesmo, todo mundo sabe! – ele bufou. – Enfim! Parece que nesta cidade tem um hospital abandonado. Peça ao Guilherme para dar uma olhada. Ele foi o último agente da Lulu e está cuidando da parte da produção. O diretor gostaria de filmar algumas cenas lá, assim podemos economizar com locação.

– Tudo bem. – O outro homem concordou, embora ainda parecesse preocupado. – Fernando, mas a Safira vai mesmo participar? Está todo mundo dizendo que ela está esquisita desde que saímos da cidade.

– Ela vai sim! – respondeu Fernando, socando o micro-ônibus e gritando para a porta aberta do veículo. – Safira! Desce logo dessa merda e para de fazer doce!

Eva não ficou para ouvir o desfecho daquela conversa. Ela já sabia de tudo o que precisava. Visivelmente preocupada, ela deu as costas e começou a caminhar rapidamente, rumo ao hospital. "A Mar tinha razão. Eles são perigosos. Estão querendo gravar um filme e vão usar o hospital!", Eva pensava, enquanto entrava na rua e controlava os cachorros, andando o mais rápido possível. "Essa provavelmente é a coisa mais perigosa que poderia acontecer." Ela lembrava das palavras de Mar sobre as graves consequências do choque causado pelo contato com os corpos vivos. Mesmo estando morta, Eva sentiu seu coração acelerar.

Ela chegou até o grupo e se deparou com olhares assombrados. Com os braços cruzados, Mar tentava aparentar calma, embora seus lábios trêmulos a denunciassem. Eva foi direto ao ponto, sem nenhuma intenção de causar suspense:

– Eles estão aqui para gravar um filme. E vão usar o hospital.

– Merda! – Mar gritou, de repente, deixando toda a sua fúria escapar em seu tom de voz. – Praga, volte lá para dentro e coloque portas em todos os lugares que puder! Vamos trancar essa porra toda!

A voz de Mar era autoritária, porém Praga não se moveu. Ela continuava com os olhos arregalados na direção da praça, estatelada, e estava assim desde que Eva explicara sobre o filme.

– Praga! – Mar tornou a gritar e novamente não obteve resposta. Praga não conseguia responder, visivelmente em estado de choque. Mar a segurou pelo colarinho. – Acorde agora desse transe, idiota!

– Mar... – Lago tentou explicar – eu acho que você não sabe... é que Praga tem um trauma de contato com vivos. Ao contrário dos esperadores que tiveram um velhinho explicando tudo para eles, nós aprendemos as coisas da pior forma. Ela deve estar em choque e...

– Eu estou cagando para a sua história triste! – Mar desferiu um tapa contra o rosto de Praga. – Pare com essa idiotice de trauma! Você está morta!

No entanto, Praga continuava sem reação. As lágrimas que se formaram em seus olhos denunciavam o tanto que ela gostaria de reagir, embora não conseguisse. Mar pareceu perder o pouco de paciência que ainda lhe restava.

– Eu não vou esperar até que esse bando de vivos venha e estrague tudo! – Ela apertou as mãos ao redor do pescoço de Praga. – Você vai ser útil de um jeito ou de outro!

Dizendo isso, Mar atirou o corpo de Praga para a frente com tanta força que ela foi parar no meio da rua com os tonéis. A intenção de Mar era incrivelmente forte, e ela conseguia atirar os corpos dos desencarnados como se fossem feitos de papel.

– Não! – Eva gritou, premeditando o que aconteceria. Ela fez menção de correr para ajudar Praga, mas Perto e Longe a seguraram pelos braços.

Não demorou muito e os cães começaram a latir. Ainda jogada no chão, Praga olhou para os lados, apavorada. Logo os vivos alcançaram os tonéis. A maioria deles já estava no quintal, espiando o que acontecia na praça, então o trajeto foi curto e Praga mal teve tempo de pensar em correr.

Imensas labaredas de fogo se levantaram, fazendo pairar no ar uma densa fumaça preta. Eva se debatia entre as mãos de seus captores, ouvindo os gritos agonizantes de Praga e tentando ver o que acontecia por trás da cortina de fumaça que se levantara sobre a cena. Nesse momento, o plano de Mar ficou bastante claro. As pessoas da praça começaram a gritar também. Elas ainda não haviam visto o comportamento peculiar dos moradores do local, e aquilo certamente as deixou em pânico. O caos se instalou. Eva olhava a tudo impotente, aturdida. E o que mais a apavorava não era o plano de Mar, mas a frieza com a qual ela o executava.

O grupo se afastou para não ter contato com a fumaça, mas ninguém tirava os olhos da rua. A situação toda demorou por um bom tempo, porém finalmente não se ouviam mais os gritos de Praga. Os vivos apagaram o fogo dos tonéis. A fumaça espessa, aos poucos, foi se dissipando. Com os olhos arregalados, Eva procurava ver alguma coisa.

Quando a fumaça finalmente desapareceu, eles perceberam o que havia acontecido com a colega que fora atirada na rua dos tonéis. Era como se seu corpo não existisse mais, estava totalmente colado no meio da rua, achatado e imóvel. Ela estava toda cinza, como se fosse feita de pedra.

– Não pode ser... – balbuciou Eva, sentindo uma lágrima escorrer por seu rosto, quando os gêmeos finalmente a soltaram – ... ela vai passar o resto da espera assim?

Mar ignorou a pergunta:

– Nós vamos instalar as portas! Eu farei no terceiro andar, você no segundo. – Mar anunciou, apontando para Eva. – Depois eu penso no que vamos fazer com relação a esses vivos. – Ela deu as costas e caminhou rumo à entrada do hospital.

O grupo fez o mesmo, silenciosamente. Eva continuou olhando para aquela pedra achatada no chão. O formato de um corpo humano quase imperceptível. Ela se perguntava por quanto tempo Praga ficaria daquele jeito. Até o fim da espera? Ela podia sentir alguma coisa? Alguma dor? De repente, uma mão forte agarrou seu braço.

– Você não deveria fazer a Mar repetir as ordens dela. A gente acabou de ver no que isso dá. – A voz de Lago soava calma, porém muito melancólica.

– Como ela pôde fazer isso com a Praga?

– Ela vai fazer pior com a gente, se não formos agora – ele respondeu, suspirando. – Eu sei que é difícil, acredite. Praga era minha amiga e estou desolado por dentro. Nesse momento, eu queria ser como seus amigos esperadores, que não sentem nada por mais de algumas horas. Mas nós somos diferentes deles. Isso pode ser uma vantagem, mas ao mesmo tempo é uma provação.

Eva começou a caminhar com ele em direção ao hospital. Ela pensava em como Lago estava errado, em como foi necessário que os esperadores desenvolvessem sentimentos complexos e duradouros. Apesar do sentimento de revolta e tristeza pelo que havia acontecido com Praga, ela estava ao menos satisfeita por seu plano estar funcionando e os esperadores estarem conseguindo fingir apatia.

Eles finalmente chegaram ao extenso corredor, onde ficava o segundo andar. O local estava vazio.

– Aproveite agora para fazer seu trabalho com as portas. Dentro de cada quarto há uma. Eu não sei como a Praga fazia para instalá-las, então cuidado para mover o objeto real e não o esqueleto invisível dele.

– Obrigada, Lago. – Eva meneou com a cabeça, sinceramente preocupada.

– Por favor, esforce-se ao máximo para conseguir fazer essa instalação. Senão, coisas ruins podem acontecer a todos.

– A todos... Onde será que estão todos?

– Em um dia bonito como hoje? No rio, é claro! – Ele sorriu. – Estão tranquilos, como se nada estivesse acontecendo! A ignorância é uma bênção.

Lago se retirou. Eva ficou sozinha com todos aqueles quartos repletos de vãos vazios nos quais as portas deveriam aparecer. Ela entendia por que aquela ordem havia sido direcionada a ela, afinal, havia aberto a porta do banheiro para libertar aquele vivo. Mas uma coisa era abrir uma porta, outra coisa totalmente diferente era instalá-la. Eva não sabia nem por onde começar! Estava começando a duvidar se Mar havia dado aquela ordem com a expectativa de que fosse cumprida ou se ela estava apenas tentando encontrar algum novo motivo para liberar todo o seu sadismo em cima de mais alguém.

Eva começou a se concentrar. Tentou trazer à tona toda a energia que havia descarregado no dia anterior para abrir a porta do banheiro. Porém, ela não conseguia mover o objeto desinstalado um milímetro sequer. "Isso é impossível", ela praguejou, em pensamento. "Eu nunca vou conseguir." Depois de algumas tentativas frustradas, ela caiu sentada no chão do quarto, exausta. Tentou pensar no que havia de diferente da última vez que tinha tentado mexer com uma porta.

Mais do que isso, pensou em como a colega agora petrificada teria conseguido fazer isso tantas vezes. Eva se lembrou do dia anterior, do momento em que viu Praga enchendo um pequeno cantil que ela guardava no bolso do casaco. "Ela provavelmente bebia toda vez que precisava manusear as portas. Isso faz sentido, a bebida nos deixa muito mais fortes. Aposto que se eu tomasse um belo trago agora, eu conseguiria mover essas portas também."

Nisso, uma ideia egoísta se instalou na mente de Eva. Tão egoísta que ela chacoalhou a cabeça para ver se conseguia se livrar do pensamento, até porque aquilo que ela estava pensando se parecia muito com algo que Mar faria. "Eu não vou fazer isso. Não vou lá vasculhar o corpo de Praga e tentar pegar a bebida dela. Eu não sei se ela ainda sente alguma coisa, isso seria péssimo da minha parte", ela pensou decidida.

Porém, alguns segundos depois, sua mente vagou para um outro lugar, e ela estava novamente tentando arrumar desculpas para si mesma. "Se bem que se eu não conseguir instalar as portas, a Mar vai ficar furiosa. Certamente ela vai querer reabrir sua sala de tortura. Ela é muito forte, deu para ver a forma como ela lançou o corpo da Praga hoje. Ela pode fazer isso com todo mundo... Talvez, se eu agir com um pouco de frieza agora, possa evitar uma grande tragédia."

Eva emaranhou os dedos nos cabelos, tentando se livrar do seu dilema ético. "Vamos lá, Eva!", falou consigo mesma. "Você precisa fazer isso! Não dá para deixar todo mundo nas mãos daquele Josef Mengele de saias só para não causar mais desconforto a Praga." Eva relutou por um instante, até perceber que já havia decidido o que estava tentando protelar. Não havia outra forma, ela precisava da bebida.

Levantando-se do chão, ela caminhou lentamente até a entrada do hospital, e depois mais lentamente até o início da rua. Seus passos vacilavam, como se ela estivesse se dando a chance de mudar de ideia. "Você precisa fazer isso, Eva. É para o bem de todo mundo." Ela respirou fundo e, a partir desse momento, seus passos foram rápidos. Era como se, caso ela fizesse tudo de forma acelerada, os efeitos seriam menores.

Os cachorros foram controlados quase sem esforço, era como se eles já a conhecessem. Alguns já estavam até mesmo abanando o rabo, como se recebessem uma visita de algum membro distante da família. Ela se ajoelhou ao lado do corpo de Praga e começou a tocá-lo. Apesar da aparência de pedra, ele era leve. Ela tentou erguer um braço e acabou erguendo todo o corpo seco. "Céus, parece uma múmia!" Eva sentiu um arrepio de agonia percorrer seu corpo. Afastou os tecidos secos do corpo de Praga, tomando muito cuidado, pois sentia que a qualquer momento poderia quebrá-la. Não demorou muito, ela encontrou um cantil brilhante. Estava cheio. Eva voltou rapidamente para o hospital, tentando não olhar para trás e não pensar no que havia acabado de fazer.

Chegando ao local, ela encarou o corredor e desviou seus olhos para o cantil. "Quanto de bebida eu devo tomar? Aquele dia, uma dose me fez liberar uma energia imensa, talvez eu devesse maneirar dessa vez." Ela respirou fundo, medindo a garrafa com os olhos. "Quantas doses será que tem aqui? Se eu beber demais, será que não vou explodir, virar uma bola de luz ou alguma coisa assim?" Ela continuava pensando em qual seria a quantidade ideal, quando o som de uma porta fechando ecoou no terceiro andar.

"Puta merda! A Mar já deve estar terminando de instalar e fechar as portas dela! Logo ela vai querer ver o que eu andei fazendo. Preciso agir rápido!" Assim, Eva virou dois grandes goles da bebida do cantil. Ela fechou o recipiente enquanto sentia os efeitos da bebida em seu sistema. De repente, o objeto escapou por entre seus dedos.

O som metálico do cantil caindo no chão invadiu os ouvidos de Eva, assim como todos os sons de todo o hospital e seus arredores. Ela podia ouvir as vozes do grupo de Mar no andar de cima, os risos dos esperadores no rio, o farfalhar das folhas da trilha, as ondulações das águas, a respiração dos cachorros na rua.

Ela fechou os olhos, deixando uma força imensa tomar conta de todo o seu corpo. Cada mísero centímetro dela. Sentia cada delicada partícula de tudo o que a circulava. Ela podia sentir as moléculas do vento atravessarem seu esqueleto invisível, podia controlar cada átomo de cada coisa que emanava energia. Sem que ela percebesse, seus pés começaram a sair do chão.

Aos poucos, ela levantou os braços, tentando trazer toda a energia que circulava pelo corredor para as suas mãos espalmadas. Ela abriu os olhos que piscavam em centenas de diferentes cores, quando, de repente, todas as portas voaram de onde estavam e se encaixaram em um baque violento, fixando-se onde deveriam estar. Depois de um imenso estrondo, os pregos se fincaram nas paredes com impetuosidade, prendendo todas as dobradiças.

Eva despencou de seu transe, caindo pesadamente no chão duro e frio do hospital. Ela fechou os olhos e perdeu totalmente a consciência por alguns instantes. Quando começou a voltar a si, ela sentiu os braços de Mar erguendo-a do chão e uma garrafa sendo colocada contra seus lábios.

– Beba – ordenou Mar. – É água.

Eva tomou várias goladas de água e logo recuperou parte da força, a ponto de conseguir ao menos ficar sentada sozinha. Mar alcançou do chão o cantil metálico e o balançou no ar.

– Esperadora... – disse, sorrindo – você não cansa de surpreender!

– Espero que seja uma surpresa boa... – Eva tentou falar, ainda com dificuldade.

– Eu lhe dei uma tarefa e você cumpriu. A forma da execução não estava nas instruções.

De repente, todos os esperadores chegam ao local. Alguns estavam ainda muito molhados e com as toalhas mal colocadas sobre os corpos. Naturalmente, vieram atraídos pelo som altíssimo das portas batendo, todas ao mesmo tempo. Mar cruzou os braços à frente do corpo, com aquele sorriso insensível no rosto. Os amigos de Eva estavam todos vestidos. Ela se perguntou se isso não seria ruim para a encenação que eles estavam elaborando. Ela temeu que Mar desconfiasse que, na verdade, eles não estavam se divertindo no rio. Porém, o comentário que veio a seguir dissipou as dúvidas da cabeça de Eva.

– Vocês devem estar se perguntando sobre o motivo das portas – anunciou Mar. – Bom, elas são para nossa própria segurança. Um grupo de vivos está pretendendo invadir este local.

– Isso é verdade? – perguntou Mary Ann Muller para Eva.

Em resposta, a jovem meneou a cabeça confirmando.

– Acredito que todos, até os esperadores mais burros, sabem o efeito de um encontro com um corpo vivo – prosseguiu Mar.

Herón cerrou os punhos. Ele estava empenhando todo o seu esforço na intenção de não demonstrar o quanto odiava aquela mulher. Ana percebeu e segurou a mão dele, auxiliando no disfarce. Eva notou o movimento de ambos e sentiu um misto de alívio por ter alguém ajudando com uma vontade involuntária de quebrar as mãos dos dois. Mar continuou sua narrativa:

– A partir de agora não é mais seguro ficarmos nas imediações do hospital. Peço que peguem tudo o que precisam, incluindo as roupas que deixaram jogadas por aí, e fiquem em seus quartos. As portas estão aí para facilitar, caso precisemos nos trancar.

"As roupas! Ela viu as roupas!" Eva relembrou a noite anterior, com satisfação. O fato de Mar ter reparado nas roupas jogadas na recepção certamente ajudava a farsa dos esperadores.

– Um de vocês vai ficar de guarda. A cada oito horas, vocês podem revezar – disse Mar.

– Um de nós? – Niki indagou, tentando manter o tom de doçura na voz.

– Sim, é claro! Qualquer um, exceto Perto, Longe, Lago e Ciclone. – Ela parou por um momento. – Ah! E Eva. Tirando essas pessoas, qualquer um de vocês pode se voluntariar. Vou deixar as portas entreabertas, para que consigam entrar e sair para trocar de turno. Eva está no andar de baixo. Se houver qualquer emergência, ela trancará todas as portas de novo.

– Por que todos vão ficar de guarda, menos essas pessoas? – indagou uma esperadora.

– Escutem! – O tom de voz de Mar denunciou que ela já estava perdendo a paciência. – Eu não vou ficar dando explicações para vocês! Estamos em perigo e eu estou tentando nos manter a salvo! Um de vocês vai ficar de guarda e, caso algum vivo apareça, vai voltar correndo e contar para nós. Que os esperadores são um belíssimo grupo de pacóvios, eu consigo entender.

Agora, estou decepcionada vendo o tamanho da covardia. É só ficar de guarda! Tem umas 20 pessoas aqui na minha frente e ninguém pode se voluntariar para começar a vigília?

– Eu começo a vigília – disse Herón, de repente, tentando ao máximo conter o ódio em seu tom de voz.

– Olá! Você... – Mar caminhou até ficar de frente para ele, com um sorriso nos lábios. – Eu me lembro de você, gritando e se contorcendo no meio da fumaça no terceiro andar. Não estava tão valente naquele dia. Você se lembra? – perguntou sarcástica, deslizando uma das mãos sobre o peito dele. – Eu devo dizer que, de alguma forma, seria um desperdício ter que fazer com você o que eu fiz com a Praga hoje de manhã – continuou ela, acariciando-o. – Eu a joguei no meio da rua, no centro dos tonéis. Assistimos enquanto o corpo dela definhava no meio da fumaça. Agora ela está lá, dura e seca, como as folhas no outono. Se você falhar nessa primeira vigília, eu terei que fazer o mesmo com você. – Mar o provocava acintosamente, deslizando as mãos pela barriga dele, chegando até o cós das calças jeans – Mas seria mesmo um desperdício. Ou melhor, deixa eu ver se seria mesmo um desperdício...

Ela desceu a mão pelas calças dele. Herón cerrou os punhos com força e estava prestes a explodir em fúria. Mar começou a tocá-lo de forma inconveniente. Eva gritou, chamando a atenção e fazendo com que a inimiga olhasse para trás:

– Deixe-o em paz!

– Eu só estou brincando! – retrucou, retirando a mão de Herón. Mar olhou para trás e caminhou na direção de Eva.

– E você deveria parar de nutrir esses sentimentos por um

esperador! Ele não pode sentir o mesmo! – Ela lançou um olhar de desprezo para o rapaz. – Ele não tem essa habilidade. Provavelmente, estava transando com todo mundo enquanto você se destruía para instalar as portas. Muito bem, esperador. Você fica com o primeiro turno!

Herón deu as costas e saiu rapidamente, antes que perdesse a cabeça e colocasse tudo por água abaixo. Mar começou a andar pelo corredor, abrindo as portas e deixando os esperadores entrarem. Eva tentou se levantar sozinha, mas ainda estava muito fraca. John a carregou de volta para o quarto deles.

As horas passaram rapidamente. Eva dormiu durante boa parte do dia, porém, seu sono foi estranho. Na maior parte do tempo, ela podia ouvir e sentir a movimentação das pessoas no quarto. Ela se sentia em uma espécie de limbo entre o mundo onírico e o mundo real, sem estar de fato dormindo ou acordada. Era possível ouvir enquanto eles saíam e entravam carregando garrafas de água. Apesar das ressalvas que tinham em relação a Mar, todos pareciam cientes da necessidade de cumprir aquelas ordens.

Eva escutou poucas reclamações e muitas concordâncias antes de apagar totalmente. Aproximadamente oito horas depois de entrar no quarto, ela finalmente despertou, com uma terna carícia em seus cabelos. Ela abriu os olhos para ver o autor do seu afago.

– Como está se sentindo, *cariño*?

– Cansada, intoxicada, com ciúmes e com medo dos vivos virem aqui – disse suspirando. – Mas você coloca a mão em mim e eu fico louca de tesão.

— Com medo dos vivos eu entendo, cansada e intoxicada também... – Ele se aproximou e beijou o rosto dela de uma forma tão carinhosa que fez com que ela se arrepiasse. – Mas sentir ciúmes não tem motivo, você me tem só para você. – Ele continuou beijando-a até se aproximar de seu ouvido. – E sobre o tesão... – murmurou, acariciando a barriga dela com os dedos leves e ágeis – ... se tiver um espacinho para mim nessa cama, já podemos resolver isso.

Eva se afastou, abrindo espaço para Herón, permitindo que ele se deitasse ao lado dela. Eles ficaram de frente um para o outro, procurando-se com o olhar. Ele acariciou o braço dela.

— John foi me visitar durante a vigília. Eu pedi que ele viesse tirar seu casaco; sei que você odeia dormir com ele.

— Você tem tanta sorte em não sentir ciúmes!

Ele riu.

— Você não tem como saber isso, Evita.

Ela o encarou interrogativamente. Não fazia ideia do que significava aquela resposta. Ele sorriu, mas parecia tenso, tentando deixar as coisas mais leves sem saber exatamente como.

— O que você quer dizer quando fala que eu tenho sorte por não sentir ciúmes? Quer dizer que ainda sente? – Ele se aproximou um pouco mais. – Se importaria se eu dissesse que foi a Ana quem me visitou na vigília?

— Não! – ela respondeu, decidida. – Já disse, estamos mortos e você pode ficar com quem você quiser!

— Mas eu não quero, *cariño*. – Ele suspirou, evitando o olhar dela. – Eu só quero estar com você. Eu... não tenho nem vontade de renascer. Não estou nem aí para as sirenes, na maioria das vezes só me considero um esperador porque estou esperando para ver você de novo.

Eva esperava por qualquer resposta, menos aquela. Nunca havia visto Herón falar daquele jeito. Ela se lembrou do que Mar dissera a respeito de ciúmes: "Você não estava com ciúmes. Isso é um estilhaço de suas lembranças que foram partidas quando você morreu". Se os ciúmes de Eva eram apenas um estilhaço por querer algo que nunca teve, talvez o que Herón estivesse sentindo agora fosse apenas um estilhaço também. Talvez ele tivesse esperado muito por alguém enquanto estava vivo, e agora estava tendo uma amostra de lembrança. Eva se surpreendeu com o quanto aquilo era importante para ela, enquanto não deveria ser. Eles estavam mortos, poderiam reencarnar a qualquer momento, não era hora de criar laços. No entanto, ela criava. Laços, desejos e expectativas.

– Talvez nosso tempo de espera seja longo – disse ela, sem medir suas palavras. – Talvez estejamos destinados a reencarnar com cem anos. Aí faria sentido...

– Que estivéssemos tendo um caso!

Ao dizer isso, ele passou um dos braços por baixo do corpo dela e a puxou mais para perto. Eles se beijaram apaixonadamente. Eva se derreteu com aquele momento. Sua boca máscula era dedicada, como se a cada beijo ele estivesse tentando seduzi-la e satisfazê-la.

– Foi difícil me concentrar na vigília... – ele falou, tão próximo que seus lábios pincelavam os dela. – Fiquei o dia todo pensando em você abrindo meu zíper com os dentes. Aposto que você nos fez desenvolver nossas emoções só para me enlouquecer.

– Está funcionando?

– *Un poquito, cariño!* – Ele a beijou novamente. Eva passou uma das pernas por cima do corpo dele, e Herón percebeu que ela ainda estava calçando os coturnos. – Mas esse John é um idiota mesmo! Espere um pouco, *mi amor*!

Ele se levantou da cama, aproximou-se lentamente dos pés dela e começou a desatar seus cadarços. Com cuidado, retirou os coturnos e os largou no chão. Eva soltou um suspiro de satisfação quando ele começou a massagear seus pés. Ele sorria, provocante, enquanto observava como ela se deliciava com seu toque. Herón deslizou a mão pela panturrilha da jovem e ergueu sua perna, trazendo aquele delicado pé até os seus lábios. Ao sentir aquela boca ardente beijando seus dedos do pé, ela arqueou a coluna. Aquela sensação era incrivelmente excitante.

Ele subiu a boca lentamente, beijando, lambendo e mordiscando suas panturrilhas, seus joelhos... e, por fim, deslizou sua língua quente e úmida pela parte interna das suas pernas. Ao chegar à virilha, ele deu uma mordida dolorida, deixando a pele dela sensível. Em seguida, ele lambeu e assoprou a região pungente. Eva se contorceu.

Ciente dos efeitos que causava, ele tirou a camisa e se deitou ao lado dela. Ela sentiu quando ele a trouxe para perto de si e roçou sua orelha com os lábios, enquanto a acariciava com a ponta dos dedos por cima da calcinha.

Quando ele pressionou os dedos sobre seu ponto mais sensível, Eva mordeu os lábios, quase aflita de tanto desejo.

– Você quer mais, não é? – sussurrou ele no ouvido dela, sem perder o tom sarcástico de sua voz.

– Eu quero... – Eva tentou responder, ainda que arfando. – Eu quero você, Herón!

Ele colocou a mão por baixo da calcinha dela, sentindo toda a umidade que emanava do meio daquelas pernas. Herón deslizou um dos dedos para dentro dela, enquanto, com o polegar, massageava entre seus grandes lábios. Quando ele alcançou seu ponto G, Eva arqueou as costas e suprimiu um grito em sua boca aberta.

– É bem aqui, né? – Ele sorriu, enquanto continuava provocando. – Eu vou fazer bem devagar... Você vai ter que aguardar um pouquinho, esperadora! – murmurou sarcástico.

Os movimentos de sua mão eram lentos, mas ele a tocava exatamente no lugar certo. Era como se ela estivesse sendo conduzida para o caminho do paraíso, mas precisava andar paulatinamente. Eva suprimiu sua luxúria pelo tempo que pôde, até que não conseguiu mais se permitir a espera.

– Coloca tudo para fora, *cariño* – sussurrou ele em seu ouvido, enquanto acelerava os movimentos. – Eu deixo você gozar na minha mão.

Ao ouvir isso, ela explodiu em um orgasmo vulcânico. Durante alguns segundos, permaneceu tensionada, sentindo seu corpo ser drenado de um prazer inesgotável. Em seguida, relaxou como se tivesse sido feliz e tranquila por toda a sua existência.

A sensação de satisfação era esplêndida, mas não lhe bastava. Ao senti-lo respirar ao seu lado, ela percebia o quanto precisava tê-lo inteiramente dentro dela. Ela se virou e lhe deu um beijo agradecido e ardente. Logo ela desceu seus beijos pelo peito e pela barriga dele.

– Ainda? – ele debochou.

– Sempre! – ela respondeu, arqueando uma sobrancelha, sedutoramente.

A jovem se abaixou e começou a abrir os jeans dele, lentamente, como quem desembrulhava um presente. Ela se afastou da cama por um momento para retirar as calças de Herón, ansiosa por sua nudez. Ao sentir-se nu, ele deslizou sua mão em punho por toda a sua enorme extensão fálica, percebendo o quanto Eva o devorava com os olhos. Ela se inclinou e o tomou nas mãos, sugando sua ereção com delicadeza e lascívia. Ele suprimiu um gemido, respirando pesadamente. Ela continuou movimentando seus lábios sobre ele, sentindo-o ocupar sua boca inteira. Aproveitando suas qualidades de esperadora, ela brincou com a temperatura de sua língua. Às vezes quente como um dia tórrido de verão; às vezes fria como se ela tivesse acabado de chupar um gelo. Herón se contorcia cada vez mais violentamente sob aquele agrado, até que ele a segurou pelos ombros, afastando-a gentilmente.

– Eu não vou durar muito se você continuar, *cariño*.

Agilmente, ela montou sobre ele, escorregando lentamente sobre seu membro viril, deixando-o preenchê-la por completo. Herón murmurava enquanto a segurava pela cintura e a apertava febrilmente com as pontas dos dedos. Eva movimentava os quadris repetidamente. Ele a apertou com mais força, cuidando para não soltar todos os gemidos que lhe vinham à garganta. Os dois desabaram em êxtase, em um frenesi compartilhado. No momento do clímax, ela aproximou seu rosto do dele. Suas respirações se misturaram, aflitas... Em seguida, acalmaram-se.

Depois que deslizou seu membro para fora do corpo dela, Herón aconchegou Eva em seus braços. Ele afastou os cabelos do rosto da jovem, massageando seus ombros e passando a mão afável pelas suas costas. Eva o abraçou e descansou a cabeça no peito dele, sentindo aquela pele quente e convidativa. Ela se sentiu completamente confortável e saciada. Por um momento, pensou em como eles tinham sorte, apesar de tudo, e que aquilo era algo que ela não queria perder. Eva finalmente deixou o sono levá-la. Dormiu pesadamente, sem sonhos, sem passado e sem remorsos.

No dia seguinte, Eva acordou muito cedo, com o barulho de Mar destrancando a porta. A mulher colocou a cabeça para dentro do quarto e sussurrou para Eva:

– Coloque uma roupa e venha aqui, pervertida! Eu tenho uma tarefinha para você!

Ela saiu, e o som de seus saltos ecoou pelo corredor. Herón gemeu na cama, sonolento:

– Já amanheceu?

– Ainda está escuro, volte a dormir. – Eva saiu da cama e colocou o vestido.

– *Carajo! Los vivos!* – Ele ergueu as costas da cama, como se tivesse acabado de se lembrar do perigo que estavam correndo. – Evita, não sei o que a Mar quer que você faça, mas não vá até os vivos sozinha, é muito perigoso.

Eva sorriu. Achava a preocupação dele doce e engraçada ao mesmo tempo:

– Eu consigo me proteger. – Ela beijou o pescoço dele, suavemente. – Durma mais um pouco. Quando eu voltar, conto o que aconteceu.

— Ah, eu esqueci que você tem superpoderes agora! — ele debochou.

Ela deslizou os olhos pelo corpo dele, provocativa:

— Tenho, é?

— Você nem imagina o quanto!

Eva ria enquanto terminava de calçar as botas e vestir o casaco. Antes de sair, ela jogou um beijo para ele, de longe.

— Não morra de saudade de mim!

— Não vou! Eu juro pela minha vida!

Eva saiu do quarto aos risos. Ainda estava rindo quando chegou à recepção do hospital e se deparou com Mar, de braços cruzados, parecendo muito preocupada. Na hora, o sorriso do rosto de Eva desapareceu, dando lugar a uma expressão inquieta.

— Onde estão os outros? — Eva perguntou, confusa.

— Eles não podem ajudar. E nós também não vamos poder esperar, como eu havia planejado a princípio. — Mar suspirou. — As vigílias não vão funcionar, mas eu tenho um outro plano. Preciso que você me ajude. — Mar retirou o cantil de Praga de um de seus bolsos e estendeu para Eva. — Preciso que você vá até a praça comigo. Vamos destruir todo o equipamento dos vivos. Tem que ser épico! Tem que ser algo que faça com que eles saiam daqui de uma vez por todas!

— Por que essa pressa repentina? O que aconteceu?

— O esperador que estava de guarda foi me chamar agora há pouco, com novidades. Os vivos acordaram muito cedo hoje. Mais cedo do que nós. Eles vieram de carro até a entrada do hospital. Estão pretendendo alugar a rua intcira para gravar a droga daquele filme! — Mar praguejou, impaciente. — A rua inteira, Eva! É claro que esse bando de vivos pobres que confia em tonéis vai concordar! Imagina? Passar alguns dias em um hotel limpo, longe das assombrações e ainda ganhar um bom dinheiro com isso... Nós estamos ferrados!

– Então... eles vão gravar no hospital! – Eva suspirou. – Eu achei que teríamos mais tempo.

– Eu também, mas, infelizmente, não temos tanta sorte.

– Tudo bem, Mar. Eu vou com você. Mas, primeiro, vamos trancar todas as portas.

Mar meneou a cabeça, positivamente. As duas trancaram todas as portas do hospital. Mar se encarregou do terceiro andar, e Eva, do segundo. Porém, quando ela chegou à porta do quarto em que seus amigos estavam, resolveu não trancar. Se acontecesse alguma coisa, queria que eles tivessem uma rota de fuga, e ela estava certa de que os vivos logo não seriam um problema. Confiante, Eva deixou a porta aberta o suficiente para que eles pudessem passar.

Com passos rápidos, ela encontrou Mar na recepção, e as duas caminharam rumo à praça. Mar estava visivelmente tensa. Apesar de ter mais experiência, mais força e muito mais tempo de espera do que Eva, também tinha mais medo dos vivos. Ao atravessar a rua, Eva segurou a mão de Mar e passou pelos cachorros quase sem precisar controlá-los. Eles já a reconheciam.

As duas chegaram até a grande praça, onde os vivos tinham um cenário inteiro montado. Vários carros estavam parados, simulando um estacionamento. Havia uma jovem loira, usando um lindo vestido de gala, sentada junto à fonte. Todas as câmeras e luzes estavam viradas para ela. "É impressão minha ou essa mulher se parece assustadoramente comigo?" Eva pensou por um momento, porém logo descartou o raciocínio, compreendendo aquela semelhança como mera coincidência.

Mar estava totalmente hesitante, segurando a mão de Eva. Ela via a movimentação dos vivos e sentia muito medo de que seu corpo acabasse se chocando com algum deles. Ignorando a titubeação da colega, Eva a conduziu até que elas estivessem próximas de dois homens sentados por trás de uma das câmeras. Apesar de estarem ali em uma missão pela segurança de todos no hospital, por algum motivo ela queria muito ouvir o que eles estavam falando.

– Na edição, essa vai ser a última cena, Fernando. A *première* do filme. Foi a última noite dela. Vamos gravar essa cena primeiro para aproveitarmos a locação.

– Eu só quero que esse filme seja mesmo a mina de ouro que todos estão dizendo! Estou pagando uma fortuna só em pessoal! Tive que arrumar aquele Hugo Carvalho para dirigir, a tal de Chell Sant'Ana para escrever o roteiro, e ainda tem a Safira fazendo drama o tempo todo!

– Bom, mas... por que essas pessoas?

– A Safira era muito amiga da Lulu... – ele bufou – contra a minha vontade, é claro. E esses dois não falavam com ela há anos, mas foram amigos no passado. Achei que colocá-los no filme traria uma boa publicidade.

– Você foi esperto, Fernando! Onde eles estão?

Fernando ergueu os olhos, tentando encontrá-los. Eva não sabia o motivo, mas sentia uma extrema antipatia por ele. Quando ele se levantou para procurar nos arredores, Eva parou bem na sua frente. Mar deu alguns passos para trás, apavorada com a proximidade. Naturalmente, ele não podia vê-la, mas Eva queria muito que ele sentisse como alguém o encarava com raiva naquele momento.

De repente, ele anunciou:

– Ora, veja! Lá estão eles! Hugo está trazendo a Safira! Finalmente essa merda de gravação vai começar!

Eva olhou para trás, por cima do ombro, para ver os dois que se aproximavam da cena. Uma jovem morena caminhava, de braços cruzados, olhando o tempo todo para o chão, melancólica, enquanto o diretor a encaminhava até o local da filmagem. Apenas quando ela se sentou ao lado da loira e ergueu o olhar devastado é que Eva pôde ver como seus olhos eram azuis.

– Ela chegou! Nossa índia com os olhos cor de safira! – O homem ao lado de Fernando tentou alegrá-la, inutilmente. A jovem parecia completamente desalentada.

O diretor anunciou que a ação teria início. Eva estava vidrada na cena. Não entendia o motivo, mas aquela mulher lhe trazia uma sensação afetiva. "Talvez eu simplesmente não goste de ver as pessoas tão infelizes", ela concluiu em sua própria mente. Apesar da conclusão lógica, ela não conseguia parar de olhar para aquela mulher.

Finalmente, a encenação teve início:

– Lulu... – Safira iniciou – existem tantas coisas que eu gostaria de dizer a você. Como a nossa... – ela engoliu em seco – amizade é muito importante para mim.

– Você pode falar, Safira. – A loira respondeu. – Estou totalmente bêbada, mas vou me lembrar. Você é minha melhor amiga.

– Lulu, você... – O lábio inferior de Safira tremia. Seus olhos se encheram de lágrimas. Ela se levantou, levando as mãos ao rosto. – Gente, me desculpa! Eu não posso fazer isso!

– Por que não? – indagou Hugo.

– Porque isso não tem nada a ver com a Lulu! – ela desabou em prantos. – Essa jamais seria uma conversa que nós teríamos!

Hugo se aproximou e tocou o ombro dela, com generosidade.

– Tudo bem, Safira. Olha, você era a pessoa mais próxima dela. Por que não esquecemos um pouco o texto e você fala de dentro do seu coração? Fale como se você estivesse naquele dia, como se fosse a última vez que pudesse vê-la.

– De jeito nenhum! – Fernando se levantou, visivelmente irritado. – Eu paguei uma pequena fortuna por esse roteiro e vocês vão fazer exatamente o que está no texto!

– Eu não me importo. – A roteirista se aproximou, com alguns papéis nas mãos. – O texto tem que estar a favor da cena, e não o contrário.

– Fernando... – disse o diretor, tentando apaziguar as coisas – eu e a Chell não víamos a Lulu há anos. Não éramos mais amigos. A Safira estava muito próxima dela. Apesar de você ter nos fornecido diversas diretrizes, se a Safira puder falar do coração dela, vamos conseguir captar muito melhor tanto a verdadeira Lulu quanto a sua arte...

– Eu estou cagando para a verdadeira Lulu! Estou cagando para a arte! Esse filme é uma estratégia de marketing! Façam o que eu estou mandando! Safira, o que aconteceu com você? Você era uma profissional! Agora fica aí fazendo manha na hora de trabalhar! Pelo amor de deus!

Eva caminhou de volta até Mar, enquanto Fernando continuava gritando e ofendendo a todos que estavam presentes, principalmente Safira. Mar estava com uma expressão irreconhecível em seu rosto. Ela não fazia ideia do motivo pelo qual Eva estava se aproximando tanto dos vivos, colocando-se em risco em vez de cumprir com o plano. Mar quase soltou um suspiro de alívio quando Eva chegou perto dela o bastante para tomar o cantil de suas mãos.

– Eu achei que você tivesse enlouquecido de vez! – Mar bufou. – Primeiro, aquele vivo da cidade; agora, todos esses outros também? Você não pode ter tanta simpatia por eles!

– Você entendeu errado, Mar! – Eva encarava Fernando com o olhar faiscante de raiva. – Eu não tenho simpatia por eles!

Eva abriu a garrafa e se adiantou para beber. Ela e Mar precisavam destruir todo aquele equipamento de filmagem se quisessem que os vivos saíssem dali. Eva não entendia por que aquele grupo parecia mexer com seus sentimentos, mas imaginava que fosse pelo fato do tal Fernando ser uma criatura visivelmente desprezível. Ela só precisava beber um ou dois goles, passar o cantil para Mar, destruir o local e voltar para os esperadores. Ainda havia tanto a ser feito, tanta coisa a ser pensada... Ela não podia se dar ao luxo de divagar em situações às quais não pertencia. Eva levou o cantil à boca.

– Coloca lá aquela música estúpida que a Safira e a Lulu viviam ouvindo! – Fernando praguejou. – Quem sabe não ajuda a criar um clima pra terminarmos logo a porra dessa cena!

A música começou. O violão ecoou por toda a praça. A voz de Fernando Lobo entrou nos ouvidos de Eva, como uma flecha.

"Eu e você... universos distantes. Eu e você... um caminho tão grande."

Sem entender a razão, Eva foi invadida por uma série de sensações que não faziam sentido. Ela sentiu um arrepio lhe percorrer a espinha. A sensação de lençóis de cetim roçando sua pele. A visão de imensos olhos azuis encarando-a como se a fossem tomar. Uma sensação de pele lisa e macia em sua mão. Longos cabelos negros despencando sobre seu rosto. Sem conseguir controlar o que sentia, Eva tomou todo o conteúdo do cantil. Esvaziou-o inteiro dentro de seu espírito.

O cantil vazio caiu de sua mão e ela sentiu a queda do objeto passando através do vento, como se ele se movesse em câmera lenta. Tudo era vagaroso. Ele estalou no chão diversas vezes. O som metálico e lento foi sentido em cada fibra do seu ser. Tudo se tornou pequeno diante de suas percepções imensas. Eva ouvia o sangue correndo nas veias dos vivos e poderia distinguir cada um ali, célula a célula. O som dos cílios de todos aqueles olhos parecia uma percussão altíssima.

Ela conseguiu entender o funcionamento de tudo. Cada pequena doença em cada corpo, cada pensamento daquelas mentes. Ela conseguiu entender todas as fraquezas que tentavam esconder, todos os lugares onde moravam suas forças. Todos os seus medos. E também entendia o mecanismo de cada elemento daquele local, pois a energia viva serpenteava por fora e por dentro dos objetos inanimados.

Ela fechou os olhos.

Dezenas de explosões começaram a acontecer, simultaneamente. Fios arrebentavam e correntes elétricas dançavam expostas. As lâmpadas explodiam, os tanques de gasolina dos carros entravam em combustão espontânea. Ela começou a ouvir gritos apavorados, mas não se importava. Ela simplesmente não se importava.

DÉCIMO CAPÍTULO
ELA SE LEMBRA DE TUDO E ESTE LIVRO ACABA

Eva abriu os olhos embaçados. Não tinha muita consciência de quanto tempo havia passado ou do que exatamente tinha ocorrido ali. Com dificuldade, ela apoiou as mãos no chão e ergueu a cabeça, desnorteada.

Havia um cenário bastante peculiar naquele local. Vários pedaços de equipamentos de filmagem, fiações e cacos de vidro jaziam abandonados na praça vazia. Algumas pequenas poças de gasolina ainda ardiam em chamas. Não o suficiente para exalar uma forte fumaça, mas mostravam claramente o rastro da destruição que ocorrera ali.

Algumas lembranças começaram a surgir na cabeça de Eva, enquanto ela erguia seu corpo com dificuldade. Ela se lembrava de ter ido até a praça com Mar. Era no início da manhã. Agora parecia ser alta madrugada, o que a fazia se perguntar quanto tempo havia se passado.

– Bom... bom... – Eva ouviu uma voz arfante que saía com dificuldade. – Bom trabalho, esperadora!

Eva olhou para trás e viu Mar caída no chão, tossindo. Grande parte dos seus braços e de suas pernas estava com aquela aparência mumificada. Ela provavelmente havia ficado exposta por muito tempo à fumaça. "Houve fumaça?", Eva se perguntou, enquanto se levantava vagarosamente. "Por que eu não estou como ela?" Apesar da tontura, Eva não tinha nenhum sinal de contato com fumaça em seu corpo. Ela cambaleou até Mar e caiu de joelhos ao lado dela.

– O que aconteceu?

– Você queimou... – balbuciou Mar, tossindo ainda mais – ... queimou o lugar todo. Os vivos... – continuou, engolindo com dificuldade – ... os vivos fugiram. Voltaram para o lugar de onde vieram.

– Isso é... – indagou Eva pensativa – ... bom? Eu acho...

Mar continuou tossindo, imóvel no chão.

– Agora... esperadora... você tem duas escolhas – ela murmurou –, ou você me joga na rua, como eu fiz com a Praga, ou me deixa... aqui.

Mordendo o lábio inferior, Eva se perdeu em seus pensamentos. Mar realmente merecia virar uma múmia na rua, mas deixá-la ali também não era um castigo menor. "No entanto... eu quero castigá-la?", Eva pensou consigo. "E ainda que eu queira, seria meu papel fazer isso? Com que intuito eu faria uma coisa dessas?" Eva respirou fundo, seus olhos percorrendo o corpo ferido de Mar. Seus ouvidos captando cada porção de ar que ela sorvia com dificuldade.

– Se eu deixá-la aqui, se eu não a levar até o meio da rua para torrar na fumaça, como você fez com a Praga, o que me garante que você não vai reabrir seu centro de torturas e começar tudo de novo?

– Nada... – Mar disse, e se engasgou, tossindo e rindo. – Nem eu mesma garanto!

Eva sentiu uma rajada de certeza lhe tomar o espírito. Ela já havia recuperado a força e, naquele momento, sentia que possuía ainda um pouco do efeito vital do álcool. Ela levantou Mar do chão e a jogou sobre o ombro, como um saco de batatas. Eva caminhou decidida em direção à rua. Mar ria. Apesar da dificuldade que seu espírito torturado tinha em continuar existindo, ela não conseguia parar de rir. Mas era um riso cruel, um riso incapaz de contagiar alguém. Ela não conseguia segurar. Eva fez um sinal para que os cachorros ficassem quietos enquanto seguia pela rua.

– Eu sabia! Você escolheu a opção da vingança! Eu não a culpo, esperadora! Eu teria feito a mesma coisa! Aliás, eu fiz a mesma coisa... muitas e muitas vezes! Todo o meu plano era tentar de novo! É um fardo me lembrar de quem eu fui enquanto estava viva. – Mar se engasgou novamente. – Eu disse que o centro de tortura, a "escola de fantasmas" e todo o resto era porque eu queria controlar minha próxima encarnação... Você não acreditou e eu não a culpo. – Ela riu novamente. – É claro que eu sei que é aleatório, Eva! Eu não sou idiota! Eu testava os limites dos desencarnados, não porque queria controlar minha próxima encarnação, e sim porque eu queria me vingar da última!

Passo a passo, Eva continuou andando. Apesar de não dizer nada, ela sentia como as palavras de Mar pesavam mais em seus ouvidos do que o corpo da mulher pesava em seu ombro. As duas passaram pelo corpo mumificado de Praga, e Mar arregalou os olhos quando viu que Eva não parou de caminhar.

E continuou caminhando até deixarem a rua. Até circularem o hospital. Mar fechou os olhos. Não queria mais ver o caminho, só queria continuar falando.

– Os vivos também têm um esqueleto invisível. Está lá, dentro deles, e eu queria descobrir como feri-lo. Eu queria descobrir como matá-lo! Ou talvez apenas controlá-lo para uma vida de angústia e sofrimento. Por isso eu quis tanto que você me ensinasse a controlar os cachorros. Quem controla uma criatura viva, controla todas. Uma hora você conseguiria controlar as pessoas e poderia me ensinar também. Aí eu poderia encontrar meus assassinos. Eu poderia fazê-los desejar que o inferno fosse real. Deprimi-los, viciá-los... Merda, eu poderia matar todos os que eles amam deixando-os na total solidão! Eu sei que isso parece crueldade gratuita, mas você não faz ideia do que eu passei. Todos nós, que temos habilidades diferentes, fomos pessoas odiáveis em vida, mas não somos piores do que aqueles que nos transformaram nisso.

– Você não se arrepende de nada do que fez, Mar? – Eva finalmente rompeu o silêncio. – Nem do que fez com Herón?

– Eu queimaria cinquenta palhaços hispânicos se isso trouxesse minha vingança! Mas não tenho nada contra ele, eu fiz isso só porque precisava saber do que você era capaz. Eu sabia que você tinha habilidades maiores que as dos outros. Você pode controlar os cachorros e, com a minha ajuda, algum dia poderíamos controlar as pessoas.

Eva atirou o corpo de Mar no chão.

– É aí que você se engana! Eu sei controlar as pessoas! – Mar arregalou os olhos para Eva, que sorriu, cínica e vitoriosa. – Eu fiz isso no dia em que estávamos no bar e você se escondeu daquele vivo como um ratinho medroso! Olhe só para você... está tossindo e sufocando! Você está morta, idiota! Não precisa de ar! – Eva bufou. – Você se acha muito perigosa, mas é patética!

Mar olhou para os lados, atordoada e confusa, jogada ao chão, sem conseguir mover o corpo.

– Onde estamos?

– No rio. – Eva se abaixou e retirou os sapatos de Mar. – Você não pode se mover. Eu vou levá-la até o fundo e esperar que a correnteza a carregue para bem longe.

– A água pode me curar...

– Mas aí você já estará longe.

– Então, você não se importa que eu continue buscando minha vingança? Você não se importa com tudo o que eu possa vir a fazer, contanto que eu não esteja aqui?

– Eu sinceramente espero que você ouça as sirenes o quanto antes, Mar. Mas, enquanto não ouvir, eu não posso condená-la. Você disse que nós fomos pessoas odiosas em vida e nos tornamos assim por causa dos outros. Eu não sou vítima de ninguém. Você está morta, então talvez fosse um bom momento para também deixar de ser. Existe algo que podemos fazer, algo muito maior do que a sua vingança, uma coisa que pode consertar todos os problemas do mundo... Uma hora você vai perceber isso.

– Não, Eva. Você é que ainda vai perceber que é exatamente igual a mim.

Eva bufou, tirou seu casaco, seus coturnos e segurou Mar pelo tornozelo.

– É inútil tentar falar com você!

– Igual a mim! – Ela riu, escandalosamente. – Igual! Exatamente igual a mim!

Mar continuou rindo até o momento em que Eva a arrastou para dentro do rio. Logo a correnteza levou o frágil corpo de Mar embora para longe. Eva observava. "Eu não sou igual a ela!"

Eva afundou no rio, deixando a água lhe trazer a sensação agradável de estar sendo salva. Por alguns segundos, ela permaneceu submersa. Sentia todo o seu corpo se fortalecendo embaixo d'água. "Corpo? Mas eu não tenho corpo..." Eva pensou sobre como podia sentir tantos prazeres da carne sem ser feita de carne. Ela relembrou de Mar tossindo e pensou em si mesma, enquanto arfava durante o sexo. "Talvez velhos hábitos sejam difíceis de perder", ela pensou nas sopradas provocantes, no frio e no calor. "Mas... quem aqui está tentando?"

Rindo consigo mesma e ainda pensando nos velhos hábitos, ela retornou à superfície. Ficou boiando, de olhos fechados, por alguns minutos. Pensou nas coisas que tinham acontecido e como agora, aparentemente, tudo estava resolvido. Tudo o que precisava era voltar para os esperadores e comemorar a vitória. Nesse instante, porém, uma figura na beira do rio chamou a sua atenção. Uma moça estava sentada em uma pedra redonda. Abraçava um dos joelhos e deixava a outra perna pender inerte dentro do rio. Os cabelos negros dançavam ao vento. Apenas um de seus olhos era azul, o outro era negro, e cintilava todo o brilho das águas. Ela era linda, muito triste e, o principal, estava viva.

"É a mulher que estava com a equipe da gravação do filme... Qual era mesmo o nome dela?". Eva percebeu o brilho no olho azul da jovem e concluiu: "Safira. O nome dela é Safira". Eva deslizou na correnteza do rio, lentamente, aproximando-se. Na primeira vez em que ela tinha visto aquela mulher, na praça, havia sentido alguma coisa que julgava ser compaixão pelo seu sofrimento. Mas, naquele momento, ela começava a duvidar de que seria apenas isso. Por que aquela criatura reluzente seria digna de compaixão? Mas, acima de tudo, por que ela parecia tão infeliz?

Sentada na pedra, Safira abraçava seu próprio joelho como se tudo o que ela precisasse fosse um abraço, mas não pudesse ter um. O único conforto ao seu corpo vivo era o vento que acariciava seus cabelos ternamente, e a água fria na qual mergulhava a perna. Ela tirou a lente de contato azul que ainda usava e, esticando o braço sobre o rio, deixou que as águas carregassem o objeto para as profundezas. Seus olhos negros e intensos agora refletiam uma emoção pura e dolorosa. Lágrimas corpulentas escorreram por seu lindo rosto. Ela soltou o joelho que abraçava e deixou que as duas pernas mergulhassem nas águas do rio. Eva se aproximou ainda mais, flutuando até ela, como se seu espírito fizesse parte das águas.

Em nenhum momento ela quis tanto se comunicar com um vivo. Mesmo quando salvou aquele homem preso no banheiro, mesmo em sua angústia e seu desejo de comunicar à humanidade sobre o que significava a vida após a morte. Olhando para aquela mulher, ela sentia mais necessidade de estabelecer contato do que jamais sentira em toda a sua morte. De repente, dos lábios entreabertos de Safira escapou um suspiro sentido.

– Lulu...

Com o corpo imerso pelas águas, Eva chegou ainda mais perto, até ficar frente a frente com Safira. "Você precisa dizer mais alguma coisa. Eu preciso saber o que se passa com você...", Eva pensou fortemente. "Fale mais alguma coisa..."

– Eu sei que eu deveria dizer mais alguma coisa – murmurou Safira. Eva estremeceu. Safira prosseguiu. – Aqui, acho que posso falar com você. Ninguém vai me encontrar neste lugar. Eu queria tanto me despedir... ao menos me despedir! Mas tem sempre alguém me ouvindo... – Ela deixou escorrer uma lágrima por seu lindo rosto. – Eu sinto tanto a sua falta. Eu sei que eu fui fraca, covarde... talvez até mesmo egoísta. Eu não merecia que você me perdoasse, mas desde quando queremos menos alguma coisa só porque não a merecemos? Eu daria qualquer coisa para ver você novamente... – ela soluçou. – Tudo o que você temia aconteceu depois que você morreu. Sua tia herdou sua casa, seu dinheiro... seus cachorros foram doados. Eu consegui ficar apenas com o Cérberus.

"Cérberus." O nome ecoou na mente de Eva, e ela se lembrou do seu delírio na fumaça.

– Eu queria ter feito mais coisas, mas não consegui. Não consegui sequer ir ao seu velório para dizer adeus. O Fernando não deixou e, como sempre, eu obedeci. Eu não tenho forças para lutar contra o Fernando, eu não tenho forças para lutar contra nada sem você aqui! Lulu, nós estávamos tendo um caso! Não! Mais do que isso! Nós estávamos nos salvando!

Eva estava tão próxima que colocou as duas mãos na pedra, ao redor de Safira, cuidando para não tocar em seu corpo, porém, não podendo evitar o desejo de se manter perigosamente próxima. Safira cantarolava.

– *E quando essa hora chegar... e se a ponte ruir eu que não sei nadar...*

"*...Vou me perder!*". Uma comoção assombrosa tomou a mente de Eva. "*... depois me encontrar na sua trilha*". "É aquela música que tocou na praça. Eu... eu conheço essa música!"

Safira deixou escapar um sorriso amargurado em meio às suas lágrimas:

– Seu riso sarcástico, suas piadas sujas, seu pessimismo, suas polêmicas idiotas! Meu Deus, Lulu, não tem nada em você que eu não sinta falta! Eu sei que eu merecia te perder, mas não podia ser para outra pessoa? Para outro momento? Para a sua própria mágoa de mim? Tinha que ser para a morte, Lulu? – Eva estava com o rosto exatamente na frente do dela. – A única coisa irremediável, a única distância imutável... a única certeza! Lulu, eu sinto como se eu estivesse morrendo também. Esperando pela morte, como quem espera um trem. Longe de você, absolutamente nada faz sentido...

"O quê?"

– Eu amo você, Lulu!

"SAFIRA!"

Eva aproximou seus lábios dos de Safira, por um momento se esquecendo de que aquele se tratava de um corpo vivo. Uma explosão luminosa reluziu entre suas bocas, e o corpo de Eva foi lançado violentamente para o fundo do rio.

Seus olhos estavam fechados apertados. O rio era frio e intenso. Ela havia sido alertada inúmeras vezes sobre a dor causada pelo encontro com um corpo vivo, porém, naquele momento, ela não sentia dor. Eva sequer sentiu seu esqueleto invisível, que ela tão costumeiramente chamava de corpo, enquanto ele era atirado ao fundo do rio, fazendo com que ela ficasse parcialmente enterrada. Tudo acontecia em sua mente. Milhares de imagens relampejavam diante dela. Frases. Palavras. Nomes. Pessoas.

"Eu cresci numa fazenda com a minha tia e meu irmão gêmeo. Ela nos torturava colocando grilos em nossos ouvidos! Meu Deus, é esse o som que me causa tanto medo! É o som dos grilos dentro do meu ouvido!"

"Lululululululu."

"Meu irmão morreu quando éramos crianças, por causa dos maus tratos da minha tia... Eu achei que não o veria mais. Só que eu vi. Ele é um esperador. O pequeno Billy é meu irmão! Ele é meu irmão, e eu o deixei com Kwan e Grande George porque não me lembrava dele!"

Ela se lembrou do momento em que conhecera o pequeno Billy, a forma como havia estranhado a semelhança física entre os dois. Depois, veio em sua mente o momento em que o deixara, partindo no caminhão.

"É por isso que o pequeno Billy não fala... ele não escuta! Minha tia destruiu a audição dele colocando insetos em seus ouvidos! Não era para ele ter morrido, por isso ele está esperando até hoje!"

Aturdida pelas águas, ela tentou se mexer, porém suas pernas estavam imobilizadas na lama do fundo do rio e ela não tinha forças para se desenterrar. Sua mente continuava fervilhando com as lembranças.

"Eu sou escritora, eu sou polêmica, babaca, todo mundo me odeia! Eu tenho um cachorro chamado Cérberus. Eu tenho um monte de cachorros! Quando eu estava viva, eu não sabia nadar. Eu estava tendo um caso com a Safira, mas ela é casada com o Fernando! Um monte de gente queria me matar... e alguém conseguiu! Eu fui assassinada na noite da *première* do filme. Eu escrevi o roteiro, Safira estava em cena. Ela ia fugir comigo, mas desistiu. Alguém me matou!"

A correnteza do rio passava cada vez mais forte; ela cavava a lama, tentando se soltar, enquanto as lembranças a invadiam vertiginosamente. Diversas frases esparsas e diversos rostos flutuavam diante de seus olhos e ouvidos.

– *Não estamos tendo um caso, Lulu.*

– *Como você treinou esses cães?*

– *Não treinei. Eles fazem o que eu digo... talvez porque pensem que eu os estou protegendo.*

– *Eu não acredito que o talento faça a menor diferença neste país!*

– *Cultura não é só o que você gosta!*

– *Eu sou muito promíscua para responder à sua pergunta.*

– *Você é uma pessoa difícil, Lulu. Já imaginou como seria melhor a sua vida se nem todo mundo a odiasse? Se nem todo mundo quisesse matar você?*

– *Aqui não é uma escola, Guilherme. Aqui é um centro de ideias e liberdade.*

– *Eu não tenho medo de nada! Eu não sou vítima de ninguém!*

– *Nós somos colegas de trabalho e é só. Eu sou casada com o Fernando. Eu amo o Fernando. Você precisa nos deixar em paz.*

— Todas as coisas que você diz e escreve fizeram com que eu gostasse... não... com que eu me apaixonasse por você. Eu vim porque precisava lhe dizer isso!
— Safira, por que você veio até aqui?
— Porque nós estamos tendo um caso!
— Você tem que me prometer que não vai morrer.
— Você quer que eu prometa que vou viver para sempre? Impossível, um dia todo mundo morre!

Seu corpo finalmente restabeleceu a força e Eva conseguiu se libertar da lama onde estava presa. Então, começou a andar, como se estivesse sobre a terra. A correnteza arrastava seus cabelos, quase arrancava seu vestido, mas ela continuava andando, passo a passo. Lentamente, ela se libertou do rio, embora sentisse que era o rio que se libertava dela, pois ela não merecia aquele consolo límpido. Seu corpo emergiu pouco a pouco. Sua mente consolidou as ideias sobre tudo o que ela havia acabado de lembrar. "Mar, nós duas estávamos certas. Eva não era igual a você, ela não queria se vingar de ninguém, estava preocupada em ajudar as pessoas. Eva não era igual a você. Mas eu sou."

Lulu Brait finalmente saiu do rio. Ela ficou enterrada por mais tempo do que pensara, pois já findava a manhã. A jovem vestiu seu casaco de couro e calçou os sapatos de salto que havia tirado de Mar antes de entregá-la à correnteza. Naturalmente, Safira não estava mais lá, porém Lulu não se importava. Ela sabia onde encontrá-la. Ela sabia onde encontrar todos eles.

Depois de caminhar pela trilha, contornou o hospital. Seus pensamentos foram levados até os esperadores. "Eu deixei a porta aberta. Eles terão que se virar!". Ela ainda possuía grandes sentimentos por eles, principalmente por Herón, mas agora a sua raiva dos vivos era maior. Era fácil para Eva viver apenas no lirismo do amor e do sexo, mas para Lulu isso não seria sequer possível. Lulu sabia que tinha muita bagagem, muita coisa que não conseguia ignorar. Nada mais seria fácil.

Ela finalmente chegou até a rua e a atravessou calmamente, com as mãos dentro dos bolsos, sem lançar sequer um olhar para os cachorros. Eles já a reconheciam. Ao passar pelo corpo de Praga, ela pensou em como Eva teria ajudado a colega agora que não estavam mais sob a ameaça de Mar. Porém, Lulu não faria isso. Tudo o que havia lhe acontecido a tinha convencido de que as pessoas eram podres e mereciam ser queimadas. Ela continuou caminhando. Quando estava chegando no fim da rua, quase alcançando a praça, ouviu um grito desesperado.

– Evita!

Aquilo que ela acreditava ser um coração disparou em seu peito. Era Herón. Ele não podia segui-la, afinal, não controlava os cachorros. Ela também não podia buscá-lo. Não podia ficar com ele, por mais que naquele instante fosse o que ela mais quisesse. Poderia sair correndo e abraçá-lo com cada fibra do seu espírito, porém ele não fazia parte da vida de Lulu Brait, e esta, por sua vez, tinha muitos assuntos inacabados.

"Eu não tenho o direito de voltar e ser feliz. Eu não mereço. Assim como eles não merecem sair impunes depois de tudo o que me fizeram. Eu sinto muito por ter sido uma pessoa tão detestável enquanto estava viva. De verdade, sinto um remorso imenso, uma culpa que é como uma adaga que me empala. Algo que Eva jamais entenderia, porque ela não existe. Eu fui má, fiz as pessoas me odiarem. No entanto, não gostar de mim não faz com que seja certo acabar com a minha vida. Essa conta não está paga."

Ela viu nos olhos de Herón como ele implorava para que voltasse. "Eu não posso..." Uma meia-lua de lágrimas se formou sob suas pupilas. "Eu não posso...". Lulu estendeu a mão, apontando na direção dele. Com o coração partido em migalhas, ela gritou:

– Pega! – Nisso, todos os cachorros se viraram na direção dele e começaram a latir.

Os vivos rapidamente correram para atear fogo nos tonéis, e a fumaça obrigou Herón a recuar. Ela se virou, apertando as mãos firmemente dentro dos bolsos, caminhando rumo à praça. As lágrimas começaram a rolar por seu rosto, mas ela as enxugou violentamente.

– Eu não sou vítima de ninguém!

Lulu sumiu na nuvem de fumaça, saindo do campo de visão dos esperadores. Havia três pensamentos latentes em sua mente: "Eu preciso encontrar meu irmão, tirar aquela velha podre da minha casa e destruir o meu assassino! Destruir todos os meus assassinos!" O som do salto dos seus sapatos ganhou a avenida. Um dos cães ameaçou latir, mas ela fez com que ele se calasse, levando o dedo aos lábios.

– Psh!

grupo novo século

Compartilhando propósitos e conectando pessoas
Visite nosso site e fique por dentro dos nossos lançamentos:
www.gruponovoseculo.com.br

TALENTOS DA LITERATURA BRASILEIRA

facebook/talentosdaliteraturabrasileira
@talentoslitbr
@telentoslitbr

gruponovoseculo.com.br

Edição: 1ª
Fonte: FreightText Pro